Donald Westlake

Le Contrat

Traduit de l'anglais (États-Unis)
par Daniel Lemoine

Collection dirigée par
François Guérif

Rivages/noir

Titre original : *The Hook*

106, boulevard Saint-Germain – 75006 Paris

ISBN : 2-7436-1179-0
ISSN : 0764-7786

À la mémoire de Gary Salt, ami de grande qualité, agent littéraire estimé, soutien sans faille sur la côte Ouest, allié pendant vingt-deux ans, mort d'un cancer à 53 ans. Je dis que c'est trop jeune.

Au revoir, Gary.

1

Bryce écrivit : « Kirghizistan. Richesses minières comportent de l'or. 95 % dans les montagnes du Tianshan. Capitale : Bichkek. » Puis il posa son stylo sur le bloc et tourna les pages du livre ouvert devant lui, en quête d'informations supplémentaires sur le Tianshan. La sonorité du nom évoquait une région sauvage, un bon décor.

Autour de lui, dans la salle de lecture de la bibliothèque de Mid-Manhattan, des dizaines d'autres solitaires, penchés sur des livres, prenaient des notes. Il trouvait réconfortant d'être parmi eux.

Un murmure à son oreille :

– M. Proctorr ?

Allons bon, pensa-t-il. Le devoir m'appelle. Il leva la tête : jeune, dans les vingt-cinq ans, maigre et pâle, de grosses lunettes qui semblaient disproportionnées par rapport au visage, le sourire hésitant, parce qu'il craignait d'être repoussé.

Bryce hocha la tête.

– En personne.

– J'*adore* vos livres, M. Proctorr, dit l'admirateur. Je ne voudrais pas interrompre...

– Pas de problème.

L'admirateur tendit son bloc à feuilles rayées et son stylo à bille :

– Voudriez-vous... ? Je le collerai dans mon *Paire à carreau*, quand je rentrerai chez moi.

– Parfait, dit Bryce.

Il prit le bloc et le stylo, demanda :

– Comment vous appelez-vous ?

– Gene.

Quand ils se furent mis d'accord sur l'orthographe, Bryce écrivit : « Pour Gene, cordialement, Bryce Proctorr ».

– Merci, monsieur, merci.

– De rien.

Il avait eu l'impression de dormir, pendant cette scène, de la regarder derrière des paupières closes transparentes. Gene s'éloigna et Bryce tenta de reprendre sa recherche d'informations sur les montagnes du Tianshan, mais il en fut incapable. Il lui était impossible de *s'intéresser* aux montagnes du Tianshan.

Ça ne marchait pas. Il savait qu'il tournait à vide, mais il avait pensé qu'il valait mieux faire des recherches, même faire semblant de travailler, que rester dans l'appartement à regarder de vieilles cassettes vidéo ou, pire, qu'aller en semaine dans la maison vide du Connecticut. Il était étranger à lui-même, il était là et il n'était pas là, les conneries qu'il faisait étaient des conneries. Il n'y avait pas d'*intrigue* là-dedans.

Il était nerveux, se sentait un peu seul, quand il gagna la sortie de la bibliothèque, puis quelque chose de familier attira son regard. Une personne familière – un visage familier, de profil –, penchée sur un gros livre, assise devant un gros livre, qui recopiait des adresses dans un petit bloc. Un visage familier, jailli du passé. Bryce ralentit, puis le nom lui revint en mémoire : Wayne Prentice.

Il faillit poursuivre son chemin, mais il pensa : Wayne. Qu'est devenu Wayne ? Des souvenirs vieux de vingt-cinq ans défilèrent, comme un album de cartes postales, toujours des groupes, lors de fêtes, entassés dans des voitures, à Jones Beach, dans des bars, les petits salons de petits appartements pauvres en meubles. Ils n'avaient jamais été proches, mais toujours amis puis, un jour, ils avaient cessé de se rencontrer et il y avait maintenant vingt ans, plus de vingt ans, et qu'était devenu Wayne Prentice ? N'avait-il pas publié des livres ?

Les cheveux de Wayne étaient plus clairsemés et mieux coiffés que dans le souvenir de Bryce et son visage, de profil, plus charnu ; mais j'ai vieilli, moi aussi, pensa-t-il. Les deux hommes portaient un pantalon de toile, beige pour Wayne, noir pour Bryce, de grosses chaussures de sport éraflées pour Bryce, des mocassins marron fatigués pour Wayne. Le blouson de Wayne était en coton vert terne, celui de Bryce en daim chamois. On a l'air d'*être* de vieux amis, pensa-t-il.

Bryce se tourna vers l'autre homme, stylo dans la poche intérieure gauche, bloc dans la poche extérieure gauche, sourire aux lèvres. Comme il était désormais célèbre, qu'on le reconnaissait pratiquement partout, il lui était devenu facile d'aborder les gens ; ils croyaient qu'ils le connaissaient. Et, bien entendu, Wayne le connaissait effectivement.

– Wayne ?

Il leva la tête et son visage était hagard, ses yeux moroses. Quel âge avait-il ? Quarante-quatre ans, comme Bryce ? Dans ces eaux-là, mais il faisait plus âgé.

Bien entendu, il reconnut immédiatement Bryce, et son visage s'éclaira, ses yeux s'éclairèrent, il eut un sourire empressé, se leva d'un bond, perdit sa page dans le livre.

– Bryce ! Bon sang, d'où sors-tu ? Qu'est-ce que tu fais *ici* ?

– La même chose que toi, répondit Bryce, détendu et vaguement railleur.

Il espéra que ce n'était pas une mauvaise idée. Et s'il me demandait de l'argent ?

– Recherches en bibliothèque, poursuivit-il. Je dis et je répète à mon éditeur que je me suis lancé dans la fiction parce que je pouvais tout inventer, mais non, tout le monde veut que les détails soient exacts.

Il montra l'ouvrage de référence, à présent fermé, qui se trouvait devant Wayne.

– Tu vois ce que je veux dire, ajouta-t-il.

– Bien sûr, fit Wayne, mais son expression était légèrement dubitative.

Il ne me demandera pas d'argent, décida Bryce, et s'il le fait, je lui en donnerai et adieu.

– Tu as envie de faire une pause ?

– Absolument, dit Wayne.

– Allons boire un verre.

Le décor du bar était démodé, avec ses lourdes banquettes marron foncé et ses fausses lampes Tiffany qui ne donnaient que peu de lumière, comme s'il était conçu pour les couples adultères, mais dans la douzaine de personnes qui s'y trouvaient, un mardi à quatre heures de l'après-midi, il n'y avait que des touristes qui parlaient des langues autres que l'anglais. Le serveur était un homme âgé, robuste, revêche, qui ne semblait pas à sa place ; comme s'il avait perdu une situation qui lui convenait mieux et n'avait pas pu trouver autre chose. Bryce lui demanda :

– Un Bloody Mary, puis il expliqua à Wayne : ça nourrit.

– J'en prendrai un aussi, décida Wayne.

Le serveur s'éloigna et Bryce dit :

– Bon sang, ça fait des années.

– J'essayais de calculer combien.

– Au moins vingt. Je crois que tu venais de vendre un roman.

Wayne hocha la tête.

– Probablement. Grâce à l'argent, j'ai passé un an en Italie, à Milan, où j'ai fait des recherches pour le suivant. J'ai perdu beaucoup de gens de vue, à cette époque.

Leurs Bloody Mary arrivèrent, ils levèrent leur verre et Bryce dit :

– Tu n'écris plus ?

Puis, face à la crispation du visage de Wayne, il comprit qu'il avait été terriblement stupide.

– Je regrette, est-ce que j'ai...

Mais Wayne secouait la tête.

– Non, non, ne t'en fais pas. Est-ce que j'écris encore ?

Bryce n'avait pas l'habitude d'être gêné et regrettait ces retrouvailles.

– C'est seulement que... Il me semble qu'il y a un moment que je n'ai pas vu ton nom.

– C'est exact.

Soudain, Wayne lui adressa un sourire radieux, comme si le soleil venait de sortir des nuages.

– Bon sang, je peux te dire la vérité ! C'est la première fois que je peux dire la vérité.

Le regret de Bryce se fit plus vif.

– Je ne te suis pas.

– Ça ne sera pas long, promit Wayne. Je n'ai pas écrit un roman, j'en ai écrit sept. Le premier, *La Perspective de Pollux*, a obtenu...

– C'est juste ! J'essayais de me souvenir du titre.

Et du sujet ; il ne l'avait toujours pas retrouvé.

– Eh bien, il a obtenu de bien meilleurs résultats que prévu, dit Wayne. J'ai donc eu un contrat pour deux livres, avec une avance bien meilleure, et ces deux livres ont bien marché.

– Jusqu'ici, tout va bien, dit Bryce, qui se demandait quelle était la catastrophe. L'alcool ? Un mauvais mariage ?
– Permets-moi de t'expliquer dans quel monde on vit aujourd'hui, dit Wayne. C'est le monde de l'ordinateur.
– C'est vrai.
– Les gens ne prennent plus de décisions, l'ordinateur prend les décisions.
Wayne se pencha et ajouta :
– Permets-moi de te dire ce qui arrive aux romanciers.
– Wayne, dit Bryce, vaguement condescendant, je suis romancier.
– Toi, tu as réussi. Tu es au-dessus de la mêlée, cette merde ne t'affecte pas. Elle affecte les types du milieu de la liste, comme moi. Les grandes chaînes de librairies, elles ont toutes un ordinateur et l'ordinateur dit : on a acheté cinq mille exemplaires de son dernier livre et on n'en a vendu que trois mille cent, donc n'en commandez pas plus de trois mille cinq cents. En conséquence, la distribution est moindre et tu n'en vends que deux mille sept cents et, la fois suivante, ils en commandent trois mille.
– Ça ne peut avoir qu'une issue.
– Tu l'as dit. À mesure que les ventes baissent, les avances baissent. Pour mon dernier livre, mon éditeur m'a proposé vingt mille dollars.
– En partant de ?
– Mon troisième contrat était le meilleur, dit Wayne. Les livres quatre et cinq. J'ai obtenu soixante-quinze mille pour chacun d'eux, de l'argent supplémentaire pour la promotion et une petite tournée publicitaire : Boston, Washington et la côte Ouest. Mais, ensuite, les ventes ont commencé à baisser.
– À cause de l'ordinateur.

– Exactement.

Wayne but une gorgée de Bloody Mary et reprit :

– Mon éditeur croyait toujours en moi, si bien qu'il s'est arrangé pour obtenir un contrat presque aussi avantageux la fois suivante, soixante mille pour le sixième livre et soixante-quinze mille pour le septième, mais pas de promo, pas de tournée. Et les ventes ont plongé et, la fois suivante, vingt mille dollars. Pour un seul livre. Plus de contrat pour plusieurs livres.

Bryce pouvait comprendre tout cela, y voyait quelque chose qui aurait pu lui arriver, mais à quoi il avait échappé.

– Bon sang, Wayne, dit-il. Qu'est-ce que tu as fait ?

– Ce que d'autres avaient déjà fait, répondit Wayne, et la colère qu'il avait éprouvée alors transparut légèrement dans sa voix. Je suis sorti de leur putain d'ordinateur.

– Tu en es sorti ? Comment ?

– Je vais te confier un secret. Partout, dans cette ville, il y a des gens qui écrivent *à nouveau* leur premier roman.

Bryce ne comprit pas immédiatement, puis il sourit et dit :

– Un pseudonyme.

– Un pseudonyme protégé. Il ne faut pas que l'éditeur soit au courant. Seul l'agent sait que c'est moi.

Wayne but une nouvelle gorgée de Bloody Mary et secoua la tête.

– C'est une existence compliquée. Comme j'ai effectivement passé un an en Italie, je suis un expatrié américain vivant à Milan, et je voyage beaucoup en Europe, parce que je suis expert en antiquités, si bien qu'on ne peut me joindre que par l'intermédiaire de mon agent. Si je dois écrire à mon éditeur, ou envoyer des modifications, je le fais par e-mail.

– Comme si les e-mails venaient de Milan.

– Il n'y a rien de plus facile.

Bryce se mit à rire.

– Ils croient que tu leur envoies des e-mails d'Italie et tu es...

– À Greenwich Village.

Bryce secoua la tête, un peu comme si c'était un truc littéraire. Puis il dit :

– Ça vaut le coup ?

– Tu sais, répondit Wayne, il y a forcément des inconvénients. Je ne peux pas faire la promotion du livre, aller en tournée, répondre à des interviews. Je ne peux pas entretenir de relations personnelles avec mon éditeur, ce qui est parfois très ennuyeux.

– J'imagine.

– Mais il y a aussi un avantage, ajouta Wayne. J'ai repris le huitième livre, celui que mon premier éditeur ne voulait payer que vingt mille dollars, je l'ai modifié de telle façon qu'il soit impossible de le reconnaître, mon agent l'a envoyé, un autre éditeur a proposé soixante mille dollars.

– Parce que c'était un premier roman.

– Parce que c'était *bon*, insista Wayne. C'était une histoire passionnante et les ordinateurs n'avaient pas d'informations défavorables à l'auteur. Donc ils ont jugé le *livre*, pas un tas de vieux chiffres de ventes.

Bryce sourit.

– J'adore les combines qui marchent.

– Pendant un moment, ça a bien fonctionné, dit Wayne. Des contrats pour un livre, parce que je n'étais pas un pro, j'étais un expert en antiquités, qui vivait en Italie. Mais le deuxième livre est monté jusqu'à soixante-quinze mille, le troisième à quatre-vingt-cinq mille. Le troisième s'est moins bien vendu, le quatrième est redescendu à soixante-quinze mille.

– Ça s'accélère, dit Bryce.

– Il y a trois semaines, l'éditeur a refusé le cinquième livre. Pas de contrat, quel que soit le prix.

Bryce pouvait partager cette souffrance, même s'il ne lui était rien arrivé de tel.

– Oh, Wayne, c'est dégueulasse.

– Mon agent a pris son téléphone, dit Wayne, mais tout le monde connaît les chiffres de tout le monde et tout le monde est obligé de vendre par l'intermédiaire des mêmes ordinateurs. Personne ne veut de Tim Fleet.

– C'est toi ?

– C'était.

– Une minute, dit Bryce. *L'Effet Doppler* ?

– C'est le troisième.

– Ton éditeur m'a envoyé les épreuves, dit Bryce, qui haussa les épaules d'un air contrit. Je crois que je ne t'ai pas donné de citation.

– Peu importe.

Wayne fixait le vide, derrière Bryce. Il ajouta :

– J'ai l'impression que plus rien n'a d'importance.

– Que va devenir le nouveau livre ?

– J'ai dit à mon agent : pourquoi ne pas l'envoyer sous mon nom, voir ce qui se passera, et il a répondu que l'ordinateur se souvient de moi, que personne n'attend le retour de Wayne Prentice et que, de toute façon, j'ai disparu depuis sept ans. L'ordinateur se souviendra de moi, mais pas les lecteurs.

– Bon sang, Wayne, c'est une situation merdique.

– J'en suis parfaitement conscient, dit Wayne. On prend une autre tournée ?

– Pas un autre Bloody Mary.

– La bière aussi nourrit.

– Tu as raison.

Ils appelèrent le serveur et commandèrent deux Becks, puis Bryce dit :

– Qu'est-ce que tu vas faire ?

– J'ai rédigé un C.V. Je vais essayer d'obtenir un poste d'enseignant. C'est ce que je faisais à la bibliothèque, je cherchais des adresses d'universités.

– Au moins, ça te maintiendra à flot pendant quelque temps.

– Je suppose.

Les bières arrivèrent, ils burent à petites gorgées et Bryce regarda le visage contrarié de Wayne. Il n'a pas envie d'enseigner dans une université, pensa-t-il. Il veut être romancier, le malheureux. Il *est* romancier, et on lui a tout pris.

Quelle blague stupide, de le rencontrer à ce moment, alors que je ne suis même plus romancier, que je suis devenu stérile et que je...

Et il se mit à réfléchir. Il réfléchit à l'histoire, il y réfléchit *comme* à une histoire. Pour la première fois depuis un an, il réfléchit en termes d'*histoire*.

Tel avait été le premier élément de l'amour et de la fascination que le travail du romancier exerçait sur lui, ce déplacement lent mais irrésistible dans l'histoire, *trouver* l'histoire, en découvrir chaque péripétie, chaque pas en avant. C'était un dédale, chaque fois, un labyrinthe qu'on construisait et résolvait dans le même instant, lorsqu'on trouvait *cette* péripétie, puis la *suivante* et la *suivante*.

C'est ce qui avait déserté son cerveau depuis un an, plus d'un an, la traque de l'histoire, la découverte du chemin, le fait d'être étonné par lui-même, ravi de lui-même face à chaque paysage nouveau, chaque nouveau pas en avant. Sa vie était frustrante, ennuyeuse, interminable, depuis un an et demi, parce que cela, le moteur de sa vie, n'en faisait plus partie. Il y avait longtemps qu'il n'avait pas éprouvé ce plaisir et, à cet instant, il réapparut.

Mais ce n'était pas exactement une histoire, pas quelque chose qu'il écrirait une fois rentré chez lui. Autre chose.

Wayne, curieux, le fixait.
– Bryce ? Qu'est-ce qu'il y a ?
– Une minute, Wayne. Laisse-moi le temps de réfléchir, laisse-moi le temps d'aller au bout de cette réflexion.
Wayne attendit, le front plissé, un peu inquiet, et Bryce alla au terme de sa réflexion. Pouvait-il proposer ça ? Est-ce que ça pouvait marcher ? Est-ce que c'était la solution ?
Il crut que oui.
– Bryce ? Ça va ?
– Wayne, écoute, dit Bryce, tu sais qu'on... Tu sais, on travaille sur un livre, on essaie de comprendre l'histoire, mais où est l'accroche, l'accroche narrative qui fait *avancer* l'histoire ? On ne la trouve pas, on ne la trouve *pas* et, tout d'un coup... la voilà ! Tu comprends ?
– Bien sûr. Il faut que ça vienne, sinon on est fichu.
– Et parfois ça ne vient pas du tout là où on l'attendait, là où on croyait chercher.
– Ce sont les meilleures, dit Wayne.
– Je viens de trouver mon accroche, annonça Bryce.
– Celle du livre sur lequel tu travailles ?
– Non, celle de la vie sur laquelle je travaille. Wayne, en vérité, il y a presque un an et demi que je suis incapable d'écrire.
Wayne le dévisagea, incrédule.
– Toi ?
– C'est-à-dire depuis le début de ce divorce merdique. Je n'aurais jamais dû quitter ma première femme, dit-il, puis il secoua la tête. Je sais que ça semble stupide, crois-moi, Ellen était Mère Teresa, comparativement à Lucie. Lucie veut tout, tout, et ça m'épuise, les avocats, les dépositions, les comptables. Elle a la moitié des droits de tout ce

que j'ai publié pendant la durée du mariage, et elle veut beaucoup plus, et ça ne finira jamais.

– C'est horrible, dit Wayne. *Là*, j'ai eu de la chance. On est toujours ensemble, Susan et moi, pas de problème. J'ai connu d'autres personnes dans cette situation, et, en fait, je crois que c'est souvent davantage le dépit et la rancune que l'argent.

– Dans le cas de Lucie, c'est l'argent, affirma Bryce. C'est le dépit et la rancune, d'accord, mais c'est l'argent, nom de Dieu.

– Désolé, mon vieux.

– Merci. J'ai dépassé le délai de remise de mon prochain livre de presque un an, l'éditeur me téléphone, fait des allusions discrètes, et je lui mens, lui dis que ça avance, que je veux être sûr que ce sera bon. Pendant ce temps, les avocats et le reste engloutissent mon argent, et je ne toucherai le paquet que lorsque je rendrai le manuscrit.

– Tu as sûrement des économies.

Bryce eut un sourire ironique.

– Tu crois ça ? Trois mômes à l'université en même temps, aucun avec Lucie, Dieu merci, plus les avocats, les comptables, la pension alimentaire d'Ellen, la maison dans le Connecticut, l'appartement en ville et l'allocation qu'*elle* touche tous les mois !

– Enfin, tous les divorces finissent par se terminer tôt ou tard, dit Wayne. C'est temporaire.

– Ça *semble* permanent, répondit Bryce. Mais, *maintenant*, j'ai mon accroche, mon accroche narrative. D'un seul coup, j'ai tout compris. Je sais comment sortir de cette impasse. Et *tu* vas en sortir, toi aussi.

Wayne secoua la tête.

– Qu'est-ce que tu veux dire ?

– Tu as un livre mais pas d'éditeur, lui rappela Bryce. J'ai un éditeur, mais je n'ai pas de livre.

– Quoi ?

Wayne esquissa un sourire et ajouta :

– Tu blagues, tu me fais marcher.

– Pas du tout. Je me souviens de *L'Effet Doppler*, c'était bon, et je me souviens que je me suis dit : ce type écrit un peu comme moi. Suspense, action, mais aussi des idées. Qu'est-ce que ton manuscrit raconte ?

– C'est l'histoire d'un homme d'affaires, dit Wayne, qui a entretenu des relations commerciales avec un sénateur. Rien de louche, rien d'important. Mais un procureur enquête sur le sénateur et son équipe fouine autour de l'homme d'affaires, parce qu'elle croit qu'il peut lui fournir des éléments. Il ne peut pas, mais il a des trucs louches ailleurs, des saloperies liées à l'environnement, et il ne veut pas que l'équipe du procureur tombe là-dessus alors qu'elle a seulement besoin de preuves contre le sénateur, et qu'il n'en a pas. Il faut qu'il mette un terme à l'enquête.

– Qu'est-ce qu'il fait ?

– Il tue le sénateur, répondit Wayne.

Bryce secoua la tête.

– C'est une nouvelle.

– Ce sont les cent premières pages. Il y a beaucoup d'autres choses, sur Washington, sur la pollution des fonds marins, sur Wall Street. *Les deux font la paire*, ton propre livre, si tu en racontais l'intrigue, tout le monde dirait que ce n'est qu'une nouvelle.

Bryce sourit. Il comprit que tout allait s'arranger.

– Tu vois ? Ça peut marcher.

– Non, dit Wayne. Tu n'es pas sérieux.

– Mais si, je le suis, bien sûr. Qui a lu le manuscrit ?

– Ma femme, mon agent et mon ancien éditeur.

– Envoie-le-moi, dit Bryce. Je te donnerai ma carte. Envoie-le-moi et s'il est tel que je crois qu'il est, je le bricolerai un peu et je le proposerai comme si c'était *mon* prochain livre. Wayne, l'avance est d'un million cent mille dollars.

Wayne parut impressionné, mais hocha la tête et dit :

– Ça ne me surprend pas.

– Je partage avec toi. Avant les commissions, les impôts et tout ça, on mettra ces détails au point, ça fait cinq cent cinquante mille dollars chacun. C'est sept fois ce que tu aurais obtenu si ton éditeur ne t'avait pas lâché.

– Bryce, c'est dingue.

– Pas du tout. Wayne, quelle importance, pour toi, le nom qui apparaît sur la couverture ? De toute façon, tu n'aurais pas pu dire qu'il était de toi, il aurait été de Tim Fleet.

– Oui, mais...

– Ainsi, on peut respirer tous les deux, on a tous les deux de l'argent à la banque, on a tous les deux le temps d'organiser notre vie.

– Tu aurais un livre en vente, dit Wayne, avec ton nom sur la couverture, que tu n'aurais pas écrit.

– Je m'en fous, répondit Bryce. Ça ne sera pas la première fois que ça arrive dans l'histoire de l'édition, et ça ne sera pas la dernière, et je m'en fous.

Wayne, le front plissé, tenta de trouver des objections.

– Si quelqu'un découvre...

– C'est *mon* problème, pas le tien.

– Je suppose... je suppose que tu pourrais...

Wayne plissa le front, puis il secoua la tête et adressa à Bryce un sourire à la fois ironique et interrogateur :

– Ça pourrait marcher, pas vrai ?

– Ça me sauvera la peau. Ça te sauvera la peau.

Songeur, Wayne dit :

– Je n'aurais pas fait un bon prof d'université.

– Tu m’enverras le livre ?

Wayne acquiesça.

– Je le posterai demain matin.

– Et on est d’accord ?

– On est d’accord.

– À une condition, dit Bryce.

Wayne le dévisagea.

– Il y a une condition ?

– Une seule.

– Oui. Laquelle ?

C’était l’instant. Bryce fixa tranquillement Wayne dans les yeux.

– Il faut que ma femme meure, dit-il.

2

Susan n'était pas rentrée, et c'était aussi bien. Il fallait que Wayne réfléchisse un peu, avant de lui raconter sa journée. Il fallait qu'il ait les idées claires. Il n'avait pas l'habitude de boire un Bloody Mary et une bière au milieu de l'après-midi, avait la tête embrumée et l'estomac vaguement dérangé. En outre, il n'avait pas l'habitude de propositions telles que celle de Bryce Proctorr.

L'appréciait-il, autrefois ? C'était à peine s'il se souvenait de Bryce, à l'époque, parce que, bien sûr, il avait suivi ses transformations au fil des années. Livre après livre sur la liste des best-sellers, interviews à la télévision, articles dans le *New York Times*. Il avait fait une publicité pour BMW dans les magazines. Si bien qu'il était difficile de se projeter vingt ans en arrière, à l'époque où ils étaient l'un et l'autre de jeunes écrivains qui galéraient à New York, fréquentaient les mêmes amis, tous dans cet univers tiède qui précède les victoires et les défaites.

Wayne n'avait rien voulu dire mais il avait lu dans *People*, environ huit mois auparavant, un article sur les difficultés conjugales de Bryce. Il y avait une photo de Bryce et Lucie « au temps des jours heureux », assis, le sourire aux lèvres, sur un canapé en velours rouge installé sur une pelouse verte, devant leur grande maison blanche, à colonnade, du Connecticut. Il avait pensé, alors, que Lucie, blonde au visage étroit, était belle mais dangereuse, comme si elle était légèrement déséquilibrée.

Wayne parlait parfois à haute voix, dans l'appartement, parce que Susan travaillait dehors et qu'il travaillait chez lui, si bien qu'il était souvent seul dans ces pièces, qu'il y allait et venait, quand il n'était pas devant l'ordinateur, y exprimait ses pensées à voix haute, était parfois étonné d'entendre ce qu'il pensait, ne prenait même pas la peine, souvent, de s'écouter. Tandis qu'il traversait l'appartement en direction de la cuisine, espérait qu'il restait du lait, croyait que le lait remettrait son estomac d'aplomb et dissiperait la brume accumulée dans sa tête, il dit :

– Il faut être riche pour avoir ce genre d'idée. Il est riche, maintenant. Et, quand on est riche, on fait faire le sale boulot par les autres.

Il y avait, dans le réfrigérateur, un carton de lait aux deux tiers vide ; il but le tiers restant directement au carton, debout au milieu de la cuisine. La cuisine était grande, pour Manhattan, de même que le spacieux appartement de six pièces situé dans Perry Street, à Greenwich Village. Susan ne pouvait pas avoir d'enfants, si bien que l'appartement était en fait trop grand, mais le loyer était bloqué. S'ils déménageaient, ils paieraient plus cher. Et ils aimaient l'espace, avoir une pièce qui était l'équivalent d'un grenier, autre rareté à Manhattan. Quand les choses allaient bien, ils ne voyaient pas de raison de chercher un endroit plus confortable, et quand les choses allaient mal – allaient-elles mal, en ce moment, ou pas ? –, ils s'accrochaient à cette caverne agréable, bon marché et spacieuse, au cœur de la ville.

Debout dans la cuisine, le carton de lait à la main, les yeux fixés sur les flacons et les boîtes d'épices soigneusement alignés sur une étagère, au-dessus de la cuisinière, et classés par ordre alphabétique par Susan, Wayne dit :

– Qu'est-ce qui l'amène à croire que *je* ferais une chose pareille ? Il ne me *connaît* même pas. Je n'ai jamais *frappé* personne, je ne... Quand me suis-je battu pour la dernière fois ? À l'école élémentaire, sûrement. Je ne peux pas faire ça. C'est *insultant.*

Il jeta le carton dans la poubelle sous l'évier et, quand il se redressa, se vit dans la vitre de la fenêtre. La cuisine et la deuxième salle de bains étaient les seules pièces donnant sur l'arrière et leurs fenêtres s'ouvraient sur une cour étroite, six étages du toit au sol, et ils étaient au quatrième de cet immeuble sans ascenseur. De jour, par cette fenêtre, on voyait des briques noires, crasseuses, et la fenêtre d'une autre cuisine, au rideau jaunâtre toujours baissé. De nuit, on voyait la lueur jaune de cette fenêtre ou, si l'autre cuisine était dans le noir, son propre reflet sur la vitre.

La nuit venait de tomber, il n'y avait personne dans l'appartement d'en face et Wayne se vit. Il semblait effrayé, comme s'il avait failli se faire renverser par une voiture. Ou comme s'il se demandait si une autre voiture arrivait.

Il tourna le dos à cette image. Il ne parlait jamais à haute voix lorsqu'il voyait son reflet. Le dos à l'évier, il dit :

– Il ne sait pas qu'il m'insulte. Il ignore tout de moi et s'en fiche totalement. Je ne suis qu'un outil qui pourrait lui être utile. Ce dont l'homme riche a besoin. Cinq cent cinquante mille dollars.

Il secoua la tête, sortit de la cuisine et gagna son bureau, installé dans la pièce la plus petite, celle que les familles, dans les appartements tels que celui-ci, appellent la nursery. Il en aimait le confort, les photos, les bandes dessinées, les notes, les jaquettes de livres et autres souvenirs punaisés aux murs, la table de travail qu'il avait fabriquée, des années auparavant, avec deux classeurs métalliques bas et une porte massive achetée dans une scierie.

Il s'assit à la table et resta tout d'abord sans rien faire, se contenta d'assimiler l'atmosphère de la pièce. Puis il alluma tout et posa les doigts sur les touches.

Il faut que ma femme meure.

Quoi ? Qu'est-ce que tu veux dire ?

Pour que ça marche, Wayne, il faut que Lucie meure. Si elle ne meurt pas, notre marché est annulé.

Est-ce que tu me demandes...

Wayne, Wayne, non, je ne demande et je ne suggère *rien*. C'est simplement la situation, Wayne. Le divorce n'est pas terminé, on est toujours mariés. Si je donne ce livre, elle en voudra la moitié. D'après la loi, elle a droit à la moitié. Et je te donne la moitié. Qu'est-ce qui *me* reste ?

Mais... Pourquoi l'as-tu proposé si tu... si tu ne peux pas le *faire* !

Nous pouvons le faire, Wayne. *Nous* pouvons le faire. Il n'y a qu'un petit problème tout simple. Il faut que Lucie disparaisse.

Tu veux que je...

Wayne, je veux *seulement* que tu m'envoies le manuscrit. Ensuite, on verra s'il est possible d'organiser quelque chose, comme je l'ai suggéré.

Mais pas si ta femme est en vie.

Ça ne servirait à rien, Wayne, c'est évident.

(Silence - long silence - Bryce regarde Wayne - Wayne s'efforce de ne rien regarder.)

Il faut que je la rencontre. Il faut que je parle avec elle.

Wayne ? De quoi ?

Du temps. Du Connecticut. De n'importe quoi.

Pas pour dire : vous savez, Lucie, votre mari vient de mettre votre tête à prix.

Non, non, ce n'est pas du tout ce que je pensais.

Qu'est-ce que tu pensais ?

Tu dis qu'elle est mauvaise, rancunière et intéressée.

Oh, tu peux me faire confiance, Wayne.

Non, je ne veux pas. Je veux savoir si elle est vraiment aussi mauvaise que tu prétends.

Tu veux dire que ce serait plus facile si c'est bien la sorcière que je te décris.

Bryce, je ne sais même pas si c'est possible.

Non, on ne le sait ni l'un ni l'autre. Je comprends que c'est une idée toute neuve pour nous deux, que ce n'est pas facile.

Il faut que je la rencontre.

Je ne crois pas que ce soit une bonne idée.

Pourquoi ?

Elle est tout ce que je dis, mais elle est capable de donner une impression complètement différente. Réfléchis un instant, Wayne. Je suis tombé amoureux d'elle, autrefois. Tu tomberas peut-être amoureux d'elle.

Non.

Comment peux-tu en être sûr ?

Susan.

Tu n'as jamais...

Pas une seconde.

Tu n'y as même pas pensé ?
Pourquoi ? Tu avais des aventures ? Quand tu étais marié avec Lucie ?
Non. Mais tout de suite après son départ, mon vieux...
Susan ne me quitte pas.
Tu es marié depuis combien de temps ?
Dix-neuf ans.
Des mômes ?
Non.
Il n'y a que vous deux.
On n'a pas besoin d'autre chose.
C'est merveilleux, Wayne, je t'envie.
Merci.
C'est ce que je veux, la prochaine fois. Réussir, enfin.
Je te le souhaite.
Merci. Je trouverai un moyen de te la faire rencontrer.
Bien.
Et envoie-moi le livre.
Oh, tu peux y compter.

Wayne lut et relut le dialogue. Il en lut des parties à haute voix, ses répliques et celles de Bryce. Bryce parlait sur un ton insinuant, manipulateur. Wayne s'exprimait d'une voix innocente, vulnérable. Quand il entendit la clé de Susan dans la serrure, il se tourna vers la pendule accrochée à gauche de son bureau. Six heures et quart. Il était là depuis une heure et dix minutes. Il plaça le curseur sur le X du coin supérieur droit de l'écran, cliqua. La boîte de dialogue apparut : « Voulez-vous enregistrer les modifications apportées au document 1 ? » Il plaça le curseur sur *Non*, cliqua.

Plus rien.

Susan travaillait à UniCare, organisation financée principalement par l'État de New York et en partie par les fabricants de cigarettes, qui chapeautait les associations d'aide aux démunis. Ce n'était pas une association et sa tâche consistait à répartir les fonds disponibles, à adapter les ressources aux besoins. Les gens qui détenaient l'argent étaient essentiellement des bureaucrates sans âme tandis que ceux qui dirigeaient les associations étaient essentiellement des sentimentaux le cœur sur la main, toujours au bord des larmes quand ils pensaient à leurs « clients ». La communication entre les deux groupes était totalement impossible. Susan, qui était capable de s'entretenir avec les deux camps sans se mettre en colère, était inestimable. Elle était entrée à UniCare comme secrétaire, quatorze ans auparavant, et était à présent directeur adjoint ; inestimable à ce point.

Elle était également inestimable du point de vue de Wayne. Il savait que sa vie était consacrée à la fiction et se disait parfois qu'il n'aurait pas survécu aussi longtemps sans le solide ancrage de Susan dans le concret. Il croyait que c'était peut-être la raison pour laquelle de si nombreux romanciers sombraient dans l'alcool ou la drogue ; au bout du compte, ils n'avaient tout simplement pas envie de retourner dans cet univers terne où tout le monde était obligé de vivre.

– Salut, chérie, dit-il.

Sa minceur souple, quand elle suivit le couloir, vêtue du tailleur qu'elle devait porter au bureau, ses cheveux châtains caressant ses joues lui firent, comme toujours, plaisir.

– Bonsoir, mon cœur, dit Susan, qui s'arrêta le temps d'un rapide baiser. Ses lèvres étaient si douces, tellement plus douces que leur apparence ne le laissait supposer, qu'il en éprouvait toujours de l'étonnement. Chaque jour il l'embrassait, plus d'une fois, et chaque fois c'était le même étonnement.

Il la suivit dans la cuisine. Elle travaillait dehors, alors qu'il passait toute la journée dans l'appartement, pourtant elle était responsable du dîner. Ils avaient l'un et l'autre été élevés au sein de familles traditionnelles, où les femmes faisaient la cuisine et où les hommes, comme chacun sait, ignoraient tout de la cuisine à l'intérieur mais s'en chargeaient à l'extérieur. L'appartement de Greenwich Village ne comportait pas d'extérieur, si bien que les éventuels talents culinaires en plein air que Wayne aurait pu glaner auprès des hommes de sa famille, dans la région de Hartford, étaient vraisemblablement atrophiés, et il n'avait aucun talent de chef d'intérieur. Susan considérait également la cuisine sous l'angle du sexe et, après quelques tentatives infructueuses de la part de Wayne qui avait essayé, quelques années auparavant, de réaliser quelque chose qui pût passer pour un dîner, elle avait affirmé qu'assumer cette responsabilité ne la gênait pas, et tel était apparemment le cas.

Cela signifiait concrètement que, pendant la semaine, elle rapportait un dîner préparé par quelqu'un d'autre, et qu'il suffisait de le réchauffer. Heureusement, dans le Village, il y avait de nombreux traiteurs capables de fournir des repas mille fois supérieurs aux surgelés du supermarché, si bien que rien ne les obligeait à sacrifier leurs papilles gustatives. Et fréquemment, pendant le week-end, surtout s'ils recevaient des amis, Susan faisait effectivement la cuisine, et s'en tirait magnifiquement.

Il la suivit donc, tandis qu'elle emportait son sac blanc et vert de chez Balducci dans la cuisine et le posait sur le plan de travail. Elle jeta un coup d'œil sur la pendule et dit :

– Le dîner après les infos ?
– D'accord.
– Je le mettrai à réchauffer pendant les premières pubs.
Il regarda également la pendule. Les informations télévisées commenceraient dans douze minutes. Il l'avait accompagnée dans la cuisine afin de lui raconter sa rencontre avec Bryce Proctorr, l'étrange proposition à laquelle il fallait qu'il réfléchisse, mais pouvaient-ils parler sérieusement de tout cela en douze minutes ? Il fallait qu'il ait toute son attention, car il avait vraiment besoin de son opinion. Je devrais oublier tout de suite cette folie, pensa-t-il, je sais que je devrais, mais je ne pourrai pas tant que Susan ne m'aura pas dit de le faire.
Je lui raconterai après les informations, décida-t-il, et il se sentit soulagé car, en réalité, il ne savait pas encore *comment* il raconterait. Comment introduire ? Comment présenter ? Je trouverai pendant les informations, pensa-t-il, puis je raconterai.

En fait, il raconta devant les filets de cabillaud à la crème accompagnés de brocolis, de pommes de terre sautées et de chardonnay de Corbett Canyon, dans la salle à manger, autre rareté dans le quartier. Il y avait des bougies sur la table et la seule lumière électrique était celle de la cuisine.
– Tu ne devineras jamais qui j'ai rencontré, aujourd'hui.
– Mmm ?
– Je suis allé à la bibliothèque, expliqua-t-il, pour me procurer des adresses d'universités. Tu sais, pour les C.V.
– Mmm, fit-elle sans le regarder.
Il savait que cette idée ne lui plaisait pas. Elle ne croyait pas qu'un campus universitaire puisse lui convenir et n'avait pas la moindre envie d'abandon-

ner son travail et sa maison pour vivre dans une petite ville universitaire de Pennsylvanie ou d'Ohio. Elle l'avait informé de ses sentiments sur le sujet, comme elle faisait toujours, cependant elle avait ajouté qu'elle savait qu'il ne mettrait ce projet à exécution qu'en cas de nécessité absolue et que, quoi qu'il arrive, elle resterait à ses côtés. Mais elle refusait de se disputer avec lui à propos d'adresses d'universités et de C.V.

– Bryce Proctorr.

Elle leva la tête et ajouta :

– L'écrivain ?

– L'écrivain célèbre. Je le connaissais, autrefois, avant de te rencontrer. Avant d'aller en Italie. Puis je suis revenu d'Italie et il y a eu toi.

Il lui sourit, toujours ravi qu'elle soit entrée dans sa vie. Elle savait ce qu'il pensait, et elle lui rendit son sourire. C'était un sourire très lascif, qu'il était seul à connaître. Il désira Susan, mais il n'avait pas encore raconté son histoire et l'idée de l'histoire le détourna complètement du désir.

– Quoi qu'il en soit, poursuivit-il, il faisait des recherches à la bibliothèque. Il m'a reconnu, est venu me dire bonjour et on est allés boire un verre.

– Donc c'est un type bien.

– J'imagine. Mais il est riche, maintenant. Il m'a dit qu'il avait un million cent mille dollars par livre.

– Il te l'a dit.

– Il avait une bonne raison.

– Est-ce qu'il est au courant de *ton* problème ?

– Je lui en ai parlé, ouais.

– Et il t'a dit qu'il avait un million cent mille. Il a retourné le couteau dans la plaie.

– Ce n'était pas ça, Susan. Laisse-moi te raconter ce qui s'est passé.

Il décrivit la scène du café, la façon dont elle avait commencé, il avait parlé de ses problèmes à Proctorr, puis Proctorr lui avait dit que son deuxième mariage se terminait par un divorce très pénible, qui traînait.

– Il y a eu un article dans *People*, il y a quelques mois, tu te souviens ?

– Pas vraiment, répondit-elle. Mais tu l'avais connu, donc il était logique que ça t'intéresse.

– Il m'a proposé un marché, dit Wayne.

Son cœur cognait, à présent, et les muscles de son estomac étaient crispés. Le plat de Balducci était bon, comme d'habitude, mais il lui était totalement impossible de manger.

– Un marché ? Comment ça, un marché ?

– Ce divorce est émotionnellement si éprouvant qu'il ne travaille plus depuis un an et demi. Il doit rendre un livre, il n'en a pas et il a besoin d'argent. Il veut publier *Coup double* sous son nom. Si, s'empressa d'ajouter Wayne, il le trouve assez bon.

Susan posa sa fourchette et inclina la tête afin d'écouter plus attentivement.

– Il veut publier *ton* livre, comme si c'était le sien ?

– C'est une sorte de compliment qu'il me fait, d'une façon détournée, dit Wayne. Il connaît mon travail. Il a lu *L'Effet Doppler*, et plusieurs autres.

– Mais, Wayne, pourquoi *ferais*-tu ça ?

– Pour cinq cent cinquante mille dollars.

Elle s'appuya contre le dossier de sa chaise.

– Oh.

– Je dois lui envoyer le manuscrit, poursuivit Wayne. S'il le trouve assez bon, il le signera – et changera aussi le titre, j'imagine – puis il l'enverra comme s'il était de lui et on partagera l'argent. Et personne ne sera au courant, pas même son agent et son éditeur.

– Oh, Wayne...

– Tu sais, dit-il, de toute façon, *Coup double* n'aurait pas été un livre de Wayne Prentice, mais de Tim Fleet.

– Mais c'est si... étrange.

– Ce n'est pas la première fois qu'un écrivain célèbre prend un nègre, affirma Wayne, parce qu'il a un blocage, qu'il est soûl ou je ne sais quoi. Il y a beaucoup de rumeurs dans l'édition, et il y en a toujours eu.

– Oui, je sais qu'elles existent, admit-elle, du fait que, à travers lui, elle connaissait le monde de l'édition depuis des années.

– Donc, c'est exactement la même chose. Je ne peux pas publier moi-même *Coup double*, sous mon nom. Ainsi, au lieu de ne pas valoir un centime, il vaut un demi-million de dollars.

– Je crois... Je crois que tu devrais dire oui.

– Mais il y a un os, dit-il.

Elle resta un instant silencieuse, puis :

– Oui ? Lequel ?

– Il veut quelque chose.

C'était en fait très difficile à formuler.

– Il veut quelque chose ?

À nouveau ce sourire lascif, puis elle ajouta :

– Qu'est-ce qu'il veut, un *droit de cuissage* ?

Il éclata de rire, s'aperçut soudain qu'il était très tendu, aussi rigide que du cristal ; au moindre choc, il volerait en éclats.

– Non, ça serait trop facile, je lui dirais simplement d'aller se faire foutre.

– Bien, fit-elle, toujours souriante.

Il n'avait pas envie de sourire. Il regarda son dîner, intact dans la lumière des bougies, la pâleur du cabillaud, la pâleur des pommes de terre, le vert acide des brocolis.

– Il veut que je tue sa femme.

– Quoi ?

Il fixa le visage stupéfait, incrédule, de Susan.

– Au fond, de cette façon, j'aurai sa moitié de l'argent.

– Wayne, qu'est-ce que tu *racontes* ?

– Si elle est en vie, elle touche la moitié de l'avance. Si j'ai l'autre moitié, il ne reste rien à Bryce et il n'a plus de raison de publier mon roman sous son nom.

– Il te paie pour que tu tues sa femme.

– Oui.

Wayne secoua la tête, puis ajouta :

– *Et* pour un livre.

Ils restèrent silencieux, sans manger ; elle le fixait, le front plissé et, malheureux, il regardait partout, dans la pièce éclairée par les bougies, mais prenait soin d'éviter Susan. La pendule murale de la cuisine fonctionnait sur piles et la mince aiguille faisait *clic* toutes les secondes, bruit qu'ils n'entendaient pratiquement jamais, mais qu'ils percevaient à présent tous les deux, aussi fort que si on avait frappé une cuiller métallique sur la table, entre eux.

– Qu'est-ce que tu as répondu ?

Dans un souffle si faible que c'est à peine s'il couvrit les *clics* :

– J'ai dit qu'il fallait que je la rencontre.

– Que tu la rencontres ? Pourquoi ? demanda-t-elle, étonnée.

– Il expliquait à quel point elle était horrible, cupide, méchante, une vraie salope. Si elle est aussi mauvaise...

– Ce sera un peu plus facile. Oh, Wayne.

– Je sais, je sais. Mais l'important est qu'il a accepté. Il va trouver le moyen de me la faire rencontrer. Entre-temps, je dois lui envoyer le manuscrit. Demain.

Il secoua la tête, reprit :

– J'enverrai quelques C.V., en même temps, autant revenir un peu à la réalité.

– Non.

Il la dévisagea.

– Non ? Comment ça, non ?

– N'envoie pas les C.V., dit-elle. Pas tout de suite.

– Pourquoi ?

Elle ne répondit pas. Les yeux fixés sur elle, il attendit, puis elle dit :

– Rencontre-la d'abord.

Il eut le souffle coupé. Ils se regardèrent, sans ciller, et il se dit : elle veut que je le fasse ! Il était absolument certain qu'elle le retiendrait au bord de l'abîme, convaincu de sa solidité, de son mépris des rêveries. Ils se dévisagèrent, il comprit le sens de la crispation sévère de sa mâchoire et dit :

– Et s'il s'avère qu'il se trompe ? Que c'est une femme bien, quelqu'un qui nous plairait ?

– Dans ce cas, tu enverras tes C.V.

Puis elle baissa les yeux et ajouta :

– Tu ne manges pas.

– Toi non plus. Susan, pourquoi veux-tu que j'attende ?

Elle hocha la tête, sans lever les yeux, puis le regarda à nouveau et dit :

– Cette histoire d'université me met très mal à l'aise.

– Je sais. Moi aussi.

– Wayne, c'est la fin de notre mariage, j'en suis sûre, mais qu'est-ce que je pouvais dire ? Quelle était l'alternative ? Tu ne peux pas vivre sur ce que je gagne. Tu *pourrais*, évidemment, mais tu ne *peux* pas. La vie que tu as menée pendant vingt ans vient de se tarir et ce n'est pas ta faute, j'en suis certaine. Les marchés changent, les règles du jeu changent, tout le monde sait que c'est ainsi, personne ne croit que la hache va s'abattre sur *lui*. Mais elle s'abat sur quelqu'un et, cette fois, c'était sur toi.

– Pas la fin de notre mariage, Susan.

– On se haïrait, à la fac de lettres de Trou-Perdu, mon cœur, tu le sais très bien. Chacun de nous se haïrait, on se haïrait mutuellement et, un jour, je ferais mes valises et je rentrerais, et toi, tu ne pourrais pas.

– Mais ce qu'on envisage de faire, ici, enfin, tu sais, c'est...

– Rien ne t'oblige à prononcer les mots, mon cœur, dit-elle. On sait de quoi on parle.

– Susan, je croyais que tu...

– Ce que je veux, Wayne, c'est *nous*. Je veux cet appartement et cette vie. Je veux mon travail, je veux ce que je *fais*. Je ne veux pas que le monde puisse nous détruire comme un château de sable.

Il regarda son assiette. Il prit sa fourchette, mais n'en fit rien. Puis il leva la tête et Susan le fixait, impassible.

– Et s'il s'avère que c'est une femme bien ?

Ses yeux brillèrent.

– On avisera.

3

L'Ambien ne faisait pas effet. Bryce ne voulait pas ouvrir les yeux, ne voulait pas admettre qu'il était toujours éveillé mais, finalement, l'ennui, l'exaspération et l'inquiétude se mêlèrent en lui avec une force qui lui fit ouvrir les paupières et il vit 4 : 19, en chiffres rouges, sur l'écran du réveil de la table de nuit. Merde.

Si Isabelle avait pu rester, il serait sûrement en train de dormir. Si elle était près de lui, si quelqu'un était près de lui – un corps chaud et affectueux –, l'insomnie ne reviendrait pas. Mais Lucie avait engagé des détectives privés – il en était convaincu, même si Bob, l'avocat, ne l'en avait pas averti – et il estimait préférable de rester prudent jusqu'à la fin du divorce. Il pouvait sortir avec Isabelle, dîner avec Isabelle, mais il fallait qu'il dorme seul, ou qu'il ne dorme *pas* seul, toutes les nuits.

Parfois, il se levait et lisait, parfois, il se levait et buvait, parfois il se levait et regardait une cassette mais, en général, il restait au lit, se tourmentait, rageait ou s'apitoyait sur son sort. Parfois, le somnifère faisait effet et il se sentait bien, au matin, quand il se réveillait, presque tel qu'il était avant. Parfois il ne faisait pas effet. Cette nuit, il ne faisait pas effet.

Et, cette nuit, un nouveau souci grinçait et piaillait dans son cerveau, le griffait dans le noir. Quelle stupidité d'avoir fait cette proposition à Wayne Prentice ! Pourquoi s'était-il dévoilé ainsi, pourquoi s'était-il rendu si vulnérable face à un homme qu'il connaissait à peine, qu'il ne connaissait en fait pas du tout ?

Et si Prentice parlait ? S'il allait voir Lucie ? S'il décidait que la publicité était le moyen de remettre sa carrière sur les rails, racontait de ce fait à tout le monde que Bryce Proctorr lui avait proposé un demi-million de dollars pour tuer sa femme ? La théorie de la fusée : c'est une poussée de haut en bas qui lui permet de monter. Wayne Prentice pousse Bryce Proctorr vers le bas et, de ce fait, monte.

Ç'avait été comme s'il préparait une intrigue, inventait quelque chose qu'il pourrait utiliser dans un livre ; mais pas un très bon livre. Prentice avait dû croire qu'il était fou, et peut-être l'était-il. Cette petite machination avait soudain jailli dans sa tête et il avait agi comme si elle était réelle, bon sang ! Joué la scène. S'était comporté comme si la fiction pouvait entrer dans les faits. Laisse ce truc dans ton bureau, se dit-il, mais il était trop tard.

Pourrait-il nier ? Si Prentice parlait à la presse, il pourrait dire : « Quelle idée stupide. Je n'ai jamais fait une telle suggestion, et sûrement pas face à quelqu'un que je ne connais pas, que je n'ai pas vu depuis plus de vingt ans. Cet homme est en quête de publicité et s'il répète ses accusations, je me verrai dans l'obligation de porter plainte. »

Sois grave, sois confiant, sois scandalisé. *Je* suis la star, se dit-il. Qui est Wayne Prentice ? Personne. Moins que personne. Même plus Tim Fleet.

Quand le réveil indiqua 5 : 04, il se leva et arpenta l'appartement, alluma toutes les lampes. Depuis le séjour spacieux, décoré par Lucie chez Bloomingdale's, on découvrait Central Park et, au-delà, les immeubles de la Cinquième Avenue. La salle à manger, située à l'angle sud-est de l'appartement, donnait également sur Central Park, et bénéficiait en outre d'une terrasse qui, sur la façade sud de l'immeuble, au quinzième étage, dominait Midtown.

Il sortit, seulement vêtu de sa robe de chambre grise, pieds nus, mais un mauvais vent soufflait du New Jersey et la sensation d'être en hauteur lui déplut, la proximité du vide, les dizaines de mètres qui le séparaient du trottoir. Si jamais je me suicide, pensa-t-il, je le ferai ici, je sauterai par-dessus la balustrade.

Il ne se suiciderait pas, il n'avait pas besoin de le faire, n'en aurait jamais besoin, mais, ce matin-là, il perçut l'attraction, presque aussi puissante que la marée, comme si on tirait sur ses bras, comme si une main posée entre ses épaules le poussait doucement. Tu dormirais, pensa-t-il soudain, puis il rentra.

Être aussi seul, pendant si longtemps, était très mauvais. C'était à cause de cela qu'il avait peur de lui-même sur sa terrasse, endroit que, normalement, il aimait. À cause de cela qu'il racontait des bêtises à un inconnu, s'exposait à Dieu sait quoi.

Il appelait « bureau » une pièce qui était à la fois bibliothèque et lieu de détente. Sa télévision à écran géant était cachée derrière des portes en acajou qui semblaient anciennes et étaient flanquées d'étagères chargées de livres, mais le canapé en cuir installé contre le mur opposé en trahissait la présence. Bryce gagna le bureau et ouvrit les portes en acajou. Puis il resta un moment immobile, l'œil terne, épuisé mais sans avoir envie de dormir, le regard rivé sur ses traits indistincts reflétés par l'écran du poste de télévision. Finalement, il se baissa, ouvrit un des tiroirs, situés sous l'appareil, où se trouvaient les cassettes, et choisit *Chantons sous la pluie*.

Au milieu, il s'endormit.

Jamais l'insomnie n'avait été aussi grave que pendant les deux nuits qui suivirent sa gaffe face à Wayne Prentice, si bien qu'il passa des journées entières à errer, engourdi et vidé de toute énergie. Par moments, il se disait : donne-lui tout, mets un terme à tout ça, signe n'importe quoi, accepte n'importe quoi, qu'elle prenne tout, le passé et l'avenir, je repartirai de zéro, qu'est-ce que ça peut me faire ? Mais ça ne pouvait pas marcher, les avocats et les juges n'accepteraient pas. Il fallait que la meule tourne à son rythme.

Puis, le troisième jour, deux lettres transformèrent son état d'esprit. La première était le manuscrit, dans une grande enveloppe brune. Wayne avait effectivement envoyé le manuscrit. Six cent vingt-trois pages, *Coup double*, de Tim Fleet. Dédicace : À Susan. Sa femme, sûrement. Et un mot, sans adresse ni signature, sur une page de papier machine :

`Il faut que je la rencontre.`

Il va le faire.

Bryce était assis à la table de la salle à manger devant son courrier, la terrasse ensoleillée à sa gauche, qui n'avait plus rien d'inquiétant. Il va le faire, se dit-il, et il comprit qu'il avait été adroit, qu'il avait bien choisi son homme, qu'il avait eu une inspiration brillante.

L'autre lettre importante était une invitation à la première d'une pièce, off-Broadway, dans un petit théâtre de Grove Street. L'auteur de la pièce était Jack Wagner, qui était essentiellement journaliste dans la presse magazine. Il avait interviewé Bryce, dix ans auparavant, et ils étaient restés en relation. C'était la première fois qu'on montait une pièce de

Jack et il était très enthousiaste, même s'il était peu probable que plus de mille personnes la voient, et même si elle ne rapporterait vraisemblablement rien, ni à Jack ni, sans doute, au théâtre. Mais Bryce comprenait le plaisir et la fierté de Jack ; il ne faisait pas cela pour l'argent.

Recevoir cette invitation était agréable, mais Bryce ne comprit pas immédiatement qu'elle était significative, ni qu'elle était liée au manuscrit qui venait également d'arriver. Puis il constata que, outre le numéro de téléphone imprimé sur l'invitation, près de la demande de réponse, un autre numéro et un mot avaient été ajoutés à la main : « Bryce, appelle-moi avant de répondre. Jack. »

Pourquoi ?

Le téléphone le plus proche se trouvait dans la cuisine. Il s'y rendit, prit un des tabourets en bois blond de l'îlot central et composa le numéro.

– Jack ? C'est Bryce.

– Ah, très bien. Écoute, je ne sais pas si c'est gênant ou pas, mais j'ai pensé qu'il valait mieux que tu sois au courant.

– Ouais ?

– Notre metteur en scène, Janet Higgins, est une amie de Lucie.

L'idée que Lucie pût avoir des amis le stupéfiait toujours.

– Tu veux dire qu'elle est invitée ?

– Je regrette, Bryce, tu sais que j'ai envie que tu viennes, mais si ça pose un problème...

– Eh bien, ouais, ça en pose un, dit Bryce. Je viendrai à la deuxième représentation, d'accord ?

– Je regrette, je sais ce que tu endures.

Absolument pas, pensa-t-il, mais une idée lui traversa l'esprit ; il se redressa et dit :

– Ne quitte pas. Jack, tu veux bien ne pas quitter une seconde ? Il faut que j'aille chercher quelque chose. Je reviens.

– Sûr.

Il posa le combiné, se précipita dans la salle à manger, s'empara de l'enveloppe marron dans laquelle le manuscrit était arrivé, sur laquelle l'étiquette du courrier exprès était collée, et l'emporta dans la cuisine.

– Jack ?

– J'écoute.

– Il y a un type qui devrait voir la pièce, je crois qu'elle l'intéresserait. Il ne connaît pas Lucie, donc il n'y a pas de problème. Est-ce que tu pourrais l'inviter à ma place ?

– Bien sûr, si tu veux.

– Pas *à ma place*, ce n'est pas ce que je veux dire. Je voudrais simplement que tu l'invites.

– Très bien. Qui est-ce ?

– C'est un écrivain, un romancier, qui s'appelle Wayne Prentice.

Il lut l'adresse de Wayne, au dos de l'enveloppe.

– Est-ce que je connais son travail ? demanda Jack.

– Tu l'as peut-être lu, il y a quelques années. Il est bloqué depuis un moment, le pauvre.

– Ooh.

– Tu vas peut-être l'inspirer.

Jack éclata de rire.

– Il va se dire, merde, je peux faire mieux, et il va être débloqué sur-le-champ, c'est ça ?

– C'est ça. Merci, Jack.

– Pas de problème.

– Et merci de m'avoir averti.

– J'espère que tout ira bientôt mieux, Bryce.

Bryce fixait le nom et l'adresse indiqués sur l'enveloppe.

– J'espère aussi, Jack, merci.

Il y avait l'annuaire de Manhattan dans la cuisine, sous le téléphone. Wayne Prentice y figurait, à l'adresse de Perry Street. Bryce composa le numéro, écouta la voix de Wayne sur le répondeur et dit, après le *bip* :

– Tu la rencontreras. Accepte l'invitation à *Low Fidelity.*

Ce soir-là, le cachet fit effet. Il dormit d'un trait jusqu'au matin.

4

Wayne embrassa Susan, à son retour, mais il était distrait.

– Il faut que je te fasse écouter quelque chose, dit-il.

– Quoi ?

Elle le suivit dans la cuisine, où se trouvait le répondeur, tandis qu'il racontait :

– Je suis allé chercher de quoi déjeuner chez le traiteur et, à mon retour, il y avait un message.

Il appuya sur *Play* : « Tu la rencontreras. Accepte l'invitation à *Low Fidelity.* »

– C'est Bryce Proctorr, expliqua-t-il. C'est sa voix.

– Repasse le message.

Elle écouta, les lèvres serrées, les yeux plissés.

– Il est arrogant, décida-t-elle.

– Il n'est pas arrogant, dit Wayne. Il pourrait l'être, compte tenu de son succès, mais il ne l'est pas. Il est sûr de lui, c'est tout.

– Repasse-le.

Après la troisième écoute, elle dit :

– Ce n'est pas de l'arrogance, c'est de la nervosité. Il est tendu et tente de le cacher.

– Il ne sait pas si je le ferai ou pas. Il devrait avoir reçu *Coup double* et en avoir déduit qu'au moins, j'y pense.

– Qu'est-ce que *Low Fidelity* ?

– J'ai regardé dans *New York*, dit-il, puis il montra la revue posée sur la table de la cuisine, qu'un couteau à découper maintenait ouverte. Ça n'a pas encore commencé, mais c'est dans le quartier, dans Grove Street, et la première a lieu jeudi prochain.

Elle s'immobilisa près de la revue et lut l'article annonçant le début des représentations.

– Une nouvelle comédie. Je n'ai jamais entendu parler de Jack Wagner.

– Vers trois heures et demie, dit-il, le théâtre m'a téléphoné. Il s'appelle Nu-Arts.

– Ils t'ont *téléphoné* ? fit Susan, étonnée.

– Je suppose que c'était la caissière ou une secrétaire, je ne sais pas. Elle a dit que j'avais été ajouté sur la liste des invités de la première, à la demande de l'auteur, et que je recevrais une invitation par la poste, mais qu'ils voulaient être sûrs que je serais informé, du fait que le temps presse.

– Bryce Proctorr sort sa baguette magique et tu es invité à la première d'une pièce ?

– Off-Broadway.

– Tout de même.

Elle jeta un nouveau coup d'œil sur l'article de la revue, puis adressa un sourire énigmatique à Wayne et dit :

– Tu crois que c'est *son* pseudonyme ? Jack Wagner ?

– À qui, à Bryce ?

Wayne rit, puis ajouta :

– Non, pourquoi en aurait-il un ?

– On dirait un pseudonyme.

– Bryce Proctorr n'a pas de pseudonyme, dit Wayne, qui en était absolument certain. En plus, s'il était l'auteur de la pièce, elle ne serait pas sur la liste des invités.

– Je suppose.

L'article annonçant le début des représentations n'apportait que très peu d'indications, ni résumé, ni biographie de l'auteur et des autres participants, mais Susan y revenait sans cesse, comme s'il contenait la solution d'un problème qui la troublait. Wayne la regarda, puis montra le répondeur.

– Tu veux écouter à nouveau ?

– Non. Il vaut mieux l'effacer.

– Très bien.

Il éprouva une sensation étrange. On appuie toujours sur le bouton d'effacement pour se débarrasser des vieux messages mais, cette fois, l'impression produite fut différente, comme s'il était dans un film d'espionnage. Ou comme si, dans un roman policier, il détruisait une preuve.

Bip, fit la machine : tes secrets sont en sécurité.

Susan fixait toujours la revue, le front plissé mais, après le *bip*, elle se tourna vers lui sans changer d'expression.

– C'est très bizarre, dit-elle, qu'il puisse faire ça. Tendre la main et cueillir quelqu'un.

– Il a des relations, c'est tout. Susan, nous aussi on a des relations.

– Alors... tu as dit que tu irais ?

– Que nous irions. L'invitation est pour nous deux ou, tu sais, je peux emmener quelqu'un, donc j'ai dit que je viendrais accompagné.

– Oh, non, décida-t-elle. Tu fais ça seul. Jeudi prochain ? Je dînerai avec Jill.

Jill était une vieille amie, désormais divorcée, une femme douce, plutôt floue, qui avait beaucoup de petits problèmes sans importance. Chaque fois que Wayne devait sortir ou n'était pas libre, Susan dînait avec Jill. L'équivalent, du côté de Wayne, était un ami rencontré à l'université, Larry, qui était un célibataire endurci aussi sec qu'un crochet à broder – et ce depuis le jour de sa naissance – mais dont l'humour sardonique était amusant, à petites doses. Wayne et Susan avaient souvent, pour blaguer, parlé de réunir Jill la molle et Larry le dur, et imaginé quelle catastrophe ce serait !

Mais, cette fois, l'idée du dîner avec Jill contraria Wayne.

– Pourquoi ? demanda-t-il. Tu n'as pas envie de voir cette fameuse Lucie ?

– Absolument pas. Et je ne veux pas rencontrer Bryce Proctorr, et je ne veux savoir de ce que tu... de ce que tu vas faire que ce que tu seras absolument obligé de me dire.

– Comment ça ? Tu te réserves la possibilité de nier ? demanda-t-il.

Il souriait mais ne trouvait pas cela drôle.

– Non, bien entendu. Wayne, c'est *ta* décision, parce que c'est *ton* fardeau, quel que soit le choix que tu feras. Si je prends part à la décision, elle ne t'appartiendra plus et tu n'auras pas confiance en elle. Dans les années à venir, tu auras encore des doutes.

– Mais tu *prends* part à la décision. Tu dis que notre mariage ne résistera pas si j'accepte un poste d'enseignant dans une université et, bon sang, tu as probablement raison. Donc tu y *prends* part.

– Pas à la *prise* de la décision, insista Susan. Je ne me défile pas, Wayne, mais je ne veux pas avoir mon opinion sur Lucie Proctorr, si elle porte toujours ce nom. Mon opinion ne compte pas. Mon opinion ne fera que te compliquer la tâche et, si je la rencontre, il faudra que tu me demandes ce que je pense d'elle, et il faudra que je te le dise, et je ne veux pas me trouver dans cette situation.

– Donc, tu veux que j'y aille seul.

– Il le faut. Dans cette affaire, tu *es* seul.

– Mais on fait tout ensemble, Susan.

– Pas tout, dit-elle.

5

Vendredi en début d'après-midi, avant de quitter la ville pour le week-end, Bryce passa voir son avocat, après avoir pris rendez-vous. Pas Bob, l'homme chargé du divorce, mais son véritable avocat, Fred Silver. Fred et Bob – qui se prenait pour Robert Jacoby – appartenaient à la même société, dont les bureaux se trouvaient dans Graybar Building, audessus de Grand Central. Parfait pour Bryce, qui prenait le Metro North à destination du Connecticut.

La chevelure de Fred Silver était argentée et tout, en lui, semblait découler de ce confluent du nom [1] et des cheveux. Lisse, brillant, imperturbable, luxueux. Sa poignée de main fut aussi lisse que de coutume, il montra, de sa main propre et grassouillette, le fauteuil en cuir où Bryce prenait toujours place, puis il s'installa de l'autre côté du bureau et dit :

– D'après Bob, les choses avancent.

– Maintenant, posez-moi la question, dit Bryce.

Fred eut un rire étouffé.

1. Silver : argent. (*N.d.T.*)

– Les clients trouvent toujours que ces choses prennent trop longtemps. Attendez la fin, vous remercierez Bob d'avoir mis les points sur les *i*.

– Comme vous avez beaucoup de *i*, grand-mère, fit Bryce. Mais ce n'est pas ce qui m'amène.

– Non, bien entendu.

– Il faut rédiger un contrat, dit Bryce. J'en ai besoin dès que possible et il faut qu'il reste totalement secret.

Fred lui adressa un regard étonné et curieux ; Bryce Proctorr n'était généralement pas un client qui réservait des surprises.

– Tout ce que vous voulez, vous savez, dit-il, puis il suggéra le reste de la phrase d'un geste de la main.

– Oui, naturellement. C'est privé.

Bryce passa la main gauche sur son visage, comme pour chasser des toiles d'araignée. C'était un geste qui était devenu fréquent, chez lui, pendant l'année écoulée, même s'il n'en était pas encore conscient.

– Vous savez, dit-il, ce divorce, tous ces *i* sur lesquels il faut mettre des points, ça m'a beaucoup troublé.

– Bien entendu.

– Je ne pouvais pas travailler.

– Je sais qu'il est difficile de se concentrer quand...

– Non, Fred, je ne pouvais pas travailler. Pas du tout.

Une nouvelle fois, Fred fut étonné.

– Et vous n'avez rien dit.

– Je n'ai pas vraiment menti, mais je n'ai pas davantage admis la vérité. Joe me demande – vous connaissez mon éditeur – si le nouveau livre avance, je réponds : lentement. Bon, zéro, c'est lent, n'est-ce pas ?

– Zéro ? Bryce, franchement, vous ne travaillez pas *du tout* ?

– J'appréhende d'entrer dans la pièce où se trouve l'ordinateur, expliqua Bryce. Je reste une semaine sans aller voir si j'ai des e-mails.

Fred parut très inquiet.

– Vous voyez quelqu'un ?

– Vous pensez à la psychothérapie ? Fred, *je* sais quel est le problème. J'ai un bourdonnement dans les oreilles, qui s'appelle divorce, et tant qu'il n'aura pas cessé, je ne pourrai pas me concentrer sur autre chose. La psychothérapie ne ferait qu'ajouter une raison d'être impatient.

Fred, qui croyait tout naturellement que les nombreux problèmes de l'existence peuvent être résolus par un professionnel, écarta les bras et dit, visiblement dubitatif :

– Vous êtes le mieux placé pour savoir, Bryce.

– J'espère. De toute façon, ça ne peut pas durer. Je dois rendre un livre et j'ai besoin d'argent. Donc, je prends un collaborateur.

– Vous ? Bryce, rien de ce que vous me dites aujourd'hui ne correspond à votre personnage.

– Il faut que je fasse *quelque chose*, Fred. Ce type, je le connais depuis longtemps, c'est lui-même un bon écrivain, il a publié plusieurs livres, mais il est dans une situation difficile. Donc il va préparer le nouveau avec moi, et l'écrire avec moi, mais ce serait commercialement très mauvais si ça se savait. Donc il faut que ce soit totalement secret.

– Et vous pouvez faire confiance à cet homme ?

– Absolument. Il y a tout autant intérêt que moi. Et *sa* carrière en souffrirait, si on apprenait qu'il devient nègre. Ce serait comme si on s'apercevait qu'il écrit des novélisations.

– Je ne sais pas ce que c'est, reconnut Fred.

– Oh, les romans tirés des films, écrits sur la base du scénario.

– Et, si je comprends bien, on considère que ce n'est pas du travail de haut niveau.

– Du boulot de pisse-copie.
– Je comprends.
Quand Fred devenait sérieux, il se penchait, posait les avant-bras sur le bureau, la main droite près de son stylo et de son bloc, et c'est ce qu'il fit.
– Vous vous êtes entendus sur les détails de votre accord ?
– Le contrat indiquera qu'il est engagé en tant que conseiller éditorial, dit Bryce, qui s'interrompit tandis que Fred notait. Il ne mentionnera pas sa participation à la rédaction et l'élaboration. Il précisera que son travail est confidentiel et que, dans le cas où il ne respecterait pas cette confidentialité, le contrat serait nul et il ne serait pas payé.
– Et dans le cas où il est payé ?
– Cinq cent cinquante mille dollars sur le premier versement.
Cette fois, Fred n'en revint pas.
– C'est une somme énorme, Bryce !
– C'est la moitié de l'à-valoir, précisa Bryce. Je vous ai dit que c'était une collaboration, donc il faut qu'il touche la moitié. Mais ensuite, sur les droits dérivés, les ventes à l'étranger, le cinéma, toutes ces choses, il ne touche qu'un quart.
– Pas la moitié ?
– Non, un quart.
– Acceptera-t-il ?
– J'en suis sûr, répondit Bryce, parce qu'il voulait en être sûr. Il comprendra que ce type de revenu supplémentaire sera dû à mon nom, pas à l'une ou l'autre de ses contributions au livre.
– Je suis sûr que vous avez raison.
Le stylo au-dessus du bloc, Fred demanda :
– Comment s'appelle ce collaborateur ?
– Tim Fleet. Comme Fleet Street.
Fred nota.
– Et qui le représente ?

– Personne. C'est seulement entre lui et moi.

Fred posa son stylo.

– Vraiment, Bryce ? Il faudrait qu'il soit représenté. S'il y a des problèmes, plus tard...

– Il n'y aura pas de problèmes, affirma Bryce, convaincu que Fred était à nouveau victime de son obsession du cercle magique des professionnels, qui devait selon lui entourer sans cesse tout le monde. On s'est arrangés, Tim et moi, et on est tombés d'accord, si bien qu'il ne reste qu'à mettre tout ça sous une forme légale.

– Et le délai ?

– Dès que possible. Dans le courant de la semaine prochaine ?

– Non, dit Fred, je parlais du terme de la collaboration. Du délai, précisément, comme vous dites.

– Oh, non, inutile d'en mentionner un. Nous ne voulons ni l'un ni l'autre *accentuer* la pression.

Il sourit et ajouta :

– Le livre n'a même pas de titre. Il est en cours d'élaboration.

Et Bryce travaillait effectivement sur le livre, ainsi que sur le titre. Dans le train de Danbury, sur le chemin de son arrêt, Bethel, l'avant-dernier de la ligne, il trouva une banquette vide, du fait qu'il partait en début d'après-midi, avant l'heure de pointe, s'installa, entreprit de relire le livre, de prendre des notes et de chercher un titre.

Le livre était bon, certainement assez bon pour qu'il puisse le signer. Pendant le week-end, il le scannerait, le rentrerait dans son ordinateur et commencerait la réécriture. Il conserverait le fond de l'intrigue, mais il y aurait des changements. Il faudrait modifier le ton, l'atmosphère et la langue, pour que le livre corresponde au style de Bryce Proctorr, et il faudrait en outre resserrer l'ensemble, afin d'augmenter la tension, du fait que, selon lui, une des faiblesses de Wayne était une tendance à écrire d'une façon neutre, comme s'il rédigeait un rapport au lieu de raconter des incidents lourds de drame.

En outre, il faudrait transformer les personnages principaux. Le sénateur, notamment, qui était le principal problème du héros, deviendrait quelqu'un de complètement différent. Wayne le présentait sous les traits d'une sorte de doyen d'université, de professeur, dur, mais prenant des gants, tandis que Bryce en ferait plutôt une sorte de réalisateur de cinéma, plus impitoyable et sûr de lui, et hâbleur, en plus. L'écrire serait amusant.

Mais, pendant la première révision du manuscrit, il concentrerait son attention sur la langue. Il avait remarqué, notamment, que les personnages « tressaillaient » chaque fois qu'ils réagissaient à quelque chose qui leur déplaisait. Il n'aimait pas « tressaillir », n'employait jamais ce mot, si bien qu'un des premiers ordres qu'il donnerait à l'ordinateur aurait pour effet de remplacer « tressaillir » par « grimacer ».

L'autre problème était le titre. Même si *Coup double* lui avait plu, ce qui n'était pas le cas, il n'aurait pas pu le conserver, parce que l'agent de Wayne ainsi que son ancien éditeur avaient vu le roman sous ce titre. Le troisième livre de Bryce s'intitulait *Le Jumeau unique*, titre qui aurait parfaitement correspondu à celui-ci, compte tenu de la relation entre l'homme d'affaires et le sénateur ; dommage qu'il l'ait déjà employé.

De nombreux voyageurs descendirent aux deux arrêts de Wilton puis le paysage, sous le soleil de la fin de l'après-midi, se fit de plus en plus familier, de plus en plus rassurant. Isabelle serait dans la maison, à son arrivée, et ils auraient le week-end pour eux.

Il sentit qu'il se détendait. Il ne se demandait plus, désormais, si Wayne Prentice serait à la hauteur, il se demandait simplement si le roman serait à la hauteur, et la réponse était oui.

Deux visages dans le miroir. Il nota.

6

Wayne tentait de travailler sur un nouveau roman. Il avait l'idée d'un homme dont le frère disparaît en Amérique centrale, et qui part à sa recherche. Le frère était théoriquement courtier en Bourse à New York mais, au fil des recherches du héros, des ambiguïtés de plus en plus nombreuses surgissaient. Son frère était-il, en réalité, un agent de la CIA ? Blanchissait-il de l'argent pour le compte des cartels de la drogue ? Était-il lié à des généraux de droite ? Wayne n'avait pas encore pris de décision et il lui semblait que la personnalité du héros finirait par le conduire à celle du frère disparu. Il intitulerait le roman *L'Ombre de l'autre*, mais il avait un mal de chien à se concentrer dessus.

Tout d'abord, pourquoi travaillait-il ? Qui était l'auteur ? Fallait-il qu'il investisse tout ce temps, ces recherches et cette énergie pour vendre ensuite le roman cinq mille dollars à une petite maison d'édition ? Ou à personne ? Tenterait-il de créer un *troisième* nom ? Cela semblait exiger trop d'énergie, et est-ce que ça améliorerait la situation ?

Était-il désormais un amateur ? Comptait-il au nombre de ces gens qui écrivent pendant le week-end, mettent dix ans à terminer un roman auquel personne ne s'intéresse ? Même si...

Même s'il touchait l'argent de Bryce et si *Coup double* était publié sous le nom de Bryce, qu'est-ce que ça lui rapporterait, au bout du compte ? Bryce ne serait pas bloqué indéfiniment et n'aurait plus besoin de nègre. Tôt ou tard, l'argent serait dépensé et que ferait alors Wayne ?

De toute façon, ce n'était pas l'argent qui comptait, c'était l'écriture. Il voulait s'asseoir devant son ordinateur, comme toujours, dérouler les intrigues, mais il ne voulait pas que ce soit vide de sens, une routine, une comédie. Il ne voulait pas être ridicule à ses propres yeux.

Et l'autre problème, évidemment, était Lucie Proctorr. Il avait commencé *L'Ombre de l'autre* le lundi, mais le jeudi occupait ses pensées, le troublait, le contraignait à inventer des scénarios concernant Lucie Proctorr et pas Jim Gregory, le héros de son roman.

Le mercredi, il passa plus de temps à arpenter l'appartement qu'assis devant son ordinateur et le jeudi fut pire, d'autant plus que Susan ne rentrerait pas après le travail. Elle irait directement chez Jill, qui habitait Riverside Drive, et elles sortiraient ensuite dîner.

L'invitation à *Low Fidelity* était arrivée au courrier de mardi et indiquait qu'une réception suivrait la représentation. La première de la pièce débuterait une heure plus tôt que de coutume, à dix-neuf heures, si bien que Wayne mangea, à dix-huit heures, les restes qui se trouvaient dans le réfrigérateur. « Il y a du bon et du mauvais chez tout le monde, se dit-il tout en faisant les cent pas dans la cuisine. Qu'est-ce que j'ai contre elle ? C'est *le* problème. » Il était de plus en plus tendu et il but un verre de vin pour se calmer, mais il n'osa pas boire davantage.

C'était une soirée fraîche du début novembre, pas froide au point de porter un manteau. Il avait son blazer, une chemise bleue et une cravate rouge, et il descendit Grove Street, arriva dix minutes avant le début de la représentation, trouva le groupe habituel de gens qui attendaient sur le trottoir. Il ne connaissait personne et il n'y avait que lui qui fût seul. Il identifia Lucie, grâce à la photographie de *People*. Elle bavardait et riait en compagnie de deux autres femmes ; toutes les trois avaient la quarantaine et étaient jolies, mais leur attitude semblait dire : interdiction de toucher à la marchandise. Les deux autres femmes fumaient, pas Lucie.

Bavarder, fumer ou attendre des amis étaient les seules raisons de rester dehors. Rien de tout cela ne s'appliquait à Wayne, si bien qu'il entra et montra son invitation à une jeune femme debout derrière une table pliante installée à droite de la porte. Elle cocha son nom sur une liste, puis lui donna son billet et le programme.

Il entra dans la salle, qui était petite, sous un plafond noir très haut ; les sièges, en pente très abrupte, se trouvaient à droite, la scène à gauche. Il n'y avait pas de rideau devant le plateau, et le décor était envahissant : une salle de séjour, une cuisine et un escalier, des tas de portes. Il n'était pas éclairé, de sorte qu'il semblait vaguement mystérieux et vaguement menaçant.

Moins d'un quart des sièges étaient occupés, et il constata qu'il y avait quelques autres personnes seules, comme lui. Sa place était la dernière, du côté opposé, aux deux tiers de la pente. Il passa entre la scène et les sièges, conscient du fait qu'on jetait un rapide coup d'œil sur lui, puis qu'on tournait la tête quand on s'apercevait qu'on ne le connaissait pas. Serait-ce important si, plus tard, des gens se souvenaient l'avoir vu ici ce soir ? Non, impossible.

Le programme était une version off-Broadway de *Playbill*, bourré d'informations bavardes sur un univers très différent du sien. Les écrivains qu'il connaissait étaient romanciers ou nouvellistes, ou bien étaient devenus scénaristes en Californie, rentraient de temps en temps et racontaient leurs histoires horribles. Les gens de théâtre vivaient dans un univers parallèle.

Le *Playbill* contenait les brèves biographies habituelles, si bien qu'il lut celle de Jack Wagner, l'auteur. C'était apparemment sa première pièce. Il était journaliste, originaire du Missouri, diplômé d'Antioch, et il vivait près de Rhinebeck avec sa femme, Cindy, et ses deux fils. Il avait été nominé trois fois dans le cadre de récompenses journalistiques dont Wayne n'avait jamais entendu parler.

Des gens entrèrent, la salle s'emplit, puis un couple âgé sympathique prit les deux sièges voisins de celui de Wayne. Ils portaient des manteaux et des écharpes, et la femme avait un sac volumineux, en cuir noir, si bien qu'il leur fallut du temps pour s'installer, temps pendant lequel Wayne lut la liste des individus et des organisations qui soutenaient le théâtre, puis la biographie du metteur en scène, Janet Higgins : originaire de Floride, elle avait monté, off-Broadway, une demi-douzaine de pièces dont Wayne ignorait tout, elle avait en outre une expérience considérable du « théâtre régional ».

– Bonsoir.

C'était la femme, à sa gauche. Son mari était assis près de Wayne, si bien qu'elle dut se pencher pour lui sourire.

– Bonsoir, dit Wayne.

– N'est-ce pas merveilleux pour Jack ?

– De journaliste à auteur dramatique, fit Wayne, admiratif, comme s'il s'agissait d'une performance acrobatique difficile, quel bond !

– Personne ne le mérite davantage, dit la femme.

Wayne y vit un coq-à-l'âne, mais manifesta néanmoins son approbation.

– Vous avez raison.
– Fred Gustav, dit l'homme. Ma femme, Molly.
– Wayne Prentice.
– Vous n'avez pas trouvé qu'il y avait une circulation terrible, ce soir ? demanda Molly. Je n'en revenais pas.
– Je suis venu à pied. J'habite tout près.
Ils le dévisagèrent comme s'il était une curiosité fascinante de la nature.
– Vous habitez le Village ?
– Hon-hon.
– Ça doit être amusant.
– Ça l'est.
– On habite Yonkers, dit Fred. Notre fils, Perry, est un camarade d'université de Jack.
– À Antioch.
– Exactement.
Des gens, quelques rangs plus bas, appelèrent Fred et Molly, qui répondirent et, tout en bas, Lucie Proctorr entra, seule, puis s'installa près de l'extrémité du premier rang. Ses cheveux blonds scintillaient comme des copeaux d'or dans la lumière d'un des projecteurs du plafond. La scène grise, derrière elle, évoquait un tombeau.
Wayne eut vaguement envie de vomir.

Il ne comprit rien à la pièce, seulement que les portes claquaient sans cesse, que les gens se tenaient face à face et s'invectivaient, que le public rit beaucoup, et applaudit, même, de temps en temps pendant la représentation. Wayne ne vit pratiquement que cette tête blonde, en bas, lumineuse dans la lumière de la scène.
Le plus bizarre est qu'il pensa principalement à *L'Ombre de l'autre*. Des détails relatifs à Jim Gregory, aux gens qu'il rencontrerait une fois arrivé au Guatemala, à la façon dont il entreprendrait ses

recherches, toutes ces choses couraient dans son esprit, alors qu'elles ne l'avaient pas fait de la semaine.

Wayne estima que les applaudissements furent plus nourris, à la fin, qu'ils le seraient lors des représentations suivantes ; tout le monde, après tout, était lié aux personnes ayant participé au spectacle. Les acteurs furent longuement applaudis, puis on appela « l'auteur » à plusieurs reprises, et un homme à l'allure d'intellectuel, qui portait une veste de sport marron et un pull à col roulé bleu marine, vint sur la scène et fut applaudi par le public debout. Il avait des lunettes à monture foncée, qui réfléchissaient la lumière des projecteurs sur le public, et une barbe à la Van Dyck soigneusement taillée. Il avait les mains l'une contre l'autre devant lui, comme s'il était menotté, et il hochait beaucoup la tête, souriait et souriait.

Puis, exactement au moment opportun, selon Wayne, l'homme qui se tenait sur scène leva les bras, afin que le public fasse silence, et il se tut, et il dit :

– Rien de tout cela n'aurait pu arriver sans notre merveilleux metteur en scène, Janet Higgins !

Elle apparut et c'était une des femmes avec qui Lucie bavardait devant le théâtre. Le public applaudit une nouvelle fois debout et Lucie, qui sautillait sur place au premier rang, leva les mains serrées l'une dans l'autre au-dessus de la tête, afin que Janet Higgins comprenne qu'elle était la meilleure.

Janet Higgins fit un bref discours élogieux, puis présenta le fondateur et directeur du théâtre, un homme de petite taille, vêtu d'un pull fripé, qui fit également un discours élogieux, et invita ensuite tout le monde sur la scène, où on servirait « à boire et à manger ».

Participer à un cocktail sur une scène de théâtre faisait un effet bizarre. On était dans un salon et on n'y était pas. Les gens bavardaient joyeusement, Fred et Molly étaient confortablement installés sur le canapé placé face au public et de nombreuses personnes étaient assises sur l'escalier, qui n'aboutissait en réalité nulle part. Le plan de travail de la cuisine était devenu un bar tenu par un barman en smoking, et des serveuses, également en smoking, circulaient avec des plateaux de canapés. Wayne faisait durer un verre de vin blanc, allait de la cuisine à la salle de séjour, se demandait comment il allait faire la connaissance de Lucie Proctorr, qui était toujours en pleine conversation.

Enfin, il vit que Jack Wagner était libre, si bien qu'il s'approcha de lui, tendit la main et dit :

– Félicitations.

– Oh, merci, fit Wagner. Merci.

Il avait les yeux très brillants et sa main, quand elle serra celle de Wayne, vibrait. Son autre main tenait un verre de vin blanc à la surface duquel il y avait des vaguelettes.

Wayne dit :

– Je suis Wayne Prentice, le type que Bryce vous a refilé.

– Ah, *voilà* qui vous êtes !

Son expression changeait sans cesse, kaléidoscope de types différents de joie. Je suis très heureux que vous ayez pu venir, dit-il.

– Moi aussi. C'est une pièce formidable.

– Merci.

Wayne jeta un coup d'œil autour de lui et demanda :

– L'ex-femme de Bryce est ici, n'est-ce pas ?

– Oh, Lucie, sûr, c'est une copine de Janet. Vous ne connaissez pas Lucie ?

– On ne s'était pas vus depuis des années, Bryce et moi, et on s'est retrouvés récemment. Je suppose qu'il a recherché de vieux amis après la faillite de son mariage. Écoutez, j'aimerais faire la connaissance de Lucie Proctorr, mais je ne sais pas comment m'y prendre.

– Il n'y a rien de plus facile, dit Wagner. Mais, vous savez, je ne mentionnerai pas que vous êtes un ami de Bryce.

– Bonne idée. Et si on disait que je vous ai connu, proposa Wayne, parce que je vous ai téléphoné, un jour, afin de vous demander des renseignements sur le journalisme, pour un de mes romans ?

– Parfait. Venez.

Lucie était dans la cuisine, au sein d'un petit groupe de gens debout près du réfrigérateur, non loin d'une porte qui donnait sur un moignon de perron et, au-delà, sur l'obscurité des coulisses. Wagner attendit un moment, puis dit :

– Lucie, il faut que je te présente quelqu'un.

Wayne remarqua qu'il y avait une vigilance d'oiseau dans la façon dont elle tourna la tête et dans l'éclat de ses yeux. Elle sortit de la conversation comme on sort de la baignoire.

– Oui ?

– Lucie Proctorr, Wayne Prentice.

– Enchanté.

– Wayne est romancier, mais c'est un type bien.

– Oh, il y *a* des romanciers qui sont des types bien, dit-elle, puis elle esquissa un sourire à l'intention de Wayne et ajouta : êtes-vous un romancier célèbre, M. Prentice ?

– Oh, non. Je suis un romancier voyageur, je vends mes livres dans le coffre de ma voiture.

– Vous êtes sûrement un vendeur très persuasif.

– Je fais de mon mieux.

– Vendez, dit-elle.

Il ne saisit pas.

– Quoi ?

– Vendez-moi un livre.

– Excusez-moi, dit Wagner, qu'on appelait, mais ils n'y prêtèrent pas attention.
– Vendez-moi votre dernier livre.
Cela aurait été trop compliqué. Il dit :
– Non, je vais me faciliter les choses. Je vais vous vendre le premier.
Elle le dévisagea avec une acuité amusée.
– Pourquoi est-ce plus facile ?
– J'étais très enthousiaste, à l'époque.
– Et vous ne l'êtes plus ?
– Parfois. Mon premier livre s'intitulait *La Perspective de Pollux* et racontait l'histoire de deux militaires chargés d'assurer la sécurité d'une machine capable de détruire le monde. L'un d'eux décide que c'est une manifestation de Dieu, qu'il faut protéger à tout prix, tandis que l'autre décide que c'est l'Armageddon et qu'il ne faut pas empêcher sa libération. Ils se considèrent l'un et l'autre comme le bon de l'histoire.
– Très artistique.
– En fait, dit-il, j'essayais d'être très commercial. Tout faire exploser, vous savez.
Elle semblait songeuse.
– Quel est le titre, déjà ?
– *La Perspective de Pollux.*
– Mais je l'ai lu, ce livre !
– Vraiment ? dit-il ébahi.
– Mon mari l'avait. Ex-mari. Il l'avait et il l'a probablement toujours. Vous le connaissez ?
– Votre mari ?
– Ex-mari, enfin tôt ou tard. Bryce Proctorr.
– Oh, lui, il *est* célèbre, dit Wayne. Je ne crois pas qu'il vende ses livres dans le coffre de sa voiture.
– Non, mais ça vaudrait peut-être mieux pour lui, dit-elle. Iriez-vous faire remplir mon verre de vin ?
– Avec plaisir, répondit-il, puis il le prit et fit remplir son verre et le sien.

Quand il revint, elle était engagée dans une autre conversation, mais elle l'abandonna immédiatement, prit le verre et dit :

– Merci. *La Perspective de Pollux.* Pourquoi n'êtes-vous pas célèbre, M. Prentice ? Vous êtes aussi bon romancier que mon ex. Vous ne vous mettez pas en avant ?

– Peut-être pas assez.

– Eh bien, ce n'est pas en restant les deux pieds dans le même sabot qu'on arrive à quelque chose, déclara-t-elle. Combien de livres avez-vous publiés ?

– Douze.

– Et vous comptez toujours au nombre des anonymes ? Pour moi, vous devriez avoir honte.

– Ce n'est peut-être pas entièrement ma faute.

– C'est ce que disent tous les perdants, commenta-t-elle.

Il ne pouvait laisser sa contrariété transparaître.

– Avez-vous fréquenté beaucoup de perdants ? demanda-t-il.

– Jamais longtemps. Sur quoi travaillez-vous, en ce moment ?

– Un homme dont le frère disparaît et qui part à sa recherche. Je crois qu'on s'apercevra, au bout du compte, que c'est lui-même qu'il cherche.

– Artistique mais commercial, encore une fois ?

– Des tas d'embrouilles. De généraux sud-américains.

– Oh, on sait déjà tout ça, non ?

– On ne sait rien de mon personnage ni de son frère.

– Je ne suis pas sûre qu'on ait besoin de le savoir, dit-elle. Vendez-moi ce roman.

– Pas ici. Trop de distractions.

À nouveau, ce regard aigu d'oiseau ; d'oiseau de proie ?

– Vous me demandez un rendez-vous ?

Ce n'était pas le cas. Elle était si agressive, si rapide, qu'il avait toutes les peines du monde à répondre du tac au tac. En sa présence, on avait l'impression de se trouver sur un court de tennis alors qu'on n'avait pas été averti qu'il faudrait jouer.

– Exactement, dit-il, parce qu'il faudrait qu'il se rapproche d'elle, quoi qu'il arrive ensuite.

Il se souvint que Bryce lui avait dit qu'*il* était tombé amoureux de cette femme et la même chose ne risquait-elle pas d'arriver à Wayne ? Non. Il avait répondu non, cette fois, à cause de Susan mais, à présent, il pouvait répondre non à cause de Lucie ; elle était trop nerveuse pour qu'on puisse tomber amoureux d'elle. On pouvait la désirer, pour voir s'il était possible d'immobiliser, avec sa queue, le vif-argent de sa personnalité, mais ce serait sans lien avec l'amour.

Il dit :

– On dîne ensemble lundi prochain ?

– Je suis prise, lundi. Vous pourriez me téléphoner mardi ?

– Je pourrais, si je connaissais votre numéro.

– Oh, vous allez le connaître, fit-elle, moqueuse, et je crois que je vais connaître le vôtre.

À son retour, Susan l'attendait.

– J'ai fait sa connaissance, dit-il, puis il alla chercher un nouveau verre de vin dans la cuisine, rejoignit ensuite Susan qui, impatiente, l'attendait au salon.

– Susan, je crois que, désormais, je ne devrais plus parler de ça.

– Dis-moi seulement si elle t'a plu.

– Elle est intéressante, mais antipathique.

– Bien.

– Je crois, Susan, dit-il, qu'il est temps qu'on se mette au lit et qu'on se livre à des ébats sexuels.

– Donc tu as désiré Lucie, n'est-ce pas ? fit-elle, amusée.

– Elle m'a rappelé à quel point je te désire, répondit-il, presque sincère.

Et plus tard, alors que Susan dormait, il se dit que ce type de femme était tout à fait propre à attirer les personnalités fortes et sûres d'elles-mêmes, telles que celle de Bryce. Elle représentait un défi, à ses yeux, et il ne cesserait jamais de se croire capable de le relever. Mais elle était impitoyable, il n'y avait jamais de cessez-le-feu, avec elle, aucun moyen de mettre un terme à la guerre.

Enfin, il n'y en avait qu'un.

Le lendemain, quatre exemplaires d'un contrat établi entre Bryce Proctorr et Tim Fleet, domicilié à cette adresse, arrivèrent par la poste. La formulation était prudente, mais sans ambiguïté. Elle exprimait exactement l'accord proposé par Bryce lorsqu'ils s'étaient rencontrés. « Je remarque, se dit-il, que j'ai un quart des gains à venir, des droits annexes. Les droits cinématographiques, tu vois ? Mais ça va. C'est simplement un séjour en enfer, comme le séjour de Jim Gregory au Guatemala. Si *Coup double*, quel que soit le titre que Bryce lui donnera, rapporte des millions et des millions de dollars, qu'est-ce que ça peut faire ? Il peut en avoir les trois quarts, il peut tout avoir. Il ne rapporterait pas un centime s'il n'était pas publié sous le nom de Bryce. Et après tout, d'une façon ou d'une autre, ce n'est pas une question d'argent, n'est-ce pas ? »

Un mot, rédigé sur le papier à lettre petit format de Bryce, accompagnait le contrat :

Cher Tim,

Il faudrait que tu signes tous les exemplaires, que tu en gardes un et que tu me renvoies les trois autres.

Envoie-les quand tu penseras que le moment est venu, et je les emporterai quand j'irai en Californie pour quelques semaines.

Je suis certain que cette collaboration nous sera très profitable.

Bien à toi,
Bryce.

« En Californie pour quelques semaines, répéta-t-il. Évidemment, pour être à l'autre extrémité du pays quand ça arrivera. »

Dans son bureau, Wayne avait un classeur métallique gris à quatre tiroirs, d'environ un mètre quatre-vingts de haut, près de sa table de travail. Il prit, dans le deuxième tiroir, une chemise neuve, puis y glissa les quatre exemplaires du contrat, ainsi que le mot. Ensuite, il sortit de son portefeuille le morceau de *Playbill* sur lequel, la veille au soir, Lucie Proctorr avait écrit son nom, son numéro de téléphone et son adresse, dans le haut de Broadway. Il reporta l'ensemble sur une des fiches de son Rolodex, puis glissa également le morceau de *Playbill* dans la chemise.

Il fixa quelques instants la chemise, se demanda quoi indiquer sur l'étiquette, et n'y écrivit finalement rien. Il la glissa dans le tiroir, entre « LÉGISLATION » et « MAGAZINES ». Il saurait où trouver « LUCIE ».

7

Pendant une semaine et demie, Bryce travailla paisiblement sur *Deux visages dans le miroir*. Il n'avait pas oublié ses difficultés, elles semblaient simplement très loin.

Sur le plan de la structure, le roman était très bon, même s'il y avait, au milieu, un problème de temps qui aurait pu être plus clair ; il le rendit clair. Transformer le ton et l'ambiance du livre, afin que le roman de Wayne Prentice devienne un roman de Bryce Proctorr, n'était pas difficile ; il comprit très vite comment formuler les pensées de Wayne à l'aide de ses mots.

Le troisième chapitre, scène très forte, au flanc d'une montagne, où la mort était toute proche, était désormais le premier chapitre, le reste étant adapté en conséquence, en partie parce que Bryce croyait que cette entrée en matière puissante facilitait la lecture, et en partie du fait que les gens qui avaient lu le récit sous sa forme originale ne le reconnaîtraient pas immédiatement, si jamais ils ouvraient le livre. S'il leur semblait familier plus tard, ça ne poserait pas de problème ; presque tous les romans nous rappellent d'autres romans.

Pendant le week-end, il pouvait vivre avec Isabelle. Divorcée de trente-quatre ans, douce et ronde, la chevelure noire et brillante, c'était la fille d'un diplomate espagnol qui avait regagné l'Espagne peu de temps auparavant, au terme d'une longue carrière au sein des Nations unies. L'ex-mari d'Isabelle était espagnol, avait divorcé en Espagne et obtenu la garde de leurs trois enfants, qui avaient tous moins de douze ans. C'était la souffrance incessante d'Isabelle, comme Lucie était celle de Bryce, et ils trouvaient provisoirement un peu de répit, d'oubli, de réconfort, en compagnie l'un de l'autre. À Madrid, le père d'Isabelle faisait tout son possible pour que l'affaire soit jugée à nouveau mais, pour une raison inconnue, l'Église catholique était du côté de l'ex-mari ; Bryce jugeait préférable de ne pas s'intéresser de trop près à ce problème.

Tous les week-ends, ils allaient séparément dans le Connecticut, elle s'y rendait en voiture le vendredi matin et rentrait le lundi après-midi. Elle était rédactrice dans une agence, chargée principalement des catalogues de fabricants de vêtements faussement campagnards. Son patron l'autorisait à travailler chez elle – chez Bryce, en fait – le vendredi et le lundi, à condition qu'il soit possible de lui envoyer de la documentation par fax et qu'elle puisse renvoyer ses textes par le même moyen. Mais, en général, il espérait simplement qu'elle serait reposée et qu'elle aurait rédigé de nouveaux textes au terme de ses longs week-ends.

Bryce prenait le train. Autrefois, il s'y rendait en voiture, aimait ça, mais, trois hivers auparavant, Lucie et lui avaient joué un rôle mineur dans un carambolage, pendant un orage, sur l'Interstate 84, et le spectacle de dégâts très graves juste devant sa BMW cabossée – celle qu'on lui avait offerte lorsqu'il avait fait la publicité – avait suscité en lui une peur durable. Sa vie était trop agréable pour qu'il puisse accepter de la mettre en danger. Et il n'était pas banlieusard au sens propre du terme, n'avait pas un emploi à horaires fixes à New York, donc pourquoi ne pas prendre le train, pratique, confortable et sûr ?

Le lundi matin, il monta dans le train, après l'heure de pointe, et eut une nouvelle fois une banquette pour lui seul, si bien qu'il put continuer de travailler sur *Deux visages dans le miroir*. De temps en temps, dans le train, quelqu'un lui demandait un autographe mais, sur cette ligne, les voyageurs étaient en général plus raffinés. Il voyait qu'ils le reconnaissaient, de temps en temps, mais ils le laissaient tranquille.

Il avait fait pratiquement tout ce qu'il pouvait sur le manuscrit. C'était, au départ, un bon roman, et il avait le sentiment de l'avoir amélioré. En réalité, il suffisait à présent que Wayne renvoie le contrat.

Il l'avait fait. Bryce arriva chez lui juste avant l'heure du déjeuner, le courrier l'attendait, et il y avait une enveloppe sur laquelle « Prentice » était indiqué à la place de l'adresse de l'expéditeur. Une enveloppe brune, taille manuscrit. Pas très épaisse. Étiquette du courrier exprès.

Il la vit, sur la table située juste derrière la porte, où Jorge, le gardien, posait toujours son courrier lorsqu'il était absent, et il éprouva, pendant quelques instants, une peur horrible. Il l'a fait ! se dit-il. Elle est morte !

Il n'ouvrit pas l'enveloppe, ne regarda pas le reste du courrier, continua son chemin, pris de faiblesse, les genoux tremblants, puis s'assit dans le salon, le dos à la vue sur Central Park. Il frissonnait et avait la gorge serrée.

Non, elle n'est pas morte, se dit-il. Calme-toi. Il a compris, lorsque j'ai mentionné la Californie dans mon mot. Elle est toujours en vie.

Une fois convaincu qu'il avait éprouvé cet instant de terreur du simple fait qu'il avait cru que Prentice avait tué Lucie sans lui laisser le temps d'établir son alibi californien, Bryce se leva, gagna la cuisine et prit, dans le réfrigérateur, un carton entamé de yaourt liquide nature. Cela lui calerait l'estomac. Lucie n'aimait pas qu'il mange le yaourt à même le carton et qu'il le remette ensuite dans le réfrigérateur mais, à présent, personne n'était plus là pour protester.

De retour dans l'entrée, il jeta un coup d'œil sur le reste du courrier, sans l'ouvrir, sans s'y intéresser, puis décacheta finalement l'enveloppe brune de Wayne Prentice, qui contenait les trois exemplaires du contrat et une feuille de papier machine sur laquelle figuraient simplement ces mots, sortis d'une imprimante :

`Profite bien de la Californie.`

Il y avait des choses à faire : téléphoner à l'agence de voyages, à d'autres personnes, boucler les valises, Isabelle. Pourrait-elle le rejoindre pendant quelque temps en Californie ? Mais il se contenta d'appeler Bob, l'avocat, et on lui dit qu'il était avec un client.

– Voulez-vous lui demander de me rappeler dès qu'il sera libre ? C'est assez urgent.

La secrétaire dit qu'elle le ferait et il gagna la chambre, où il sortit ce qu'il avait l'intention d'emporter à Los Angeles. Trop tôt pour téléphoner là-bas, et il n'avait pas envie d'appeler l'agence de voyages.

Mais est-ce que tout ça était bien nécessaire ? Si le divorce se terminait rapidement, il suffirait que Wayne et lui attendent quelques semaines, un mois peut-être, tout au plus, puis rendent *Deux visages dans le miroir* sans risquer de devoir donner la moitié de l'argent à Lucie. Une fois l'accord signé, tout pourrait fonctionner exactement comme avant, mais sans cette étape dangereuse.

Bob, l'avocat, rappela presque une heure plus tard. Sa voix était particulière, grave, mais rocailleuse et rauque, presque comme s'il aurait pu tenir la basse dans un quartet de salon de coiffure, sauf qu'il n'avait pas tout à fait assez d'oreille. Il dit :

– C'est urgent, d'après Helen.

– Bon, je ne sais pas si c'est vraiment urgent, répondit Bryce. Le problème est que je vais passer quelque temps à L.A., des possibilités de contrats avec le cinéma...

– Retardez-les, si vous pouvez.

– Oh, je sais, je peux, affirma Bryce. Mais, avant mon départ, je me demandais s'il est envisageable qu'on voie bientôt le bout du tunnel ?

– Le bout du tunnel ?

Bob l'avocat n'avait apparemment pas compris la métaphore.

– Enfin, le terme, dit Bryce. Est-il possible que nous signions ces papiers dans les semaines qui viennent, que tout ça soit derrière nous ?

– Aucune chance, répondit Bob l'avocat. Dans les semaines qui viennent ? Je croyais que vous aviez compris, Bryce, qu'il ne se passera rien cette année. Au printemps, si on a de la chance.

– Bon sang, Bob, c'est si...

– Bryce, il y a encore des problèmes juridiques non résolus. L'État où vous êtes domicilié, notamment. Vos copyrights existent à l'endroit où vous habitez. Si vous êtes domicilié dans le Connecticut, et si Lucie est restée d'un bout à l'autre domiciliée à New York, un tribunal de New York peut-il répartir des propriétés qui relèvent du Connecticut ? Dans certains cas, oui. Dans ce cas, ce n'est pas absolument clair.

– Je croyais qu'on avait résolu ce problème, dit Bryce. Je me suis fait domicilier dans la maison du Connecticut parce qu'il n'y a pas d'impôt sur le revenu dans cet État, et Lucie est restée domiciliée à New York parce que le contrat de location de notre appartement était déjà à son nom.

– Ils font appel de la décision, dit Bob l'avocat. C'est véritablement très aride et ennuyeux, Bryce, et je vous épargne les détails sanglants mais, croyez-moi, au bout du compte, nous aurons gain de cause.

– Au bout du compte.

– Franchement, je crois qu'ils font traîner parce qu'ils attendent la publication de votre prochain livre.

– Les salauds.

– À un moment donné, pas dans l'immédiat, nous pourrons présenter cet argument au tribunal, et je crois qu'il sera convaincant. En attendant, il faut suivre la procédure, voilà tout.

– Pas cette année ?

– L'année prochaine. Presque garanti.

– Presque ?

Il ne pouvait croire que Bob l'avocat fût sérieux, en revanche il n'avait apparemment aucun sens de l'humour.

– Ces choses sont imprévisibles, Bryce, dit Bob l'avocat. Principalement parce que les gens ne sont généralement pas très rationnels pendant un divorce. Mais à mon avis, sauf difficulté imprévue, l'affaire sera terminée au printemps. Remerciez votre bonne étoile du fait qu'il n'y a pas d'enfants ; ça aurait *vraiment* fait traîner les choses.

Comme les enfants d'Isabelle, en Espagne. Il y a toujours quelqu'un dans une situation plus difficile, se dit Bryce, et l'image de Lucie apparut, immédiatement refoulée.

– Merci, Bob, dit-il, je voulais seulement savoir où j'en étais.

– Là où vous en étiez, Bryce.

– Compris.

Tandis qu'il cherchait le numéro de l'agence de voyage, il se demanda : téléphoner à Lucie ? Il avait le numéro de l'appartement qu'elle avait loué. Lui téléphoner, lui dire : on pourrait en finir et reprendre nos vies. Demande à ton avocat de cesser de faire traîner, je demanderai à mon avocat de cesser de faire traîner, on met un terme à tout ça, plus d'amertume, et on commence à penser à l'avenir, pour changer.

Non. Il entendait sa voix, il entendait son rire, il entendait son ironie. Se confier ainsi à elle ? Elle le taillerait en pièces.

En outre, les coups de téléphone laissent des traces. Il n'était pas prudent de lui téléphoner juste avant...

Le numéro de l'agence de voyages. Il le composa.

8

– Je sors, demain soir, dit Wayne.

Susan faillit lui demander où il allait, il s'en aperçut, dans la lumière des bougies, tandis qu'ils dînaient, comme d'habitude, ce mardi soir. Il vit la question prendre forme, puis il vit que Susan trouvait la réponse, et elle baissa la tête, fixa son assiette, comme gênée, souffla :

– Tu rentreras tard ?

– Je ne crois pas.

C'était comme s'il avait une aventure, fréquentait une autre femme, comme si Susan et lui tentaient de sauver le mariage en faisant comme s'il ne se passait rien, Susan attendant qu'il rompe et lui revienne, lui attendant...

Quoi ? Que Bryce téléphone et dise que c'était une blague ? Tu ne m'as pas pris au sérieux, hein, mon vieux ? C'était de la rigolade, évidemment, deux maniaques de l'intrigue en train d'inventer des histoires.

Le contrat était réel, rédigé par un cabinet d'avocats réel. *Coup double* avait été envoyé à Bryce et n'était pas revenu. Il avait retourné le contrat, accompagné du petit mot à propos de la Californie. Si Bryce voulait changer d'avis, c'était le moment de le faire.

Et si Wayne voulait changer d'avis ? Mais comment pourrait-il ? Il avait donné le roman non publié, il avait signé et renvoyé le contrat, il était parvenu à faire la connaissance de Lucie Proctorr et, maintenant, il allait dîner avec elle. Il était en route, quelle que soit sa destination, et quelle était l'alternative ? Il était dans la situation où il se trouvait en ce moment parce qu'il n'y avait *pas* d'alternative.

Ils terminèrent le repas en silence, regardèrent quelque chose sur PBS. Quand ils se couchèrent, le corps de Susan lui sembla étrange, étranger, sans séduction. Il sentit qu'elle éprouvait, vis-à-vis de lui, la même sensation.

Alors qu'ils allaient éteindre la lumière, elle demanda :

– Est-ce que c'est la fin ?

– Oh, non, répondit-il, stupéfait qu'elle puisse croire que ce serait aussi rapide, aussi facile. Non, c'est seulement... Ce n'est pas la fin.

Il eut envie de lui dire que c'était une reconnaissance, en fait. Je la retrouve chez elle, on ira dîner dans le quartier et ce sera le moyen de déterminer les possibilités. Je ne sais même pas lesquelles, comment je vais m'y prendre, quelle *arme*. Je crois que j'ai évité de réfléchir à tout ça.

Peut-être faudrait-il qu'il aille dans le sud par le train, un de ces jours, qu'il achète une arme. Il n'avait jamais eu d'arme, jamais tiré, mais peut-être le ferait-il.

Quelles étaient, sinon, les autres possibilités ? Il faudrait qu'il y songe, qu'il voie si la soirée du lendemain lui apportait des idées. Dans ses livres, de nombreux personnages avaient tué d'autres personnages de diverses façons, mais il était incapable de se souvenir comment ils s'y étaient pris et pourquoi ça semblait facile.

Il eut envie de dire : Non, Susan, ce n'est qu'une reconnaissance, ne t'inquiète pas. Mais cela serait revenu à entamer la conversation qu'ils avaient décidé de ne pas avoir. Pas de conversation avant plus tard. Un peu plus tard.

Une fois la lumière éteinte, il pensa soudain à la pile de photocopies de C.V. Elle était restée sur le placard de son bureau, près de la liste partielle d'universités, qu'il avait laissée inachevée lorsque Bryce l'avait abordé. Et s'il les envoyait, simplement pour voir ?

Pas demain, ça jetterait un mauvais sort sur tout. Mardi, après son premier rendez-vous (!) avec Lucie Proctorr. Ne pas en parler à Susan, les envoyer, voilà tout, voir quelles seraient les réactions. Il y avait peut-être, quelque part, un poste formidable qui permettrait en même temps à Susan de ne pas renoncer à sa carrière.

Je vais les envoyer, se dit-il. D'abord la reconnaissance, puis j'enverrai les curriculums.

Nerveux, il ne pouvait pas dormir. À un moment donné, alors qu'il était sur le côté, il se mit sur le dos. Sa main droite frôla celle de Susan, qui referma aussitôt les doigts sur les siens. Il se cramponna à ses doigts et ils restèrent immobiles côte à côte, sur le dos, main dans la main.

La table était réservée pour huit heures et ils avaient convenu, par téléphone, qu'il passerait la prendre à sept heures et demie.

– S'il fait beau, on pourra y aller à pied, c'est à quelques centaines de mètres de chez vous.

– Oh ? Où allons-nous ?

– Au *Salt*, avait-il répondu.

C'était un restaurant de Columbus Avenue.

– Parfait, avait-elle dit, apparemment étonnée qu'il eût fait un bon choix. Je n'y suis jamais allée et j'avais envie de le faire.

– À demain.

Et, à sept heures et demie, le vendredi soir, il paya son taxi devant l'immeuble de Lucie, puis resta une minute immobile sur le trottoir.

C'était une soirée fraîche, mais sans humidité, de la fin novembre. L'immeuble était une haute construction moderne qui occupait la moitié d'un bloc, sur Broadway, un peu après la Quatre-vingtième Rue, du côté ouest de l'avenue, et faisait partie de l'explosion de construction de logements, dans ce quartier, une douzaine d'années auparavant. La façade était habillée de pierre marron mouchetée et polie, le vaste hall d'entrée était high-tech : portes et parois en verre, encadrements chromés, comme s'il s'agissait de l'entrée d'une aérogare et pas de celle d'un endroit où des gens habitaient. À l'intérieur, sur la droite, assis derrière un comptoir de la même pierre que la façade, un gardien en uniforme lisait.

Un gardien. Ce n'était pas un problème ce soir, mais dans l'avenir ? Quoi qu'il fasse, quelle que soit la façon dont il le ferait, quel que soit le *moment*, il ne faudrait pas que ce soit ici. Et, même dans ces conditions, le portier serait-il en mesure, un jour, d'affirmer qu'il rendait parfois visite à Lucie Proctorr ?

Wayne tourna le dos, remonta l'avenue, regarda, derrière la vitre, le gardien, qui restait totalement concentré sur sa lecture. Il s'agissait d'une *fotonovela*, sorte de bande dessinée en espagnol, où des photographies d'acteurs et d'actrices remplacent les dessins.

Wayne gagna le carrefour, fit demi-tour, tenta de prendre une décision. Téléphoner ? Proposer qu'ils se retrouvent au restaurant ? Trop tard. Et quel prétexte donnerait-il ?

Il n'était plus possible de reculer. La seule solution consistait à avancer, à s'adapter aux circonstances.

Cette fois, lorsqu'il arriva devant l'entrée de l'immeuble, il remonta le col de sa veste et tira légèrement son chapeau sur son front ; pas trop, afin de ne pas évoquer un détenu évadé. Puis il entra, leva aussitôt les deux mains devant sa bouche et souffla dessus.

– Il fait froid, dit-il.

Le gardien posa le doigt à l'endroit où il avait interrompu sa lecture, adressa un coup d'œil impatient à Wayne.

– Vous voulez voir qui ?

– Mme Proctorr.

Le gardien laissa le doigt sur la *novela*, la maintenant ouverte, décrocha le téléphone intérieur de la main gauche, le posa devant lui, composa un numéro et dit :

– Et vous êtes ?

– Dites-lui que c'est Wayland, répondit Wayne, puis il se tourna vers la rue, regarda la circulation, de telle façon que le gardien ne vît même pas entièrement son profil.

Le gardien parla dans l'appareil, raccrocha et avait déjà les yeux fixés sur sa *novela* quand il dit :

– 16-C. Les deuxièmes ascenseurs, au fond.

– Merci.

Satisfait de lui-même, Wayne gagna l'ascenseur. Du point de vue de Lucie, l'accent du gardien aurait transformé « Wayne » en « Wayland » mais, si l'homme devait un jour donner un nom à la police, ce ne serait pas Wayne.

Il était seul dans l'ascenseur. Quand il en sortit, au seizième, ce fut sur un palier rectangulaire, relativement exigu et agréablement décoré, sur lequel donnaient quatre appartements. Lucie se tenait sur le seuil de celui de gauche.

– Exactement à l'heure, dit-elle. Très bien.

– Nous faisons de notre mieux.

– Entrez.

Elle recula et il franchit le seuil, entra directement dans une salle de séjour basse de plafond. La direction l'avait meublée avec goût, mais sans originalité, comme le salon d'une bonne suite dans un hôtel. Les couleurs dominantes étaient le beige et le rouille, aussi bien pour les canapés que pour les dessertes, le tapis qui couvrait l'essentiel du parquet de bois blond, et même pour les tableaux accrochés aux murs, qui représentaient des villages du sud de l'Europe... rues pentues et murs de pierre.

Elle montra un canapé bas, d'un geste d'une indifférence désinvolte, et dit :

– Asseyez-vous une minute. Je suis presque prête. Est-ce que nous y allons à pied ?

– Oh, je crois, répondit-il. Il fait bon.

– Vous voulez un verre ? demanda-t-elle.

– Seulement si vous m'accompagnez.

– Un verre pour la route. Si je dois marcher, il me faut du vin. Du vin rouge, parce que c'est l'hiver. Et vous ?

– La même chose.

– Je reviens.

Elle disparut dans un couloir et il regarda autour de lui, décidé à ne pas se laisser prendre au piège d'un de ces canapés bas. Il traversa la longue pièce, jusqu'à la large fenêtre, puis regarda les toits d'immeubles plus bas, le fleuve noir et, au-delà, le New Jersey.

Seize étages ; quelle chute ! Mais la fenêtre était en verre laminé et ne s'ouvrait pas. Y avait-il, dans l'appartement, une fenêtre qu'il fût possible d'ouvrir ? Dans la chambre, peut-être.

Pas une bonne idée. Une femme qui tombe en hurlant dans la nuit, Wayne qui attend l'ascenseur, et le gardien dans l'entrée.

Elle apporta le vin dans des verres gravés étonnamment élégants.

– Très joli, constata-t-il quand il eut pris le sien.

– Ne tentez pas de deviner ma personnalité sur la base de ce qu'il y a ici, j'ai loué cet endroit meublé, absolument tout ce qu'il contient était compris.

– Tout ?

– Enfin, presque tout, reconnut-elle, puis elle le dévisagea, les paupières plissées. Pourquoi ?

Il y avait, sur une desserte, une statue en terre cuite représentant un cheval trapu et son cavalier emmitouflé, qui faisait moins de trente centimètres de haut mais semblait trop volumineuse compte tenu de l'espace disponible. Wayne l'avait remarquée en entrant et avait pensé qu'il s'agissait vraisemblablement d'une copie d'un des milliers de cavaliers, en terre cuite, sur leurs montures, découverts dans une tombe, en Chine, quelques années auparavant. Il avait lu quelque chose, sur ce sujet, à l'occasion de recherches. Il tendit son verre de vin vers la statue et dit :

– Ceci vous appartient, n'est-ce pas ?

Les paupières se plissèrent davantage. Elle se tourna vers le cheval et son cavalier, comme pour reconsidérer sa possession de l'objet, puis elle lui adressa un bref signe de tête et dit :

– Wayne, essayez de ne pas être trop brillant.

– Ce sera facile, répondit-il avec un sourire qu'il espérait amical, décidé à ce que les choses restent aussi légères que possible.

Après tout, il faudrait qu'il revienne, n'est-ce pas ? Un autre jour ?

– Bien.

Elle prit une nouvelle fois le chemin du couloir et ajouta :

– Je n'en ai pas pour longtemps. Les hommes ne remarquent pas ces choses, mais mes cheveux ne sont pas présentables. J'en ai pour une seconde.

Elle resta absente un quart d'heure. Il passa une partie de ce temps à aller et venir dans la pièce beige, son verre de vin à la main, à se dire que ces appartements étaient sans doute principalement loués à des cadres de grosses entreprises, à des hommes d'affaires en poste à New York pour quelques semaines ou quelques mois. La présence de Lucie Proctorr ici montrait qu'elle avait, elle aussi, mis sa vie entre parenthèses, qu'elle attendait elle aussi le divorce, tout comme Bryce.

Il soupesa aussi divers objets, en quête de quelque chose de mortel. Tout lui parut trop léger. En outre, serait-il capable de faire ça ? De frapper quelqu'un à la tête avec un... avec ce cendrier ? Cette abondante chevelure dorée n'amortirait-elle pas le coup ?

Quand elle revint enfin, elle lui sembla exactement identique, mais elle paraissait satisfaite des changements qu'elle avait apportés.

– Je suis prête. Est-ce qu'il y a du vent ?

– Non, pas vraiment.

– Je vais prendre une écharpe, décida-t-elle, et il envisagea la strangulation avec une écharpe. Isadora Duncan. Il se demanda comment il fallait s'y prendre.

Il l'aida à enfiler sa veste, puis ils sortirent de l'appartement et attendirent l'ascenseur. Pour faire la conversation, il dit :

– Je pensais que ce sont principalement des cadres d'entreprises qui louent des appartements meublés comme celui-ci.

– Et les femmes en instance de divorce, qui vivent seules, répondit-elle alors que l'ascenseur arrivait.

Ils y montèrent, elle appuya sur le bouton du rez-de-chaussée et, tandis qu'ils descendaient, elle ajouta :

– Des femmes qui tiennent vraiment à vivre là où il y a un gardien.

– Je suppose.

– Croyez-moi, dit-elle, un gardien vaut un mari, en toutes circonstances. Et il est en général plus digne de confiance.

– Vous pouvez vous sentir en sécurité, dit-il.

– Je me sens toujours en sécurité, répliqua-t-elle.

Quand ils traversèrent le hall d'entrée, il s'arrangea pour que Lucie se trouve entre lui et le gardien, qui leva la tête, reconnut la locataire et dit :

– Vous voulez un taxi ?

– Non, répondit-elle, on crapahute.

Le gardien reporta son attention sur sa *novela*, puis appuya, à l'instant où ils arrivaient à la porte, sur le bouton qui l'ouvrait.

– De quel côté ?

– Vers Columbus, je suppose, puis on remonte.

Ils traversèrent Broadway au carrefour, puis prirent une rue perpendiculaire.

– Oh, c'est une soirée formidable, dit-elle. Je sens l'approche de l'hiver, pas vous ?

– Si.

– Oh, Seigneur, Noël ensuite, ajouta-t-elle, sur un ton dégoûté. La famille.

– Vous n'aimez pas votre famille ?

– Je l'aime là où elle est. Et je m'aime là où je suis.

– Où est-elle ?

– Dans une ville qui s'appelle Carmody, près de St. Louis.

D'une voix ostensiblement lasse, elle poursuivit :

– On prend l'avion jusqu'à St. Louis et il faut que quelqu'un fasse un long trajet en voiture pour venir vous chercher et, quatre jours plus tard, il faut qu'on vous conduise à l'aéroport, où on prend *encore* un avion et où on se dit : « Bon sang, plus jamais », mais il est impossible d'y échapper.

– Qu'est-ce que vous avez contre votre famille ?

– Oh, rien, en fait, rien.

Ils prirent Columbus en direction du nord, des hordes de phares se précipitant dans leur direction chaque fois que les feux passaient au vert.

– Si j'étais restée à Carmody et si j'avais épousé un camarade de lycée, je la trouverais formidable et j'imagine que je serais meilleure. Mais je suis partie, je l'ai laissée derrière moi il y a plus de quinze ans et on ne pense plus de la même façon. Je ne *supporte pas* les émissions de télévision qu'ils regardent. Leurs blagues sont éculées, et ils tiennent *absolument* à les placer. Et ils ne comprennent rien de ce que je dis, évidemment. J'ai vécu à New York pendant toutes ces années. J'ai été l'épouse du Rat pendant sept ans et, quand on est marié avec lui, on voyage en première classe, mon cher, on fréquente le gratin. Je ne suis pas seulement une grande fille, maintenant, je suis une grande fille de la ville. Mais assez parlé de moi, dites-moi ce que *vous* pensez de moi.

– Je vous trouve drôle, répondit-il, puis il constata, vaguement étonné, que c'était vrai.

Elle ne va pas me plaire, j'espère, pensa-t-il. Il ne faut pas que je commette la même erreur que Bryce et que je tombe amoureux d'elle ; il suffit qu'elle me plaise pour que tout soit fichu.

– Drôle, répéta-t-elle. Tel a été mon but, pendant toutes ces années : qu'un homme trop radin pour prendre un taxi me dise que je suis drôle.

Oh, parfait, pensa-t-il, continuons comme ça, et ils arrivèrent au restaurant.

– On y est, dit-il.

Ils s'installèrent à une table située dans la partie surélevée du fond, où ils dominaient l'ensemble du bar, déjà à moitié plein, où la jolie barmaid brune était sans cesse en mouvement. Plus tard, il y aurait un orchestre de jazz, le bar s'emplirait complètement et il y aurait un barman supplémentaire.

Ils commandèrent, puis Lucie se tourna vers lui et dit :

– Alors, depuis combien de temps êtes-vous divorcé ?

– Quoi ? fit-il, ébahi.

– Allons, dit-elle, tous les gens de notre âge ont été mariés et vous n'êtes pas pédé, et si vous sortez avec moi, vous n'êtes plus marié, donc vous êtes divorcé. Évidemment, ce n'est pas un raisonnement aussi brillant que celui qui vous a permis de deviner que le cavalier m'appartenait.

– Je ne suis pas divorcé, dit-il. Comme vous n'êtes pas divorcée.

– Oh, je comprends. *En train*, la séparation effectuée, les avocats à la mangeoire. Vous savez, un ami du Rat a dit un jour qu'il n'avait pas connu d'essai de séparation qui n'ait pas été transformé, mais selon moi l'essai précède la séparation. Alors, qui a quitté qui ? Comment est-elle ?

Que répondre ? Comment gérer cette situation ? Il fallait qu'il mente, mais pas trop. Il pouvait décrire Susan telle qu'elle était, en insistant sur la dureté dont elle faisait parfois preuve, pas avec lui, mais celle qui transparaissait dans cette voix neutre qu'elle employait parfois, au téléphone, avec des collègues de travail.

– Elle s'appelle Susan, dit-il. Susan Costello.

– Oh, elle a gardé son nom de jeune fille.

– Dans son travail.

– Quel travail ?

– Elle appartient à une organisation qui s'appelle UniCare, expliqua-t-il. Elle distribue de l'argent aux associations d'aide aux démunis.

– Qu'est-ce qu'elle y fait ?

– Elle est directeur adjoint.

– De tout le truc ?

– Ouais, de tout le truc.

– Ça a l'air d'être un poste important. C'en est un ?

– Oui, c'en est un. Elle a témoigné plusieurs fois devant une commission du Congrès. Mais, pour l'essentiel, il s'agit de faire marcher la boutique.

La serveuse apporta un petit plat, puis un *amuse-gueule* « offert par le chef » : purée d'avocat sur saumon au sésame légèrement nappé de sauce barbecue japonaise. Ils l'admirèrent et le mangèrent, puis Lucie dit :

– Donc votre Susan gagne bien sa vie.

– Très bien. Travailler pour les associations d'aide aux plus démunis n'est pas palpitant, mais très bien rémunéré.

– Ça explique tout, dit Lucie.

La serveuse emporta les petites assiettes, puis leur servit l'entrée. Lucie se mit à manger et Wayne demanda :

– Qu'est-ce que ça explique ?

Elle leva sa fourchette, comme pour dire : *attendez, j'ai la bouche pleine*, puis elle la posa et but une gorgée de vin.

– Très bon, ce vin.

– Merci.

– Et un excellent restaurant. Vous avez bien choisi.

– Merci encore.

Il attendit, mais elle n'ajouta rien. Quand elle tendit la main vers sa fourchette, il répéta :

– Qu'est-ce que ça explique ?

– Oh, fit-elle, comme si c'était sans importance. Je vous ai cherché sur *Amazon*.

– Vraiment ?

Au moins, elle était assez intéressée pour l'avoir fait.

– Il y a des années que vous n'avez rien publié.

– Huit ans.

Inutile d'aborder les tribulations de Tim Fleet.
– Tout est épuisé, ajouta-t-elle. J'ai cliqué sur les occasions, et il n'y en avait que quelques-unes, pas chères.
– Je ne me suis jamais cherché sur *Amazon*, dit-il, je suppose que je devrais le faire.
– Ne le faites pas, ça vous déprimerait. Mais je me suis demandé de quoi vous viviez. Enfin, vous ne travaillez pas et vous dites que vous êtes écrivain. Mais, à présent, j'imagine que la seule question est : de quoi vivrez-vous après le divorce ? C'est elle qui part, n'est-ce pas ?
– Ouais. Mais je ne vis pas aux crochets de Susan, si c'est ce que vous voulez dire.
– Ah ?
– Je fais des travaux éditoriaux, ajouta-t-il, d'autres travaux d'écriture. Je gagne ma vie.
– Inutile de vous justifier, dit-elle, mais ses yeux brillaient.

Entre le hors-d'œuvre et le plat principal, elle demanda :
– Vous aurez une pension alimentaire ?
– *Moi* ? De Susan ? Non, évidemment.
– Les hommes peuvent en obtenir une, vous savez. Et Dieu sait qu'elle n'en obtiendra pas de vous.
– *Vous* aurez une pension alimentaire.
– Ça, vous pouvez le dire. Quand les avocats auront terminé leur petite danse, et je me *fiche* du temps qu'elle prendra, je serai riche et heureuse de l'être. Et ne croyez pas que je ne l'aurai pas gagné. Sept ans avec *son* ego. Et ce n'est même pas la peine de *parler* de sexe.
– Je n'en ai pas l'intention, dit-il.
Elle le dévisagea, étonnée, et rit.
– Un trait d'esprit, s'écria-t-elle. Je n'imaginais pas que vous puissiez être spirituel. Spirituel *et* bril-

lant ! Une femme aisée serait sûrement ravie de vous attraper.

Il paya en liquide, afin de ne pas laisser de trace dans ce quartier. Sur le chemin de chez elle – la circulation de Columbus Avenue dans leur dos, à présent, si bien que le trottoir, devant eux, luisait d'un gris terne et changeant, le ciel uniforme, au-dessus d'eux, pas noir, mais comme une épaisse couverture noire devant une faible source de lumière –, elle dit :

– Je me suis bien amusée.

Je n'en doute pas, pensa-t-il, mais il dit :

– Moi aussi. C'est un endroit agréable.

– Écrire vous manque ? demanda-t-elle.

– J'écris, répondit-il, mais il s'aperçut qu'il tentait à nouveau de se justifier.

– Je veux dire : écrire des romans. Allons, vous aviez compris. Le Rat ne *pouvait* pas s'en empêcher, je lui disais que c'était comme une drogue, quelques jours sans et c'était comme un sevrage, il devenait absolument insupportable.

– Je suppose que c'est tout à fait normal, dit-il, et il songea que Bryce avait dû apprécier d'entendre Lucie lui faire son propre portrait à répétition. Alors qu'il tentait probablement de se remettre au travail.

– Il n'y a *rien* de normal, chez un écrivain, affirma-t-elle. Si vous avez décidé de ne plus écrire, et je suppose que c'est le cas, que vous avez renoncé ou que l'inspiration vous a abandonné, vous êtes sûrement devenu meilleur.

– Aucun doute.

C'est pratiquement en silence qu'ils suivirent la petite rue, gagnèrent Broadway, traversèrent et prirent la direction du sud. Puis elle dit :

– Vous êtes très calme, n'est-ce pas ?

Quoi encore ?

– Vraiment ?

– Oh, vous êtes un peu nerveux, de temps en temps, mais pas beaucoup. Je crois que vous êtes, au fond, une personne calme.

– Ah bon ?

– Oh, là là ! Ça fait penser à ennuyeux, n'est-ce pas ?

Elle feignit de se gifler, puis reprit :

– Je ne pensais pas à ennuyeux. Vous n'êtes pas ennuyeux. Je voulais seulement dire que vous n'êtes pas tout le temps *sur des charbons ardents.*

Il ne put s'empêcher de sourire.

– Comme le Rat.

– Exactement. Pourquoi Susan vous a-t-elle quitté ?

– Peut-être parce que je suis ennuyeux.

– Aïe.

Elle lui toucha brièvement le bras, comme pour lui demander de l'excuser, et ajouta :

– Je ne pensais vraiment pas ennuyeux. Vraiment pas.

– D'accord.

– Alors pourquoi ? Vous alliez voir ailleurs ?

– Non, évidemment.

– Non, évidemment ?

Quand il se tourna vers elle, il s'aperçut qu'elle le fixait d'un air inquisiteur. Il regarda à nouveau devant lui, alors qu'ils arrivaient près de son immeuble, et elle reprit :

– J'ai l'impression que vous pouvez être très infidèle. Dire : Oh, ça ne compte pas, parce que je n'aime vraiment *que* Susan, mais, bon sang, j'aimerais revoir *celle-ci*, et *celle-là*. Vous l'aimez toujours ?

– Je ne sais pas, répondit-il, souhaitant qu'elle change de sujet. Je suppose qu'on continue d'aimer la personne qu'on a aimée, d'une façon ou d'une autre.

– Vous blaguez ?

Ils étaient arrivés devant son immeuble et ils étaient immobiles sur le trottoir quand elle dit :

– Vous croyez, vous croyez sincèrement, que j'éprouve encore de l'amour pour le Rat ? Mon cher, il y a longtemps qu'il l'a usé jusqu'à la corde.

– Est-ce qu'*il* courait ?

– Non, répondit-elle sur un ton dégoûté. Enfin, je ne crois pas. Le grand amour de la vie de Bryce Proctorr, vous savez, c'est Bryce Proctorr. Pourquoi aurait-il besoin de courir ?

– Enfin, il doit être heureux, maintenant, j'imagine.

– J'espère que non, dit-elle. Je suppose que vous voulez monter ?

C'était le problème qui le tourmentait depuis le début du dîner. Elle était si pleine d'énergie et si rapide qu'il avait fini par comprendre qu'elle espérerait davantage de lui, lors d'un premier rendez-vous, que ce à quoi il s'attendait ou ce à quoi il était préparé.

Je la tuerai, pensa-t-il, mais je ne coucherai pas avec elle ; je ne suis pas venu ici dans l'intention de tromper Susan. Mais que ferait-il ? Il ne fallait pas qu'il vexe Lucie, parce qu'il avait besoin de pouvoir revenir, de la revoir, de l'emmener dans un endroit sûr, quand il serait prêt, quand il saurait exactement comment s'y prendre, quand il serait *armé*.

Laisse-toi faire. Pour le moment, du moins, laisse-toi faire.

– Je suppose, fit-il en écho à ce qu'elle avait dit : « je *suppose* que vous voulez monter ».

– Quel enthousiasme !

– Je ne veux pas m'imposer.

Elle posa le bout de l'index sur sa poitrine.

– Ne vous inquiétez pas, mon cher, ça ne peut pas arriver. Mais vous pouvez monter quelques minutes, si vous en avez vraiment envie. Du moment que vous comprenez que je ne coucherai pas avec vous.

Pour cacher son soulagement, il feignit de dissimuler sa déception et répondit, sur un ton neutre :

– Parfait.

– On boira un verre de vin, expliqua-t-elle, on bavardera agréablement, puis je vous jetterai dehors.

– D'accord, dit-il, et il lui aurait serré la main, afin de sceller leur pacte, mais elle s'était déjà tournée vers l'entrée et le gardien l'avait déjà vue, avait appuyé sur le bouton commandant l'ouverture.

Une nouvelle fois, il se cacha derrière son abondante chevelure blonde lorsqu'ils passèrent devant le bureau du gardien.

– J'en ai pour une minute.

– Très bien.

Contre un des murs du salon, il y avait un meuble aux portes et aux étagères en verre, qui contenait une modeste collection de trophées et d'assiettes commémoratives des années cinquante et d'avant : l'idée que se faisait un décorateur de ce qui pouvait plaire à un homme d'affaires itinérant. Wayne les regarda – dédicaces honorifiques et commémoratives dépouillées de leur sens dans cette pièce beige – tandis que Lucie disparaissait une fois de plus dans le couloir, et il entendit la chasse d'eau.

La table basse sur laquelle le cavalier chinois était posé se trouvait près du meuble. Wayne l'examina sans le toucher. Cette statue avait un sens pour elle. Lequel ?

Elle revint avec deux verres de vin rouge pas aussi bon que celui qu'ils avaient bu au restaurant, mais dans des verres plus élégants.

– Ça ne vous ennuie pas de ne pas changer de verre ? demanda-t-elle.

– Pas du tout.

Il prit le verre qu'elle lui tendait, puis elle leva le sien et dit :

– Au divorce.

– Sûr, fit-il, le sourire aux lèvres, avant de trinquer avec elle. Pourquoi ?

– Parce qu'on fait plein de nouvelles connaissances.

Elle rit et but une gorgée de vin.

– Comme dans la maladie d'Alzheimer, dit-il avant de boire.

Elle eut une grimace dégoûtée.

– Oh, ne soyez pas *morbide*, pour l'amour de Dieu. Qu'est-ce que vous avez pensé de la pièce l'autre soir ?

Apparemment, ils resteraient debout face à face, comme s'il s'agissait d'une réception de deux personnes. Il répondit :

– Je l'ai trouvée agréable.

Nouvelle mauvaise réponse. Son visage se crispa et elle dit :

– Elle vous a vraiment plu ?

– Si je comprends bien, vous ne l'avez pas aimée.

– Un navet, décréta-t-elle. Pauvre Janet, tout ce qu'elle parvient à obtenir, c'est ces comédies plus légères que l'air ; elles parlent théoriquement de sexe, mais elles ne sont en réalité que l'idée que se fait un minable d'une réplique spirituelle. Elle veut travailler sur des choses plus solides, elle veut diriger dans de grands théâtres, mais il faut qu'elle accumule de l'expérience, et il n'y a que ces navets. Je lui ai dit, un jour : Janet, il va falloir que tu lestes les acteurs, sinon ils vont monter jusqu'aux cintres. C'est dire à quel point ils sont légers.

– Je suis sûr que vous l'avez fait.

– Évidemment. Je dis toujours la vérité, c'est plus facile. Vous aimez la vérité, n'est-ce pas ?
– Je l'adore.
– J'en étais sûre. Susan est bonne au lit ?
– Très, répondit-il, puis il posa son verre sur la table, près du cavalier chinois, et frappa Lucie de toutes ses forces au ventre.
Ils furent l'un et l'autre ébahis. Il pensa : Pas maintenant ! Ça ne va pas, ce n'est pas ce que je voulais, c'est trop sale, ce n'est pas bien !
Les yeux de Lucie se dilataient, ses bras se refermaient, au ralenti, sur son ventre, sa bouche s'ouvrait, elle se penchait en avant. Il la frappa à nouveau, violemment, au visage cette fois, et, projetée en arrière, elle heurta le meuble, fit tomber les assiettes et les coupes, et il la suivit.
C'est commencé, il est trop tard maintenant, je ne peux pas reculer, qu'est-ce que je vais faire ?
Elle se jeta sur lui ! Il n'avait pas prévu cela et son esquive fut maladroite. Il battit des bras et parvint à dévier l'attaque sur sa gauche. Il croyait qu'elle continuerait de tomber, interminablement, et qu'il continuerait de la frapper, mais ses instincts étaient très agressifs ; c'était comme s'ils jouaient la comédie sans réfléchir, même si son cerveau grouillait de pensées, d'une confusion immense de pensées, tandis que, hors de son cerveau, tout allait trop vite.
Elle se dirigeait vers lui les ongles en avant, les doigts semblables à des serres, et il recula, s'éloigna, certain qu'il ne pouvait pas lui permettre de le griffer, de le marquer, qu'il ne pouvait pas laisser des traces de chair sous ses ongles. Il lança un pied à l'aveuglette, la toucha à la cuisse droite, et elle pivota partiellement sur elle-même tout en reculant.
Elle avança une nouvelle fois sur lui, le visage couvert de sang, la bouche déformée, encore silencieuse mais, bientôt, elle hurlerait et il ne pouvait

pas davantage le lui permettre. Il recula d'un pas, visa, cette fois, et lui donna un violent coup de pied, l'extérieur de sa chaussure droite heurtant le genou droit de Lucie. Elle tenta tout de même de l'atteindre, parut stupéfaite, tandis qu'elle perdait l'équilibre, et il lui donna un coup de pied au visage pendant qu'elle tombait.

Choc *bruyant.* Faites que les voisins du dessous soient au cinéma. Elle était à plat ventre, et il se laissa tomber à genoux sur son dos, saisit son menton dans la main droite et sa chevelure d'or dans la gauche, tenta de lui tourner la tête vers la droite.

Il ne pouvait pas – quoi qu'il tentât de faire, il n'y parvenait pas –, lui casser la nuque ou lui arracher la tête, quoi que ce fût, ça ne marchait pas, et il renonça, tendit le bras gauche, toucha la table sur laquelle se trouvaient le cavalier et son verre de vin, la tira, faisant tomber le cavalier et le verre.

Une table rectangulaire, aux pieds minces, mais au dessus de bois épais et dur. Il la leva à deux mains au-dessus de sa tête et en abattit le bord, très violemment, sur l'arrière du crâne de Lucie. Puis sur sa nuque. Puis à nouveau sur son crâne.

Elle ne bougeait plus. Ses bras étaient partiellement fléchis, de part et d'autre de sa tête, ses doigts repliés. Il souleva son bras droit, qui était flasque. Il posa la table, se pencha sur Lucie, sur la plaie ensanglantée de l'arrière de son crâne, entendit une respiration faible et laborieuse.

Jusqu'à cet instant, il n'y avait rien eu de sexuel. Tout avait été trop imprévu, trop spontané, la conséquence de la tension qu'il éprouvait, de la peur, du doute. Ça n'avait pas été une femme, seulement un objet qui bougeait et faisait du bruit, et sa tâche consistait à faire cesser les mouvements et le bruit.

À présent, l'odeur de Lucie, la chaleur de son corps sous le sien, le faible bruit de son souffle laborieux parce qu'elle avait le nez cassé, tout cela le conduisit à prendre conscience de son existence d'être sexué. Il se redressa, toujours à genoux sur son dos, et se dit : Oh, non, pas ça. Ne laisse pas *ça* t'exciter, pour l'amour de Dieu.

Il se redressa, tremblant, vacillant. Il s'engagea dans le couloir, trouva une cuisine nue et aseptisée. Sa collection de sacs en plastique était dans un sac en plastique, dans le placard qui se trouvait sous l'évier. Il choisit deux grands sacs de supermarché et regagna le salon.

Elle s'était souillée. Plus de raison de redouter de la désirer. Il s'agenouilla près d'elle, passa un sac, puis l'autre, sur sa tête, les tordit sur sa nuque afin d'améliorer l'étanchéité. Puis il ferma les yeux et, à genoux, maintint les sacs en place.

Il resta longtemps ainsi. Il n'avait pas envie de penser à ce qu'il venait de faire, voulait seulement penser à ce qu'il lui restait à faire. Les empreintes digitales. Le verre de vin, intact, par terre. La table basse. La poignée de la porte. Le bouton de la porte du placard de la cuisine.

Elle avait sûrement un agenda, probablement dans la chambre, près du téléphone. Elle y avait probablement indiqué qu'elle passait la soirée avec lui. Prendre l'agenda. Chercher quoi d'autre pouvait contenir son nom, ou quelque chose le concernant.

Un vol. Il fallait que ce soit un vol, pas un amant, pas un crime passionnel. Trouver des bijoux, quelque chose d'évident, des objets de valeur, les emporter, s'en débarrasser. Les bagues, les colliers, tombant dans les égouts. Pas dans ce quartier, il irait à pied près de Time Square, de la Neuvième Avenue, où il fait noir, jetterait le tout dans les égouts, rentrerait chez lui par le métro depuis Port Authority Bus Terminal.

Il projetait. Les yeux fermés, il projetait. Lentement, ses pensées s'apaisèrent ; quand il ouvrit les yeux, il se sentit si épuisé que c'est à peine s'il fut capable de bouger. Tous ses membres étaient ankylosés. Les doigts qui serraient les sacs en plastique étaient raides. Il se balança, d'un côté et de l'autre, lâcha les sacs, puis il regarda Lucie, la toucha, l'examina.

Elle était morte.

Quand il se coucha, Susan se retourna, dans le noir, et dit :

– Wayne, qu'est-ce qu'il y a ?

– C'est fini.

– Tu ne vas pas le faire ?

– C'est fait.

Il se tourna vers elle, elle le prit dans ses bras et il posa le visage contre le flanc chaud de sa gorge, perçut le battement de son pouls. Son souffle était régulier, près de son oreille, fort et régulier, pas faible et laborieux.

Au bout d'un moment, elle demanda :

– C'était dur ?

– Pire que ce que tu peux imaginer.

9

Vendredi après-midi, Bryce rentra au Bel Air un peu après quinze heures. Il avait déjeuné avec un acteur, une star des rôles de flic de choc, qui voulait tourner une série de films basés sur les personnages d'un roman de Bryce intitulé *Le glas sonne deux fois*. Bryce croyait qu'il avait usé ces personnages jusqu'à la corde à la fin du livre, qu'il n'y avait plus rien à dire sur eux, mais l'acteur avait une vision.

Il employait sans cesse le mot « franchise » qui, apparemment, ici, ne signifiait pas Burger King, mais un rôle suivi dans une série de films, auquel l'acteur serait identifié, si bien que le public aurait envie de le voir jouer et rejouer le personnage. D'après l'acteur, on s'imaginait ici que cette impression de familiarité plaisait au public, du fait qu'une *place* de cinéma coûtait très cher, par les temps qui courent, mais Bryce soupçonnait que c'étaient les producteurs qui avaient besoin de cette sensation de familiarité – remakes, suites, séries, franchises – compte tenu de ce que coûtait un *film* par les temps qui courent.

Il ne savait pas si l'acteur était soutenu par un studio, mais ne vit pas de raison de jeter de l'eau froide sur l'idée. Il souhaitait que l'acteur réussisse, avait sincèrement pris du plaisir à écouter ses anecdotes, avait très bien déjeuné et, une fois arrivé à l'hôtel, il n'alla pas directement au bungalow, mais à la réception, où il demanda :

– Est-ce que Mme de Fuentes est arrivée ?

Isabelle devait prendre le vol du matin, à Kennedy, qui arrivait à onze heures trente.

– Oui, je crois qu'elle est dans le bungalow, dit le réceptionniste, qui tendit la main sur la gauche de Bryce puis ajouta : Et ces deux messieurs vous attendent.

Des messieurs ? Bryce pivota sur lui-même et vit deux hommes, installés sur les canapés de la réception, se lever, et la première idée qui lui traversa l'esprit fut qu'ils étaient l'un et l'autre l'acteur avec qui il venait de déjeuner. Un instant plus tard, il s'aperçut que non, que c'étaient des vrais. Et, une seconde plus tard, il comprit ce que ça signifiait.

Impossible, se dit-il, même si, intérieurement, il était sidéré. Wayne l'a fait ! Il l'a vraiment fait ! Bizarrement, alors qu'il était venu jusqu'ici pour rester à l'écart, Bryce n'avait jamais réellement cru que Wayne irait jusqu'au bout, que cette histoire qu'ils inventaient ensemble ferait irruption dans la réalité.

Wayne l'a fait, se dit-il, et quelque chose de glacé toucha sa colonne vertébrale.

– M. Proctorr ?

– Oui ?

– Détective Gasso.

L'homme lui montra un insigne doré dans un étui en cuir noir souple, puis reprit :

– Et détective Maurice, de la police de Los Angeles. Nous voudrions nous entretenir quelques minutes avec vous.

– Oui, bien sûr.

Il resta immobile, un vague sourire aux lèvres, mais le détective Gasso dit :

– Il faudrait que ce soit en privé, monsieur.

– Je ne comprends pas.

– Nous aimerions aller dans votre chambre, monsieur, si possible, dit le détective Maurice.

– Ah !

Bryce fronça les sourcils, contrarié par cette complication.

– Le problème, reprit-il, est que ma fiancée vient d'arriver de New York, que je ne l'ai pas encore vue, que je ne sais pas si elle prend une douche, que je n'ai aucune idée de ce qu'elle fait.

Il montra les canapés où les deux hommes étaient assis, ajouta :

– Ne pourrions-nous pas parler ici ?

– Nous préférerions ne pas être en public, monsieur, répondit le détective Gasso.

Les deux hommes étaient polis, mais froids, et insistants.

– Je vais appeler ma chambre, d'accord ? dit Bryce.

– Bonne idée, répondit le détective Gasso.

Ils restèrent près de la réception, les yeux rivés sur lui, silencieux, tandis qu'il gagnait les téléphones intérieurs. Isabelle décrocha à la deuxième sonnerie, et il dit :

– Chérie, salut, c'est moi, je suis à la réception.

– Pourquoi ?

– Il y a deux policiers ici, je ne sais pas pour quelle raison, mais ils veulent s'entretenir avec moi dans le bungalow.

– Des détectives ?

– Est-ce que tu pourrais... je ne sais pas, tu pourrais aller boire un café à la cafétéria ? Je regrette, ché...

– Bien sûr, Bryce, pas de problème. Je pars immédiatement.

– Merci.

– Je serai à la cafétéria, brûlante de curiosité, quand tu auras terminé.

Il rejoignit les détectives.

– Elle sort.
– Je regrette de bouleverser votre programme, monsieur, dit le détective Gasso, mais rien, sur son visage ni dans sa voix, n'exprimait le regret.
Bryce les précéda sur le chemin, parmi la végétation luxuriante, jusqu'au bungalow, dont il ouvrit la porte. Puis il demanda :
– Voulez-vous quelque chose ? Soda ? Jus de fruit ?
– Non, merci, répondit le détective Gasso. Pouvons-nous nous installer ici, monsieur ?
– Oui, bien sûr.
La partie salle de séjour comportait deux courts canapés qui formaient un L autour d'une grande table basse en verre. Bryce s'assit sur le canapé de droite et le détective Gasso sur celui de gauche, tandis que le détective Maurice allait chercher une des chaises de la table.
Le détective Gasso, qui avait sorti un carnet et un stylo, dit :
– Vous avez parlé de votre fiancée, monsieur ?
– Oui, c'est exact, elle arrive de New York.
– Comment s'appelle-t-elle, monsieur ?
– Isabelle de Fuentes.
– Est-elle originaire de Los Angeles, monsieur ?
– Non, de New York. D'Espagne, en réalité, son père était fonctionnaire aux Nations unies, mais elle a la nationalité américaine. Excusez-moi, mais pourriez-vous me dire de quoi il s'agit ?
– Il s'agit, malheureusement, de mauvaises nouvelles, monsieur, dit le détective Maurice.
– De mauvaises nouvelles ?
– Qui concernent votre femme, monsieur, ajouta le détective Gasso.
– Ma... Ah, *Lucie* ! Nous sommes en train de di... Qu'est-ce que vous voulez dire ? Qu'est-ce qui lui arrive ?
– Elle est morte, dit le détective Gasso.

Ces quatre yeux froids rivés sur lui, qui épiaient ses réactions. Un *innocent* se sentirait coupable ! Je *suis* innocent, *je* ne l'ai pas tuée.

– Morte ? Mais pourquoi serait-elle... Comment ?

– On l'a battue à mort, chez elle, indiqua le détective Maurice.

C'était étonnant, et horrible, aussi. Il ne savait pas, et n'avait pas eu envie de savoir, comment Wayne s'y prendrait, mais il aurait misé sur une arme à feu, ou peut-être le poison, quelque chose comme ça.

– *Battue à mort* ? Lucie ?

– Mercredi soir, monsieur, dit le détective Gasso. Le lendemain du jour où vous êtes arrivé ici.

– Mardi, oui, mais... Une minute, s'il vous plaît, je voudrais comprendre. *Battue à mort* ?

Il pensait à présent : ce n'est pas Wayne, ça ne peut pas être Wayne, c'est une coïncidence totalement démente, ça ne marcherait jamais dans un roman, Wayne n'a pas eu le temps de passer à l'acte, quelqu'un s'est introduit chez elle, un drogué, un violeur...

– Quelqu'un... dit-il, puis il s'aperçut qu'il avait la gorge sèche et déglutit avec bruit. Quelqu'un, répéta-t-il, s'est introduit chez elle ?

– Il n'y a pas de trace d'effraction, dit le détective Gasso.

– Elle connaissait son agresseur, ajouta le détective Maurice.

– Mais pourquoi ? Il y a eu... il y a eu... vous savez, viol ?

– Non, monsieur, répondit le détective Gasso et Bryce, stupéfait et horrifié, se rendit compte qu'il riait.

Ils ne réagirent pas. Ils se contentèrent de garder les yeux rivés sur lui.

– Elle est morte, dit-il en guise d'explication, sans pouvoir s'empêcher de ricaner, on l'a battue à mort, et je me demande si on l'a violée.

– Monsieur, je crois qu'un verre d'eau vous ferait du bien, dit le détective Maurice.

– Je veux savoir, insista Bryce. Mercredi. Pourquoi ne m'a-t-on pas averti ?

Le détective Gasso se leva et gagna le coin cuisine tandis que le détective Gasso disait :

– On l'a découverte ce matin. Elle devait voir des amis, hier soir, aller au cinéma, je crois, et elle n'est pas venue. Ils lui ont téléphoné et, ce matin, comme elle était toujours absente, l'un d'eux a appelé le commissariat du quartier.

Le détective Maurice apporta un grand verre d'eau, le tendit à Bryce et dit :

– Vous devriez boire ça, monsieur. Doucement.

– Merci, fit Bryce, mais, quand il prit le verre, il faillit le lâcher, puis il dut le tenir à deux mains. Il but un peu d'eau, et le bord du verre heurta douloureusement ses dents. Il le posa avec bruit sur la table basse, puis il tendit les mains, paumes vers le sol, et les fixa.

– Je tremble, constata-t-il.

– Calmez-vous, M. Proctorr, dit le détective Gasso.

Bryce le dévisagea. Il eut l'impression qu'il riait à nouveau, ou ricanait comme un dément, mais il était apparemment incapable de se contrôler.

– On divorce, expliqua-t-il, on ne s'aime plus, on se fiche l'un de l'autre, pourquoi... Pourquoi je tremble ?

– C'est le choc, indiqua le détective Gasso.

– Si vous avez l'impression que vous allez vous évanouir, M. Proctorr, baissez la tête ou allongez-vous sur le canapé. Il ne faudrait pas que vous vous cogniez la tête contre la table basse.

– Non, ça va aller, fit Bryce. Ça va aller.

– Je regrette, monsieur, dit le détective Gasso, mais il y a quelques questions.

– Oui, bien sûr.

Le détective Maurice demanda :

– Préféreriez-vous que votre fiancée soit présente ?

– Peut-être, dit Bryce. Oui, peut-être. Elle est à la cafétéria.

– Je vais téléphoner, proposa le détective Maurice, et le détective Gasso lui donna son carnet, où il avait apparemment noté le nom d'Isabelle.

– Je suis désorienté, c'est tout, dit Bryce au détective Gasso, tandis que le détective Maurice téléphonait depuis le coin cuisine. Qu'est-ce qui peut *expliquer* ça ?

– C'est ce sur quoi travaille la police de New York, répondit le détective Gasso. Et elle a demandé notre aide.

– Tout ce que vous voulez, dit Bryce. Tout ce que je peux faire.

Le détective Maurice revint, reprit place sur sa chaise, dit :

– Elle arrive. Elle semble très agréable, M. Proctorr. Aucun accent.

– Non, elle est américaine, en fait, dit Bryce. Elle travaille dans une agence de publicité de New York, elle écrit des textes destinés aux catalogues de vêtements, son ex-mari était espagnol, le divorce a été prononcé en Espagne et il a eu les enfants, trois enfants, Isabelle en a beaucoup souffert, son père fait ce qu'il peut, il a pris sa retraite en Espagne, il habite Madrid.

Je raconte n'importe quoi, pensa-t-il, ils se fichent de tout ça, mais il ne pouvait pas plus contrôler ce qu'il disait que les expressions de son visage. Il prit le verre d'eau, une nouvelle fois à deux mains, et réussit, cette fois, à boire sans que le bord heurte ses dents.

– Je m'excuse, dit-il en posant le verre. En général, je ne suis pas comme ça.

– Vous avez subi un choc, dit le détective Gasso.

Ne l'avait-il pas déjà dit ?

Isabelle entra et tous se tournèrent vers elle. Elle avait remplacé ce qu'elle portait dans l'avion par un chemisier et une jupe d'été, et elle était très jolie.

Les détectives se levèrent mais, quand Bryce voulut faire de même, il faillit perdre l'équilibre et tomber sur la table basse. Les détectives tendirent rapidement les mains vers lui, mais il reprit son équilibre, se redressa et adressa un sourire incertain à Isabelle tandis qu'elle se précipitait vers lui, le front plissé sous l'effet de l'inquiétude.

– Bryce, qu'est-ce qu'il y a ?

– Isabelle de Fuentes, dit-il, avec la sensation que les présentations étaient ridicules mais nécessaires, voici les détectives Gasso et Maurice, de la police de Los Angeles. Ils sont ici parce qu'on a tué Lucie.

– Lucie !

Isabelle le dévisagea, puis se tourna vers les détectives et à nouveau vers lui.

– Ils ne croient pas que c'est *toi* !

– Non, non, j'étais ici, c'est arrivé... quand ? Mercredi.

Il se tourna vers les détectives et ajouta :

– Mercredi ?

Ils acquiescèrent, attentifs. Isabelle dit :

– Comment c'est arrivé ?

– On l'a battue à mort...

– Oh, mon Dieu !

– Chez elle.

– Monsieur Proctorr, dit le détective Maurice, je crois que vous devriez vous asseoir.

– Oui, merci, oui.

Ils s'assirent, Isabelle à présent à la droite de Bryce, serrant son bras entre ses mains. Bryce dit au détective Gasso :

– Chez elle. Je n'ai jamais vu cet appartement. Je ne peux pas *imaginer*.

– Ça vaut mieux, dit le détective Gasso.

Le détective Maurice ajouta :

– Elle ne vivait pas là quand vous étiez mariés ?

– Non, on avait un appartement à Central Park Ouest et une maison dans le Connecticut. Elle est partie, elle voulait avoir un endroit à elle, temporaire, un appartement meublé et, à la fin du divorce, on aurait vu qui aurait quoi, ce que... ce qu'on voudrait.

Il plissa le front et ajouta :

– C'est un appartement meublé. Dieu sait combien de clés il y a.

– Les enquêteurs de New York ont établi, indiqua le détective Gasso, que la direction change le code des portes chaque fois qu'un nouveau locataire s'installe.

– Il va y avoir un enterrement, dit Bryce qui se tourna, hébété, vers Isabelle. Il faut que j'aille à l'enterrement, n'est-ce pas ? Je suppose qu'il faudra que j'aille à l'enterrement.

– Monsieur Proctorr, dit le détective Gasso.

Bryce se tourna vers lui.

– Oui ?

– Pouvez-vous me donner la raison de votre séjour ici, monsieur ? Vous êtes en vacances, n'est-ce pas ?

– Des vacances actives, je suppose, répondit Bryce, qui pensa : ils se demandent si je me suis éloigné pour que quelqu'un d'autre puisse le faire à ma place, puis il ajouta : je suis romancier et...

– Oui, monsieur, dit le détective Gasso, nous savons qui vous êtes.

– Oh, très bien. Trois de mes livres sont devenus des films et on envisage d'en adapter d'autres, si bien que je suis venu en parler avec des gens. Par exemple, j'ai déjeuné aujourd'hui avec George Jenkins, qui projette une série de films où des flics... désolé.

Le détective Gasso parut amusé.

– Aucun problème, monsieur Proctorr. On est flics.

– D'accord, très bien. Enfin, il croit qu'il aimerait tourner cette série, basée sur un de mes romans qui s'intitule *Le glas sonne deux fois*. En fait, je viens de temps en temps, je rappelle à tout le monde que j'existe, je rencontre des gens et, en général, il en sort quelque chose.

– Et ce séjour était prévu ?

– J'en parlais depuis quelque temps, répondit Bryce, mais je l'ai vraiment décidé à la dernière minute. Je suis arrivé au bout d'une impasse, dans le roman sur lequel je travaille – Isabelle, tu te souviens, j'y travaillais le week-end dernier.

– Oui, dit-elle. Tu en semblais très content.

– Je l'ai été jusqu'à lundi. Ensuite, je me suis aperçu que je m'étais enferré, qu'il faudrait que je réfléchisse quelque temps, donc j'ai téléphoné à Jeff– c'est mon agent ici – qui m'a dit qu'il pouvait organiser des rencontres cette semaine, donc je suis venu mardi.

Le détective Gasso demanda :

– Et quand rentrerez-vous ?

– J'avais l'intention de rester une semaine de plus, j'ai des rendez-vous pendant presque toute la semaine prochaine mais, maintenant, je suppose qu'il faudra que j'aille à l'enterrement.

Isabelle dit :

– Oh, Bryce.

– J'ai beaucoup de mal à croire que Lucie soit morte, expliqua Bryce aux détectives. On ne s'entendait plus, pendant les deux ou trois dernières années, le divorce n'est pas facile, mais qu'elle soit soudain *partie*, je ne réalise pas. Je n'ai connu personne d'aussi intensément vivant. En ce moment, j'entends sa voix.

Et c'était vrai.
Le détective Gasso dit :
– Croyez-vous que vous serez de retour à New York lundi ?
– Probablement avant, selon la date de l'enterrement.
– Le détective Johnson, à New York, voudra vous voir.
– Oui, bien sûr. Sait-il où me joindre ? Je serai dans mon appartement de New York.
– Je pourrais prendre l'adresse et le numéro de téléphone, proposa le détective Gasso. Au cas où.
– Oui.
Bryce les lui donna, puis tous se levèrent et le détective Gasso dit :
– Désolé d'avoir apporté de mauvaises nouvelles.
– Merci. Vous l'avez fait aussi bien qu'on peut le faire.
À la porte du bungalow, le détective Gasso donna sa carte à Bryce et dit :
– Si quelque chose vous revient en mémoire.
– Très bien.
Le détective Maurice dit :
– Au moins, profitez encore un ou deux jours de notre soleil.
– Je n'y manquerai pas. Merci.
Ils partirent, ils partirent enfin, et Isabelle se serra contre lui.
– Oh, Bryce, j'imagine ce que tu dois ressentir. C'est une chose horrible.
– Oui. Oui.
Les bras refermés sur elle, percevant les tremblements de son corps, les yeux fermés, Bryce pensa : Wayne. Il me tient, maintenant, je suis en son pouvoir.

10

Le plus étrange fut qu'il n'eut pas de problèmes pour dormir. Quand Wayne était éveillé, de brèves images de ce qui s'était passé chez Lucie le tourmentaient, des instants acérés et choquants, explosaient soudain comme des flashes dans son esprit, et il se tassait physiquement sur lui-même ou étouffait un cri : *« Ah! »*

Mais la nuit, dans son sommeil, il n'y avait apparemment pas de mauvais rêves, en tout cas rien dont il se souvînt le lendemain, et Susan affirmait qu'il dormait profondément, presque trop profondément. Si elle se réveillait pendant la nuit, ses mouvements ou les gestes qu'elle faisait ne troublaient pas le sommeil de Wayne. Et, au matin, il se sentait reposé, physiquement en bonne forme. C'était comme s'il se droguait lui-même, comme s'il produisait, dans son cerveau, une sécrétion qui l'apaisait pendant la nuit, qui maintenait les choses éprouvantes à distance.

Ils n'avaient pas abordé le sujet, *le* sujet, depuis son retour, mercredi soir. Le matin, ils se levaient comme d'habitude, se comportaient comme si tout était normal, et Susan partait travailler comme elle le faisait toujours. En général, Wayne n'achetait que le *Times* mais, pendant cette semaine, il acheta également le *News*, au cas où le *Times* n'aurait rien publié sur le sujet, et il lut les deux journaux d'une façon beaucoup plus approfondie que de coutume.

Le soir, désormais, ils dînaient dehors et allaient au cinéma dans le quartier. Par consentement mutuel implicite, ils ne regardaient pas les informations à la télévision, ni le matin ni le soir ; peut-être ne se sentaient-ils pas prêts à affronter des images, mais seulement des mots imprimés.

Ce qui le stupéfia, ce fut le travail. Jeudi et vendredi, immédiatement après le meurtre, il accomplit une quantité de travail phénoménale sur *L'Ombre de l'autre*, et il continua de penser à ses personnages et à leur histoire lorsqu'il n'était pas à son bureau. C'était comme si le territoire situé à l'intérieur de *L'Ombre de l'autre* était sa vraie vie, et l'extérieur concret une illusion.

Mais quand cela *commencerait-il* ?

Enfin, le sujet fut abordé dans le journal du samedi.

Dans les deux journaux. Il était logique que le *Times* publie un article : c'était grâce à son classement dans les best-sellers que le mari de Lucie était devenu célèbre.

Le *News* consacrait une plus grande place à l'affaire et publiait deux photos, la première de l'immeuble de Broadway, dans l'Upper West Side, où Lucie était morte, ainsi qu'un cliché de Lucie et Bryce, bras dessus, bras dessous, souriant à l'appareil, devant leur maison du Connecticut ; il provenait sûrement de la même séance que les photographies publiées dans *People*.

Les deux journaux donnaient les mêmes maigres détails sur le meurtre : battue à mort, pas de traces d'effraction, les voisins n'avaient rien vu ni entendu, la police enquêtait. L'immeuble était destiné aux gens de passage et personne ne connaissait Lucie, qui y avait emménagé après avoir demandé le divorce.

Les deux journaux rappelaient au lecteur qui était Bryce Proctorr, le *News* dressant la liste des acteurs qui avaient joué dans les films tirés de ses romans, le *Times* mentionnant son classement dans les best-sellers. Le *News* disait que Lucie était belle ; pas le *Times*.

Les deux journaux parlaient de la procédure de divorce et indiquaient que Bryce se trouvait à Los Angeles, au moment du meurtre, en raison de projets cinématographiques. Le *News* avait trouvé dans un des romans de Bryce, *Le glas sonne deux fois*, une scène vaguement similaire à la mort de Lucie : « Dans le roman le mari est suspecté mais se révèle, à la fin, innocent. » C'était une entreprise risquée.

Susan était à la maison, puisque c'était samedi, si bien que, lorsque Wayne revint avec les journaux, ils s'installèrent au salon, elle sur le canapé et lui dans son fauteuil, puis lurent les deux articles, qu'ils échangèrent ensuite. Puis, Susan dit :

– Les voisins n'ont rien entendu.

– J'ai vu, répondit Wayne. C'est bien.

Et il était bon qu'ils puissent laisser l'histoire pénétrer dans leur vie, maintenant, parce que ce n'était plus exclusivement *leur* vie ; Lucie Proctorr était morte dans la vie de tout le monde.

Finalement, Susan posa le *News* et dit :

– On devrait sortir, aujourd'hui, aller quelque part.

– Il fait froid.

– Il ne faut pas qu'on passe toute la journée ici, insista-t-elle, enfermés ici.

Ils n'avaient pas de voiture : à quoi leur aurait servi une voiture, à New York ? Elle n'aurait apporté que des frais supplémentaires et des problèmes continuels du fait qu'il aurait fallu la déplacer sans cesse. Les rares fois où ils sortaient de la ville, ils louaient une voiture. C'est pourquoi Wayne dit :

– Tu veux qu'on se procure une voiture ? Tu veux qu'on parte en week-end ?

– Ça serait une idée.

Le *News* était ouvert sur le canapé, près d'elle, à la page de l'article. Elle se tourna vers lui et ajouta :

– J'aimerais voir cette maison.

– La maison de Bryce ? Pourquoi ?

– Je ne sais pas. J'aimerais, c'est tout. Il y a du soleil, même s'il fait froid, et ce serait agréable de se promener dans le Connecticut, peut-être même d'aller jusqu'au Massachusetts, de passer la nuit dans une auberge, de rentrer demain.

– Je travaillais...

– Trop, coupa-t-elle.

Il lui sourit, à l'aise en sa compagnie.

– J'étais sur le point de dire : trop bien. Le livre avance.

– Tu peux le laisser de côté pendant une journée.

Soudain, son humeur changea, il eut l'impression d'être minable et se laissa tomber dans son fauteuil.

– Je pourrais l'abandonner définitivement, dit-il. Il ne va nulle part.

– Wayne, non. Tu trouveras un éditeur.

– Sûr.

– Non, tu en trouveras un, insista-t-elle. Tu peux obliger Bryce à t'aider.

– L'*obliger* ?

– Évidemment. Il te doit quelque chose, maintenant.

– J'obtiendrai de l'argent de lui, dit Wayne. *S'il* ne m'arnaque pas.

– Comment ça, t'arnaquer ?

– Prendre mon livre et me faire un pied de nez. Qu'est-ce que je pourrais faire ? L'attaquer en justice ? J'ai tué la femme de cet homme et il ne veut pas me payer ? Mais bien sûr. Et il pourrait transformer le livre de telle façon qu'il serait impossible de prouver que c'est le mien.

Susan changea de position, sur le canapé, se pencha vers lui.

– Wayne, dit-elle, Bryce ne pourra rien te refuser. Il est ton *débiteur*, maintenant, et il le sait, et il fera tout ce que tu veux. Tu ne sais vraiment pas pourquoi ?

– Non, répondit-il. Je ne vois pas où tu veux en venir.

– Tu ne le vois pas parce que tu sais qui tu es vraiment, expliqua-t-elle. Et je sais qui tu es vraiment. Mais *il* croit que tu es la personne qui a fait... *ça*, mercredi soir. Il t'a abordé, à la bibliothèque, parce qu'il croyait que tu étais au pied du mur et, maintenant, il est *sûr* que tu es au pied du mur et il fera tout son possible pour que tu te tiennes tranquille.

Il la dévisagea. Ce qu'elle venait de dire ne lui plaisait pas.

– Parce que je risque de le battre à mort, lui aussi ? Peut-être ses enfants ?

– *Non*, Wayne. Si tu es au pied du mur, il ne peut pas prévoir ce que tu vas faire, il ne peut pas te contrôler. Je sais qui tu...

– Écoute, attends une minute, dit-il. Attends une minute. Je n'ai pas envie de parler de... tu sais...

– Évidemment, et rien ne t'oblige à le faire.

– Mais une seule chose. Ce n'était pas prévu comme ça, je n'aurais pas préparé une chose comme celle-là, ce n'était pas du tout censé se produire mercredi, ni qui sait avant combien de temps, et en aucun cas avec cette *brutalité*... j'ai été aussi surpris et terrifié qu'elle, quand ça a commencé. Je ne savais pas que ça allait commencer...

– Wayne, cesse.

– ... Et ça a commencé et il n'y avait aucun moyen...

– Wayne, *je t'en prie*, cesse, tu pleures. Wayne, *cesse* !

– ... de l'arrêter, il fallait que je continue de... Oh, Seigneur, Susan !

Elle se leva, s'agenouilla près de lui et le serra dans ses bras pendant un long moment, jusqu'à ce que les tremblements et les larmes cessent, jusqu'à ce qu'il prenne une profonde inspiration et dise :

– Ça va, maintenant.

– Tu te sens mieux ?

– C'est fini, dit-il, et il sentit que ça l'était vraiment, qu'un poing serré dans sa poitrine s'était enfin ouvert. Ça va aller, maintenant, ajouta-t-il.

Elle resta à genoux près de son fauteuil, mais s'écarta, sans lâcher ses bras, et examina son visage.

– Tu en es sûr ?

– J'en suis sûr, répondit-il avec un sourire. Allons faire un tour en voiture.

Ils ne trouvèrent pas la maison. Il n'y avait pas assez de précisions dans les articles des journaux, ni dans la photo du *News*. Ils savaient que la maison était près de Bethel, mais les routes de campagne paraissaient toutes semblables, serpentaient parmi les bois, charmants, sous le soleil, même si les feuilles étaient tombées. Les vieux murs de pierres, bas, suivaient les ondulations du paysage, au bord des routes, et Wayne, au volant de la petite Saturn rouge de location, tournait au hasard lorsqu'il arrivait à un croisement. Il n'y avait pas beaucoup de circulation et le simple fait de conduire était agréable.

Mais ils ne trouvèrent pas la maison. Les grandes demeures et les propriétés, dans cette région, étaient en général loin de la route, parmi les arbres, si bien qu'il était difficile de les voir, parfois impossible, et rares étaient les gens qui indiquaient leur nom sur la boîte aux lettres. Au bout d'un moment, ils se contentèrent de regarder les jolies maisons.

Il n'aborda le sujet tabou qu'une fois, sur une des rares lignes droites, vaches laitières noir et blanc dans un vaste pré, sur leur gauche, sous-bois impénétrable sur leur droite.

– Je suis content, dit-il, de ne pas en rêver.

– C'est assez étonnant, en fait.

– Et c'est un soulagement. Qu'est-ce qui arriverait si je faisais des cauchemars ?

– Tu crois que tu n'en feras pas ?

– Oui. Si je n'en ai pas fait jusqu'à maintenant, je n'en ferai pas.

– Bien.

Un peu plus tard, Susan dit :

– Je n'ai pas vraiment besoin de voir cette maison.J'avais seulement besoin de sortir de l'appartement.

– Je suis heureux que tu m'aies convaincu.

– Alors, qu'est-ce qu'on fait, maintenant ?

– Allons dans le Massachusetts, comme on a dit.

– On fera les antiquaires.

– Pourquoi pas ? dit-il. Bientôt, on sera riches.

11

L'enterrement était prévu pour dimanche, si bien qu'ils prirent l'avion samedi en fin d'après-midi et arrivèrent à Kennedy à minuit. Ils voyagèrent ensemble, parce qu'ils n'avaient plus de raison de se cacher, qu'il n'y avait plus de détectives privés tapis dans l'ombre. Tout avait changé. Le fardeau avait disparu.

À leur arrivée, il y avait, sur le répondeur, un message du détective Johnson et un numéro de téléphone. C'était une voix de Noir, calme et douce, sans la moindre dureté, ce qui les étonna. Le lendemain matin, avant d'aller à l'enterrement, Bryce appela ce numéro, s'entretint brièvement avec Johnson et accepta de le rencontrer, à l'appartement, dans l'après-midi.

Isabelle était restée, le samedi soir, mais elle refusa de l'accompagner à l'enterrement. Pendant qu'il y serait, elle irait chez elle, dans la Trente et Unième Rue, très loin, dans la partie Est de la ville, et rassemblerait quelques affaires, de quoi se sentir à l'aise chez lui.

Bryce n'avait pas imaginé à quel point l'enterrement serait horrible. Tout le monde savait que Lucie et lui étaient engagés dans un divorce interminable et difficile, si bien que personne ne pouvait le considérer comme le mari éploré. En revanche, personne ne pouvait lui adresser un large sourire et un « félicitations » chaleureux. En général, les gens se comportèrent vis-à-vis de lui comme s'ils avaient une rage de dents dont ils le rendaient vaguement responsable.

Mais, en fait, il n'y avait pas tellement de gens, peut-être une vingtaine de personnes en tout. Les parents de Lucie étaient venus de St. Louis et firent tout leur possible pour éviter totalement Bryce parce que, bien entendu, la querelle juridique qui l'opposait à leur fille avait fait de lui leur ennemi et qu'ils ne voyaient pas quelle autre attitude adopter à son égard.

Sa famille ne valait pas mieux. Ses trois enfants étaient présents, mais aucun d'eux n'était près de lui. Il y avait Betsy, vingt-trois ans, étudiante en troisième cycle d'architecture à Brown, Tom, vingt et un ans, qui étudiait l'ingénierie au MIT, et Barry, dix-neuf ans, en deuxième année de lettres à Rutgers. Comme ils vivaient tous à Rhode Island, dans le Massachusetts et le New Jersey, il les voyait rarement. Son comptable payait leurs factures et telle était l'étendue de leurs relations. Ils avaient pris le parti de leur mère, Ellen, lors de son premier divorce, et n'avaient jamais aimé Lucie qui, en retour, les avait froidement détestés. Cette indifférence n'était délibérée de la part de personne, mais elle était à présent devenue habituelle.

Leur mère, Ellen, était également là, ce qui l'étonna, en compagnie de Jimmy Banley, l'architecte avec qui elle vivait, dans le Connecticut. Elle serra solennellement la main de Bryce et dit :

– J'espère que tu trouveras le bonheur, Bryce, après tout ça.

– Merci, fit-il, et, une fois de plus, il pensa qu'il aurait dû rester avec Ellen, pas seulement parce que

Lucie était beaucoup plus difficile à vivre. Il y avait, chez Ellen, une honnêteté qui aurait pu le retenir, s'il ne l'avait pas rejetée.

Il y avait aussi, à l'enterrement, une dizaine d'amies de Lucie, toutes du même âge qu'elle, toutes plus ou moins semblables à elle, des femmes que le fait de porter du noir à un enterrement ne gênait pas parce qu'elles en portaient de toute façon toujours. Lucie s'était toujours sentie plus à l'aise avec les femmes qu'avec les hommes et avait toujours eu beaucoup d'amies ; elles bavardaient interminablement au téléphone et se faisaient de petits cadeaux.

Le décor était un funérarium luxueux de Park Avenue, où des hommes silencieux, efficaces, en costume sombre, allaient et venaient. Le service était discret et neutre, vaguement religieux, sans obliger qui que ce soit à prendre position. Trois personnes prirent la parole, tout d'abord le père de Lucie, qui avait écrit ce qu'il voulait dire sur deux feuilles de papier jaune rayé, qui tremblaient entre ses mains. Il avalait sa salive, pleurait, s'étranglait, et c'est à peine s'il put aller jusqu'au bout.

Puis une des amies de Lucie, une nommée Janet Higgins, évoqua la dernière fois qu'elle avait vu Lucie, à savoir, comme par hasard, à la première de la pièce qu'elle avait mise en scène, et dit que Lucie l'avait beaucoup soutenue, comme toujours, et à quel point il était difficile de croire que cette merveilleuse amie n'était plus là. Bryce s'aperçut, choqué et mal à l'aise, qu'il devait s'agir de *Low Fidelity*, où Wayne et Lucie s'étaient rencontrés. Il se rendit compte qu'il tremblait à l'idée de ce qu'il avait déclenché et détruit. *Pourquoi* n'avaient-ils pas pu en finir simplement, elle et lui ?

Il se mit à rêver et se demanda : Pourquoi ne pas quitter New York pendant quelque temps ? New York, le Connecticut et tout ?

L'Espagne. Il pourrait aller passer deux ou trois ans en Espagne, emmener Isabelle, peut-être l'aider à récupérer ses enfants. À cette idée, il ne put s'empêcher de regarder les siens, rassemblés autour de leur mère, très loin de lui. Mais il était très loin d'eux, n'est-ce pas ?

Il ne connaissait pas les enfants d'Isabelle. Il avait vu deux ou trois fois son père, le trouvait collet monté mais plutôt sympathique, ne détesterait pas le fréquenter pendant quelque temps.

Mais ils n'habiteraient pas Madrid, où le père vivait. Non, ils iraient dans l'Est, près de Barcelone, trouveraient une jolie villa en dehors de la ville, près de la Méditerranée. Il y avait, là-bas, une dizaine de plages et on pouvait changer tous les jours. Il écrirait une histoire située en Espagne, installerait son bureau dans une pièce de coin ensoleillée, ferait ses recherches à Barcelone. Il *voyait* le bureau : bois foncé luisant au soleil, terrasse dallée derrière les baies vitrées. Il aurait voulu être là-bas, et pas ici. Assis devant son ordinateur, à écrire son roman espagnol, tandis qu'Isabelle serait sur la terrasse, dehors, en compagnie de ses trois enfants.

Il fallait d'abord qu'il se débarrasse de ce qui le liait à Wayne, voilà tout. À Wayne et à *Deux visages dans le miroir*. Lundi prochain, il enverrait le manuscrit à Joe Katz, son éditeur, lui téléphonerait peut-être jeudi ou vendredi pour lui dire : « J'ai presque fini, enfin ! » Cette idée le fit sourire, puis il s'empêcha de sourire.

Le pire moment de l'enterrement était encore à venir : une autre amie de Lucie, qui tenait à rapporter toutes les choses drôles que Lucie avait dites, lesquelles n'étaient probablement pas très drôles dans leur contexte d'origine, mais étaient totalement insupportables ici. La femme ne percevait absolument pas son public, se contentait de bavasser, et Bryce s'aperçut qu'il pensait : je devrais demander à Wayne de la tuer, *elle aussi*.

Elle termina enfin, les employés du funérarium poussèrent le cercueil fermé vers l'endroit où le corps serait brûlé, et la cérémonie arriva à son terme. Les gens se levèrent, par petits groupes gênés qui parlaient à voix basse, dont aucun n'incluait Bryce. Personne, ici, constata-t-il, n'est de mon côté. Se sentant vaguement seul, il sortit et appela un taxi.

L'entretien avec le détective Johnson fut bref et facile. C'était un homme de haute taille, robuste, pas bourru, contrairement aux flics de Los Angeles, qui ne semblait pas du tout soupçonner Bryce. Il commença par aborder essentiellement le même domaine que les deux policiers de Los Angeles, à savoir la raison de la présence de Bryce en Californie, mais plus brièvement, du fait qu'il s'était visiblement entretenu avec Gasso et Maurice.

Puis il demanda à Bryce ce qu'il savait des hommes qu'elle voyait depuis leur séparation.

– Je suis sûrement la dernière personne qui puisse vous aider sur ce plan, répondit Bryce.

– Je suppose que vous avez raison, admit Johnson. Mais nous avons un portrait-robot qui *pourrait* être celui du coupable. Je voudrais vous le montrer.

– Bien sûr.

Bryce pensa : comment puis-je prétendre que je ne reconnais pas Wayne ? Mais je ne peux pas dire que l'assassin ressemble à Wayne Prentice, même de loin. Pourquoi Wayne ne s'est-il pas arrangé pour qu'on ne le voie pas ?

Johnson sortit une enveloppe brune de sa poche et dit :

– Nous avons deux témoins potentiels mais, en vérité, nous ne sommes pas sûrs qu'ils identifient le même homme.

– Je ne comprends pas, reconnut Bryce.

Johnson semblait hésiter à lui montrer le portrait, mais gardait l'enveloppe entre les mains.

– Le premier témoin, dit-il, est le gardien de l'immeuble de Mme Proctorr. Il a vu un homme venir la chercher, monter chez elle, descendre en sa compagnie, sortir, rentrer avec elle plus tard, puis s'en aller seul.

– Il l'a vu quatre fois, dit Bryce. C'est beaucoup.

– C'est ce qu'on pourrait croire, mais les gens ne sont pas aussi observateurs que nous le souhaiterions.

– Je suppose que vous avez raison.

– L'homme a dit au gardien qu'il s'appelait Wayland, ajouta Johnson. Ça vous dit quelque chose ?

Oh, comme c'est malin de la part de Wayne, pensa Bryce, qui comprit aussitôt ce qu'il avait fait. Il secoua la tête et dit :

– Je ne connais personne qui porte ce nom. Pas de prénom ?

– Sauf si c'en est un.

– C'est sûr.

– Mme Proctorr le connaissait, il n'y a aucun doute. Elle a dit au gardien de le faire monter.

– Wayland, fit Bryce.

Puis il secoua la tête.

– Il sont apparemment sortis dîner, dit Johnson, dans le quartier, compte tenu de l'heure à laquelle ils sont sortis et de la durée de leur absence. Nous sommes donc allés montrer la photo de Mme Proctorr dans les restaurants voisins et une serveuse, dans un établissement de Columbus Avenue, le *Salt*, croit avoir vu Mme Proctorr ce soir-là. Elle n'en est pas absolument certaine et elle n'a pas tellement fait attention à l'homme.

– Mais tout de même un peu, fit Bryce.

– L'homme a payé en liquide, donc sa carte de crédit ne peut pas nous fournir son nom. Les témoins sont en désaccord sur plusieurs points, donc ceci se limite à ce sur quoi ils sont d'accord.

Et il sortit enfin le dessin.

Lequel ne ressemblait pas du tout à Wayne ! Stupéfait, l'image entre les mains, Bryce fixa cet inconnu, tenta de voir sinon Wayne, du moins quelqu'un qu'il connaissait. C'était une sorte de dur, aux lèvres plus fines que celles de Wayne, aux oreilles plus plates, au front plus haut, aux cheveux plus broussailleux. La hauteur du front était peut-être le fait de la serveuse, qui était debout alors qu'il était assis.

Attentif, Bryce reconnut finalement les yeux de Wayne, constata qu'ils les avaient correctement observés. Les yeux de Wayne dans le visage d'un inconnu. Wayne portant un masque.

– Non, dit-il. Si j'avais vu ce visage, je m'en souviendrais.

– Bon, ça valait le coup d'essayer, fit Johnson.

Bryce lui rendit le dessin et dit :

– Donc, c'est le coupable, vous en êtes sûr ?

– Non, répondit Johnson. C'est *apparemment* un rendez-vous, puis une tentative de viol qui a dégénéré, mais c'est peut-être quelque chose de complètement différent.

Bryce secoua la tête, afin d'exprimer son incompréhension. Il se sentait vide, de plus en plus vide, comme s'il y avait une caverne dans sa poitrine. Une caverne immense, avec des stalactites froides et acérées.

– Quoi ? Qu'est-ce que ça pourrait être ?

– Il *pourrait* s'agir d'un cambriolage. Ces immeubles sont très sûrs, dans l'ensemble, mais il est possible que quelqu'un s'y soit introduit, ait vu cet homme sortir de chez Mme Proctorr, ait attendu qu'il ait pris l'ascenseur, puis soit allé frapper à la porte en faisant croire qu'il était cet homme et revenait.

Sauve Wayne, pensa Bryce. Il dit :

– Vous croyez que c'est possible ?

– Possible, oui, admit Johnson. On a pris des bijoux, laissé des tiroirs ouverts, ce genre de chose. Mais ça faisait penser à un décor de théâtre. Et, apparemment, elle avait un agenda qui a disparu, lui aussi.

– Ah.

Johnson lui adressa un sourire.

– Les cambrioleurs ne figurent pas dans les agendas, n'est-ce pas ?

– Non, j'imagine que non, reconnut Bryce.

Johnson secoua la tête.

– Mais, reprit le détective, on peut retourner la chose, dire que le cambrioleur a pris l'agenda pour qu'on accuse le type avec qui elle avait rendez-vous.

– Compliqué, fit Bryce.

Johnson acquiesça.

– Il y a beaucoup d'affaires qui ont l'air compliqué, au début, dit-il. Tôt ou tard, presque toutes se révèlent simples.

Une heure plus tard, Bryce et Isabelle lisaient tranquillement des revues au salon, quand le téléphone sonna. Il décrocha et une voix dit :

– Salut, c'est Wayne.

Un frisson glacé parcourut le corps de Bryce. Comment oses-tu me téléphoner ? s'emporta-t-il intérieurement. Comment oses-tu m'adresser la parole, comment oses-tu te présenter à moi ?

– Oh, salut, Wayne, ne quitte pas.

– Sûr.

Il posa le combiné, se leva et dit à Isabelle :

– Les affaires. Je prendrai la communication dans le bureau. Raccroche quand j'aurai décroché, d'accord ?

– Bien sûr.

Il gagna son bureau, s'assit à sa table et décrocha le téléphone.

– C'est bon, Isabelle.

Il y eut un clic et Wayne dit :

– Isabelle. Tu n'as pas perdu de temps.

– Tu veux sûrement parler du livre, dit Bryce.

Il n'avait pas besoin que Wayne lui dise qu'il n'avait pas perdu de temps en installant Isabelle chez lui.

– Bien entendu, fit Wayne.

– J'ai pensé qu'il faudrait que j'attende une semaine, dit Bryce. L'enterrement a eu lieu ce matin.

Wayne garda le silence. Bryce attendit, puis dit :

– Lundi prochain, ou peut-être ce vendredi, je téléphonerai à Joe Katz, mon éditeur, je lui dirai que le livre est enfin terminé et je le lui enverrai.

– C'est formidable. Merci, Bryce.

Bryce ne put s'empêcher de demander :

– Comment ça va ?

Ce qui signifiait : comment tu te sens, maintenant que tu as battu un être humain à mort ?

– Oh, bien, répondit Wayne, mais il eut ensuite un petit rire et ajouta : Un peu secoué, pendant un moment.

– J'imagine.

– Les choses ne se passent pas comme on croit qu'elles vont se passer, tu vois ce que je veux dire ?

– Je suppose, fit Bryce.

– Bon, je ne bougerai pas, Bryce, dit Wayne. J'attendrai ton coup de téléphone.

– D'accord.

Bryce raccrocha et, morose, regarda son ordinateur, silencieux, indifférent. Wayne est là, pensa-t-il. Il sera là, toujours là, désormais. À jamais.

12

Wayne aurait voulu qu'ils renoncent. L'affaire était aussi morte que Lucie ; pourquoi refusaient-ils de la laisser mourir ? Ce qu'ils avaient était très mince. Cependant, ils étaient parvenus à remonter la piste de Wayne jusqu'au *Salt* et ils avaient un portrait-robot du suspect qui était ridiculement peu ressemblant. Quand elle le vit dans le journal, Susan s'en moqua et dit :

– C'est *ça*, l'homme que j'ai épousé ?

Et, ensuite, rien. Pas de nouvelles pistes, pas d'indices, pas de suspects, ni changements ni éléments neufs. Pourtant, les journaux et la télévision locale se croyaient obligés de ressasser les mêmes détails vides, jour après jour. Les chaînes nationales elles-mêmes mentionnaient l'affaire dans leurs bulletins d'informations.

C'était habituel, et Wayne savait que c'était simplement habituel, que ça n'aurait pas dû l'inquiéter ; malgré tout, ça l'inquiétait. Ce qui était habituel était le mélange de sexe et de célébrité, mais, aux yeux de Wayne, c'était une version très diluée de l'un et de l'autre. Il était vrai que Bryce était un auteur célèbre, un produit, un nom de marque, mais ce n'était pas O.J. Simpson, bon sang. La police avait beau dire et répéter qu'il n'y avait aucun indice d'agression sexuelle, les médias s'en fichaient, en parlaient de toute façon. Quand une belle blonde est battue à mort, il y a forcément du sexe *quelque part*.

« Belle blonde battue à mort » était l'allitération facile dont toute la presse s'était emparée, mais Wayne était bien placé pour dire qu'elle se trompait complètement. Ça ne s'était pas passé du tout comme ça. Il ne s'était pas du tout agi de battre une belle blonde à mort ; il s'était plutôt agi de décapiter une tortue qui mordait.

Susan et lui s'étaient remis à regarder les informations à la télévision, lorsque l'affaire avait été rendue publique, mais Wayne le regrettait, maintenant. Néanmoins, il voyait bien que Susan se passionnait pour l'affaire, comme si elle ne savait pas ce qui s'était véritablement passé. Elle était devenue spectatrice, parmi tous les spectateurs, du drame de la belle blonde battue à mort.

Quelque chose d'autre, aussi, grandissait en Susan, mais il ne savait pas ce que c'était. Ils faisaient l'amour plus fréquemment et, pendant ces étreintes, elle se cramponnait plus fort à lui, comme s'il était un morceau d'épave à la dérive et elle perdue dans une mer déchaînée. Mais cela semblait lui plaire, même s'il ignorait ce qui lui traversait l'esprit pendant ces instants, si bien qu'il jugeait préférable de ne pas l'interroger.

Puis, mercredi soir, alors que Wayne croyait qu'ils étaient sur le point de s'endormir, elle demanda, très bas, presque d'une voix de petite fille :

– Je peux te poser une question ?

Bien entendu, elle n'avait pas besoin de préciser le sujet.

Ça ne va pas me plaire, pensa-t-il, mais il n'y a pas moyen d'y échapper.

– Sûr. Qu'est-ce que tu veux savoir ?

– Est-ce que ça t'a excité ?

– Non !

L'idée qu'elle puisse croire une telle chose le scandalisa.

– Comment cela aurait-il été possible ? s'écria-t-il.

Mais il s'aperçut ensuite que la dénégation, à elle seule, ne suffisait pas, qu'elle n'apaiserait pas les doutes de Susan, ne la ferait pas changer d'avis, ne transformerait pas l'image qui s'était formée dans son imagination, si bien que, malgré le dégoût dont il se souvenait toujours très nettement, il dit :

– Elle s'est chié dessus.

Un silence choqué, du côté du lit occupé par Susan ; puis :

– Tu n'aurais pas dû me dire ça.

– Tu n'aurais pas dû poser cette question.

Nouveau silence, relativement long. Puis, une nouvelle fois d'une voix de petite fille :

– Je ne recommencerai pas.

– C'est sans importance, Susan, dit-il, désolé d'avoir été sec. Je sais que c'est naturel, que tu as envie de savoir et qu'en même temps, tu n'as pas envie de savoir.

– Je n'ai pas envie de savoir. Pas maintenant. Un jour, peut-être.

– Oui, ça me plairait, reconnut-il. C'est ce que je me disais, ce que j'espérais, qu'un jour, quand tout cela sera calmé, passé depuis longtemps, qu'on pourrait s'asseoir tranquillement quelque part et que je pourrais tout te raconter.

– Mais pas maintenant.

– Non, pas maintenant.

Il savait qu'une partie du problème, pour elle comme pour lui, était cette période vide d'attente. Il y avait toujours un suspense quand on soumettait le manuscrit d'un roman à un éditeur. Même si on écrivait depuis de nombreuses années, et même si on avait rencontré le succès, il y avait toujours cette période vide et tendue qui séparait le moment où on rendait le manuscrit de celui où on apprenait la réaction de l'éditeur.

Et, cette fois, c'était beaucoup plus compliqué. Ce n'était pas son manuscrit, ça ne l'était plus, en tout cas ce n'était pas son éditeur, et il n'exerçait aucun contrôle sur la façon dont il serait présenté. Il ne pouvait qu'attendre, attendre encore, et c'était pour cette raison que l'attrait que le crime du moment exerçait sur les médias l'affectait autant.

Il influençait aussi son travail. Il n'avait pratiquement rien fait, pendant la semaine. Pendant la semaine précédente, avant leur week-end en Nouvelle-Angleterre, le roman avait avancé à toute vitesse mais, cette semaine, il ne progressait pas. Les personnages lui résistaient, refusaient de lui indiquer comment ils agiraient et réagiraient, et, surtout, *pourquoi* ils agiraient de cette façon et pas d'une autre. Il n'était pas nécessairement obligé d'exposer toutes les motivations au lecteur, mais il fallait qu'*il* sache. Il fallait qu'il les connaisse assez bien pour être absolument certain de la façon dont ils réagiraient, quel que soit le stimulus, et il lui était difficile, cette semaine, de se représenter clairement les gens.

Puis, jeudi après-midi, alors qu'il était assis, morose, devant son ordinateur et se demandait comment un personnage important du roman – pas le héros, mais un personnage important – se comporterait face à une mauvaise nouvelle qu'il venait d'apprendre, le téléphone sonna et c'était Bryce.

– Je voulais seulement t'avertir, dit Bryce, que le livre est chez l'éditeur.

– Oh, Bryce, c'est formidable !

– J'ai téléphoné à Joe Katz ce matin et je lui ai dit que j'avais fini. Il a envoyé un coursier dans l'après-midi et il le lira pendant le week-end.

Personne n'avait envoyé un coursier chercher un manuscrit chez Wayne. Ce détail le piqua, comme une révélation ironique, et le fit sourire.

– J'espère qu'il lui plaira, dit-il.

– Pourquoi pas ? fit Bryce. On a l'un et l'autre fait de notre mieux.

Wayne sourit d'une oreille à l'autre.

– Oui, n'est-ce pas ? Bryce, lundi, j'attendrai près du téléphone.

– On sera deux.

13

Joe Katz téléphona lundi matin juste après onze heures.

– Bryce, dit-il, c'est formidable !

Bryce s'aperçut à cet instant qu'il s'était beaucoup inquiété. Des scénarios lui avaient traversé l'esprit – et il les avait refoulés – où Joe téléphonait et disait : « Qu'est-ce que c'est que cette connerie, Bryce ? Ce n'est pas *toi* qui as écrit ça » ou, pire : « Bryce, je regrette de te le dire, mon pote, mais tu es sur la pente descendante. » C'est un œuf de coucou que tu as entre les mains, Joe, mais qui est le coucou et qui est le père adoptif ?

Il s'était caché ces doutes mais, maintenant que Joe avait prononcé ces mots merveilleux – « Bryce, c'est formidable » – il pouvait laisser tous ces monstres quitter leur placard, les laisser sortir de son crâne et s'envoler, tandis qu'il disait :

– Ça me fait plaisir, Joe.

– Et il y a des passages qui comptent parmi les meilleurs que tu aies jamais écrits.

Le sourire de Bryce se crispa un peu.

– Merci, Joe.

– Comme toujours, tu sais, il a fallu que je cherche la petite bête.

– Oh, sûr, je suis prêt, dit Bryce. Je fais confiance à tes petites bêtes.

– Merci. Tu as le manuscrit sous la main ? On pourrait voir quelques points, je n'ai pas besoin de réponses immédiates, on pourrait déjeuner la semaine prochaine, ou quand tu seras prêt.

– Bien sûr, une minute, je le sors du tiroir, d'accord ?

Pendant dix minutes, ils discutèrent de l'intrigue, des personnages, du rythme et de petits problèmes que Bryce put généralement régler sur-le-champ, au téléphone. Mais, ensuite, Joe dit :

– Ici, page trois cent douze, Henry s'en prend à Eleanor et, furieux, quitte la table du dîner. Plus tard, page trois cent quarante-sept, ils semblent être à nouveau ensemble. Pas de problème. Je suppose qu'on peut deviner ce qui s'est passé entre-temps, mais j'ai l'impression que tu aurais pu laisser une scène qui nous aurait été utile.

En réalité, Bryce avait ajouté une scène : le départ de Henry, furieux. Dans la version de Wayne, la révolte de Henry contre Eleanor était entièrement intérieure, ne se traduisait pas en actes, et Bryce avait trouvé cela trop peu spectaculaire, d'autant qu'il s'agissait d'une partie du récit où pratiquement rien n'avançait. Il avait cru que le lecteur comprendrait que ce geste d'indépendance, de la part de Henry, à ce moment, n'était qu'un geste, et qu'il était inutile d'expliquer pourquoi il était toujours à la botte d'Eleanor lors de leur apparition suivante. Sans évoquer la version de Wayne, il tenta d'expliquer son approche à Joe, mais Joe ne fut pas convaincu.

– Henry mijotait quelque chose, dit Joe. Je le sentais. Donc, quand il est enfin sorti de ses gonds, je m'attendais à ce que ça ne s'arrête pas là. En fait, il peut revenir au statu quo ante, aucun problème, et, même, c'est nécessaire compte tenu de ce qui se passe ensuite, mais il faut que je voie l'étape qui l'a à nouveau fait changer d'avis. Tu vois, s'il n'explosait *pas*, page trois cent douze, s'il gardait tout à l'intérieur, je comprendrais que c'est à cet instant que la mèche a été mouillée, que la flamme s'est éteinte, que Henry s'est retrouvé coincé pour toujours.

En d'autres termes : la version de Wayne.

– J'ai pensé, dit Bryce, qu'il fallait quelque chose de spectaculaire à ce moment du récit.

– Oh, je suis d'accord, répondit Joe. Je tiens beaucoup à ce petit instant de rébellion. Mais, à mon avis, il faut que tu le ramènes à la réalité, que tu nous *montres* comment il a baissé les bras. S'il ne baisse pas les bras avant de se révolter, il faut qu'il le fasse après.

Joe avait raison, et Bryce le savait, mais il ne put s'empêcher de résister, parce qu'il savait aussi que seul un lecteur sur mille aurait conscience du problème. Henry n'était pas le héros du roman, Eleanor et lui ne constituaient pas l'intrigue principale.

– J'ai pensé, dit-il, qu'on *comprendrait* pourquoi il était à nouveau avec Eleanor, que le lecteur se dirait, à l'instant où il quitte le dîner : « il reviendra ».

– Oui, mais, dans ce cas, Henry est ridicule, si on ne voit pas ce qui le fait changer d'avis, et il est trop important, plus tard, pour qu'il soit possible de le ridiculiser à ce moment.

– Joe, il va falloir que je réfléchisse.

– Parfait. Avançons.

Ils poursuivirent pendant environ cinq minutes, Bryce prenant des notes, continuant d'effectuer les changements mineurs sur-le-champ, puis il raccrocha et, pendant le reste de la journée, fit tout son possible pour éviter de penser à Henry et Eleanor.

En réalité, il ne *savait* pas comment Henry était parvenu à exprimer sa révolte, même brièvement. Compte tenu de la façon dont le personnage était écrit, il ferait ce que Wayne avait suggéré dans sa version, il projetterait de s'échapper, puis échouerait. Quand Bryce avait apporté ce changement, c'était sous l'influence de l'intrigue, pas sous celle des personnages, et ce fichu Joe Katz était si fort que l'incohérence ne lui avait pas échappé.

Comment Wayne s'y était-il pris ? Bryce avait jeté le manuscrit, parce qu'il ne voulait rien posséder qui pût conduire à l'origine du roman, mais il regrettait à présent de ne pas l'avoir conservé un peu plus longtemps. Cependant il n'était plus là, il n'avait que sa version, le problème consistait à relier les points entre eux et deux points refusaient d'être reliés.

Il devait de toute façon téléphoner à Wayne, si bien qu'il le fit à seize heures et dit :

– Je viens d'avoir des nouvelles de Joe Katz.

– J'étais sur le point de renoncer. Je me disais qu'il t'appellerait demain.

– Je crois que Joe a été en réunion pendant presque toute la journée, dit Bryce, qui se sentit vaguement coupable de ne pas avoir appelé Wayne immédiatement, dans la matinée. Quoi qu'il en soit, il trouve le livre formidable. C'est le mot qu'il a employé.

Il ne jugea pas utile de mentionner la remarque concernant « les passages qui comptent parmi les meilleurs que tu aies jamais écrits ».

– C'est bien, dit Wayne. Je me sens vraiment soulagé. Tu ne sais pas à quel point ça m'aide.

– Je crois qu'on s'est aidés mutuellement, fit Bryce, parce qu'il lui semblait, bizarrement, que Wayne laissait de côté l'autre aspect de leur collaboration.

– Je sais, admit Wayne, et je suis heureux qu'on ait pu... tu sais ?

– Je sais.

Bryce eut envie de dire : *Comment as-tu pu faire ça, Wayne ?* Mais c'était la question qu'il ne poserait jamais.

– Bon, poursuivit-il, il faut qu'on pense au livre, maintenant, et il faut que je te demande quelque chose.

– Sûr. Vas-y, fit Wayne, étonné.

– Joe a eu quelques petits problèmes, dit Bryce, soudain gêné parce qu'il lui faudrait admettre cette révision maladroite du roman, et on les a tous résolus, sauf un, mais, face à celui-là, je suis un peu coincé.

– Quelque chose qui m'a échappé ?

– Non, en fait, quelque chose qui ne t'a pas échappé et qui m'a échappé.

– Oh, un des changements que tu as faits.

– Tu sais, quand Billy quitte presque Janice.

Les noms de la version de Wayne.

– Pendant le dîner ? Ouais, sûr.

– Bon, j'ai pensé qu'on avait besoin d'une scène spectaculaire, plus...

– Oh, non, tu n'as pas fait ça ? Tu ne l'as pas fait partir ?

– Si.

– Ce n'est pas *son* caractère !

– J'ai cru qu'il pouvait avoir ce petit instant...

– Non, non, Bryce, c'est l'élément central, chez Billy, la façon dont je l'utilise par la suite ; chez lui, tout est intérieur, ça ne se traduit *jamais* en actes dans le monde réel, ce n'est pas sa personnalité.

– Eh bien, j'ai fait le changement, dit Bryce, et Joe a vu que c'était une incohérence...

– *Évidemment*.

Wayne semblait très contrarié.

– Le problème, maintenant, poursuivit Bryce, est qu'il est d'accord avec nous deux. Il croit qu'on a besoin d'un épisode spectaculaire à cet endroit, d'un *événement*, mais il croit aussi qu'il nous faut une scène où Billy redevient ce qu'il était.

– Tu veux dire qu'il agit contre sa nature, s'en aperçoit puis fait marche arrière.

– Je suppose. Quoi qu'il en soit, d'après Joe, cette scène de retournement est nécessaire. Dans l'intérêt du livre.

– Tu ne peux pas remettre les choses telles qu'elles étaient ?

– On ne peut pas retirer une scène spectaculaire quand l'éditeur l'a vue.

– Merde. Nom de Dieu, Bryce, tu aurais dû me parler de ce changement. Il y a d'autres difficultés de ce genre ?

– J'ai fait de petits changements, tu le sais, mais c'est le seul qui pose un problème à Joe.

– Donc, tu as ce type, chez qui tout se passe à l'intérieur, qui, tout d'un coup, agit, et ensuite ? Je veux dire dans ta version.

– Ensuite, quand on les retrouve, ils sont toujours ensemble, comme dans ta version.

– Pas d'explication.

– Non.

– Bon sang, Bryce, qu'est-ce que tu vas faire ?

– Je ne sais pas. J'espérais que tu aurais une idée.

– J'ai eu une idée. Tu l'as remplacée.

– Je suis incapable d'imaginer une scène, reconnut Bryce, où Billy défait ce qu'il a fait.

– Moi non plus, dit Wayne. Je suis incapable de voir Billy seul dehors.

– Réfléchissons, proposa Bryce, et je te rappellerai demain.

– D'accord, soupira Wayne, mais il semblait dubitatif.

Le soir, tandis qu'il dînait au *Gaylord* avec Isabelle, Bryce dit :

– J'ai pensé que, lorsque la préparation de *Deux visages dans le miroir* serait terminée, j'aimerais quitter la ville pendant quelque temps, quitter ma vie.

Elle le dévisagea, vaguement amusée.

– Quitter ta vie ?

– Toute ma vie, sauf toi, dit-il, rassurant. En fait, je pensais qu'on pourrait peut-être aller s'installer en Espagne pour quelques années.

Elle fut stupéfaite mais pas, pensa-t-il, enchantée.

– En Espagne ! Bon sang, pourquoi ?

– C'est un beau pays. Je pourrais y situer mon prochain roman. Je n'aime pas cette ville, en ce moment, trop de souvenirs, ni le Connecticut. Seulement pour m'éloigner un peu de tout ça. Et je pourrais peut-être t'aider à récupérer tes enfants, ta présence là-bas pourrait changer les choses.

Elle devint glaciale.

– Je crois qu'il faut laisser mon père s'occuper de ça, dit-elle. Je crois qu'il ne faut pas que j'intervienne et je pense que tu ne dois pas te mêler de ce que tu ne comprends pas.

– D'accord, d'accord. Donc tu ne veux pas aller en Espagne.

– J'ai *quitté* l'Espagne, expliqua-t-elle. J'aime New York.

– Très bien.

– Et, tu sais, Bryce, ajouta-t-elle, tu n'as pas intérêt à quitter le pays en ce moment, tu ne t'en rends donc pas compte ?

Il ne vit pas où elle voulait en venir.

– Non. Me rendre compte de quoi ?

– Que tu es suspect !

– Quoi ? Tu veux dire...

– Je veux dire, expliqua-t-elle, que le mari est

toujours le suspect principal, que tu étais engagé dans un divorce très conflictuel et ta présence à Los Angeles, quand Lucie a été assassinée, n'était-elle pas une heureuse coïncidence ?

– Mais j'y *étais*.

– Tu es riche, insista-t-elle. Tu peux avoir engagé quelqu'un. Tu crois vraiment que la police n'enquête pas là-dessus ? Pour voir si tu as récemment dépensé davantage d'argent que d'habitude, si tu as rencontré des gens bizarres.

– Eh bien non, fit-il. Ni l'un ni l'autre.

– Si tu tentes de quitter le pays, conclut-elle, ils seront *certains* que tu as payé quelqu'un pour tuer Lucie, et ils te harcèleront sans pitié.

– L'essentiel, dit Bryce, qui n'avait pas envie de penser à ce qu'elle lui disait, est que tu n'as pas envie de retourner en Espagne.

– Pas un instant.

– Parfait. On restera ici.

Et, hors de propos, il pensa : C'est à cet instant que Henry se lève et laisse Eleanor. Wayne avait raison et je me trompais.

Le lendemain matin, il téléphona à Wayne, mais Wayne n'avait pas d'idée sur le moyen de remédier à l'incohérence.

– Normalement, quand j'ai ce genre de problème, dit Bryce, je vais voir Joe, on se creuse la tête et on trouve quelque chose mais, cette fois, j'ai l'impression qua ça ne marchera pas. Je m'aperçois que ces personnages t'appartiennent davantage qu'à moi. Tu peux puiser en eux, maintenir leur cohérence.

– Pas si Billy n'est plus sur les rails, Bryce, je regrette.

– J'ai bien réfléchi, ce matin, dit Bryce. *Tu* pourrais voir Joe, on pourrait se voir tous les trois, je suis sûr qu'on trouverait une solution.

– *Moi ?* Comment pourrais-je rencontrer ton éditeur ?

– J'ai inventé une histoire à son intention. Toi et moi, on se connaissait autrefois, tu étais un romancier installé, il connaît sûrement ton nom, mais, ensuite, l'inspiration t'a plus ou moins abandonné. Le livre me donnait beaucoup de mal, je ne parvenais pas à me concentrer, à cause du divorce, on s'est rencontrés par hasard et je t'ai engagé en tant que conseiller éditorial.

– Conseiller éditorial. C'est ce que mentionne le contrat.

– Exactement. Je dirai à Joe que ça doit rester secret, parce que ce serait humiliant, face au public, si on apprenait que je ne peux pas écrire mes livres seul.

– Jerzy Kosinski, fit Wayne.

– Exactement. Kosinski n'a jamais retrouvé sa réputation, en tout cas jamais complètement, à la suite des rumeurs selon lesquelles d'autres personnes écrivaient ses livres.

– Donc, je suis ton conseiller éditorial secret, dit Wayne, qui semblait vaguement insulté. Comment cela peut-il justifier ma présence à une réunion avec ton éditeur ?

– Tu comprends les personnages, argumenta Bryce. Mieux que moi, parfois. Et en fait – je l'expliquerai à Joe –, quand je travaillais sur ce passage du livre, tu étais contre le départ de Billy. Tu pourras répéter à Joe tout ce que tu m'as dit sur l'intériorisation, *je* ne pourrais pas le faire d'une façon convaincante.

Wayne dit :

– Mais tu n'as pas transformé le livre ? Changé les noms des personnages, déplacé des chapitres, tout ça ? Comment pourrais-je en parler ?

– Je t'enverrai un exemplaire du manuscrit ce matin par coursier.

– Par coursier. C'est chouette. Comment s'appellent Billy et Janice, maintenant ?

– Henry et Eleanor.

– Henry et Eleanor, répéta Wayne, comme s'il faisait rouler les noms sur sa langue pour en éprouver la saveur. Oui. Pourquoi pas.

– Tu verras, quand tu auras le manuscrit, que je me suis efforcé de garder tes idées, de ne pas fabriquer un monstre à la Frankenstein, et je crois que c'est la seule véritable incohérence.

– Très bien. Je le lirai, tu prendras ce rendez-vous et j'irai en tant que pré-éditeur...

– En tant que le type qui m'a aidé à franchir une mauvaise passe causée par le divorce.

– C'est ce que j'ai fait, aucun doute. Mais on se rencontre, on parle, on résout le... problème de Henry, et puis je rentre dans l'ombre, comme le fantôme de l'Opéra...

Bryce n'avait pas envie de dire cela, mais il estima qu'il le fallait :

– Si vous vous entendez, Joe et toi, et je ne vois pas pourquoi il en serait autrement, tu pourrais lui proposer une de tes idées.

– Oh !

Un mot bref, mais chargé d'intérêt.

– Pas immédiatement, ajouta Bryce. Quand ce roman sera prêt, tente ta chance.

– Je le ferai, répondit Wayne. Merci, Bryce.

14

Lire son livre après qu'il eut été retravaillé par un autre faisait un effet étrange. Ce n'était même pas la question de savoir si les changements le rendaient meilleur ou plus mauvais, c'était simplement son *altérité*. Comme un rêve dans lequel on est chez soi, mais où tous les détails sont faux, les meubles différents ou au mauvais endroit, où les portes donnent sur des pièces qu'on ne connaît pas. Déstabilisant, troublant, presque effrayant ; et, pourtant, fascinant. Un univers parallèle.

Il dut le lire deux fois pour s'en faire une idée claire ; la première fois, la sensation d'être passé de l'autre côté du miroir était trop forte. Mais, pendant la deuxième lecture, il s'aperçut que c'était une expérience enrichissante, une mise en lumière des mauvaises habitudes qu'il avait développées au fil des années. En outre, quelques-uns des changements de Bryce lui parurent brillants. Notamment, placer le troisième chapitre au début du roman était exactement ce qu'il fallait faire. D'autres changements, en revanche, lui semblèrent inutiles. Qu'est-ce que Bryce avait contre « tressaillir » ?

Susan lut également *Deux visages dans le miroir* et affirma qu'elle préférait l'original, mais Wayne savait que c'était davantage par loyauté qu'au terme d'une analyse critique. Elle reconnut que la scène entre Henry et Eleanor était une erreur, mais n'avait pas plus que Wayne, d'idée sur le moyen de résoudre le problème.

Susan avait toujours été sa première lectrice, et lui était utile parce que ce n'était ni une littéraire ni une artiste, mais une réaliste qui avait les pieds sur terre. Elle n'admirait pas l'écriture ou la subtilité des intrigues pour elles-mêmes, mais appréciait ses livres parce qu'ils constituaient une approximation de la vérité. Chaque fois qu'elle décelait une faiblesse dans son travail, c'était en raison de la recherche d'un effet au détriment de la plausibilité. Une personne plus intéressée par l'art, un autre romancier ou un peintre, aurait pardonné ces défauts ou, même, ne les aurait pas vus, mais Susan avait besoin de sentir un terrain solide sous ses pieds, si bien que Wayne comptait sur son jugement pour donner du poids à son travail.

Ils disaient parfois, en blaguant, que les contraires s'attiraient et que les contraires absolus s'attiraient absolument, mais ils savaient que c'était vrai. Ils étaient dévoués l'un à l'autre, et dépendants l'un de l'autre, parce qu'ils étaient très étrangers l'un à l'autre, très proches parce qu'ils étaient très éloignés. C'était la profondeur même de leurs différences qui faisait d'elle sa lectrice parfaite ; elle admirait son aptitude à créer des univers à partir de rien, et il admirait son aptitude à trouver un intérêt au monde réel.

Le rendez-vous avec le directeur littéraire de Bryce, Joe Katz, avait été fixé pour le jeudi matin à dix heures trente. La maison d'édition Pegasus-Regent, comptait au nombre de celles qui avaient transféré leur siège dans le quartier de Madison Square Park, au début des années quatre-vingt, quand les loyers des bureaux avaient explosé à Midtown. La société avait à présent l'essentiel d'un immeuble ancien de la Vingt-Sixième Rue, non loin de Park, le seul autre locataire étant le restaurant du rez-de-chaussée. C'était si près de chez Wayne qu'il s'y rendit à pied malgré le ciel couvert, le vent et le froid de ce début décembre. Mais ce temps plut à Wayne, parce qu'il eut l'impression de devoir livrer un petit combat sur le chemin de la victoire.

L'autre combat, celui du mois dernier, il n'y pensait pratiquement plus même si, pendant cette demi-heure de trajet à pied, la scène lui revint effectivement en mémoire ; peut-être parce que cette réunion en était la conséquence. Mais, à présent, quand il se souvenait de cette soirée chez Lucie, ce n'était pas comme s'il s'agissait de quelque chose qu'il avait *fait*, mais plutôt d'une scène dans un film particulièrement macabre. Il s'en souvenait comme d'un événement auquel on a assisté, pas un événement auquel on a participé. C'était comme si, dans sa mémoire, il se tenait à quelques dizaines de centimètres derrière l'agresseur, observant sans participer. Cependant, comme certaines scènes de films particulièrement violents, le souvenir restait gravé en lui.

L'entrée de Pegasus-Regent n'avait rien d'imposant ; lorsque les éditeurs avaient changé de quartier, ils avaient dû renoncer aux halls d'entrée luxueux des immeubles de bureaux. Une porte en verre, sur laquelle était indiqué le nom de la société, se trouvait à droite du restaurant. Derrière, il y avait un couloir étroit, au sol de mosaïque ancienne, un escalier métallique abrupt et deux ascenseurs.

Le service éditorial se trouvait au sixième et dernier étage, seul vague espoir de bénéficier d'une vue sur le quartier. Wayne monta et, quand les portes de l'ascenseur s'ouvrirent, il eut, enfin, l'impression de retrouver Midtown. Le service éditorial jouissait d'une réception très moderne et luxueuse, meublée de deux ensembles de canapés et de tables basses chargées de revues, à droite et à gauche, ainsi que d'un imposant bureau multimédia, sorti tout droit de *Star Trek*, derrière lequel se tenait la réceptionniste.

Wayne avait deux ou trois minutes d'avance, mais Bryce était déjà arrivé et, installé sur un des canapés de droite, lisait *The Economist*. Il se leva d'un bond lorsque Wayne entra, lui adressa un signe et dit à la réceptionniste :

– C'est bon. Annoncez à Joe qu'on est prêts.

Puis, tandis qu'elle se penchait sur son tableau de commandes, il se dirigea vers Wayne, la main tendue, le sourire aux lèvres, et dit :

– Content de te voir, Wayne.

Il a l'air nerveux, fut la première pensée de Wayne. Puis Bryce lui serra la main et il perçut une tension électrique dans la sienne, constata que la nervosité était installée au plus profond des yeux de Bryce. Et il a maigri, pensa Wayne.

C'était la première fois qu'ils se voyaient depuis qu'ils s'étaient rencontrés à la bibliothèque, depuis le jour où Bryce avait proposé cette intrigue basée sur la substitution. Penser à cela, prendre conscience de tout ce qui s'était passé depuis, faisait un effet étrange. Ils avaient parlé à plusieurs reprises au téléphone, Bryce l'avait fait inviter à la première de cette pièce, il avait signé le contrat, il avait fait... ce qui était exigé de lui et, maintenant, il avait lu la version de Bryce de *Coup double* – le changement de titre ne lui plaisait pas, mais il ne releva pas –, toutefois, pendant tout ce temps, ils ne s'étaient pas trouvés une seule fois dans la même pièce. Un mois, un peu plus d'un mois.

– M. Proctorr, dit la réceptionniste, M. Katz vous demande de bien vouloir lui accorder dix minutes.

– D'accord, très bien, répondit Bryce, qui ajouta à l'intention de Wayne : Viens, on va s'installer là-bas.

Ils s'assirent face à face sur les canapés et Wayne dit :

– De toute façon, je voulais te parler d'autre chose, aujourd'hui, et ça me donne le temps de le faire.

Pourquoi Bryce semblait-il si soucieux ? Mais il dit simplement :

– O.K. De quoi ?

– De l'argent, dit Wayne.

Soulagement de Bryce ; à quoi s'attendait-il ?

– Oh, bien sûr. Il sera versé chez mon comptable dès que Joe aura donné son accord, c'est-à-dire quand j'aurai fait les changements basés sur la réunion d'aujourd'hui.

– Donc, dans une semaine ou deux.

– Au plus tard. Tu sais, ce n'est plus un chèque, c'est un virement électronique directement chez mon comptable. Ensuite, il paie la commission de mon agent, règle mes factures, vire tous les mois de l'argent sur mon compte courant et s'occupe de tout le reste. Il peut virer ta part chez ton comptable, ou ailleurs, comme tu veux.

Il eut un sourire incertain et ajouta :

– C'est un peu trop pour que tu puisses le déposer sur ton compte courant.

– Je sais. Ce que je pensais, Bryce, c'est que je ne suis pas tellement lié à mon comptable, que j'en ai changé trois fois en huit ou neuf ans, parce que je n'ai jamais été une grosse affaire, de son point de vue. Si ça ne t'ennuie pas, je pourrais passer chez ton type. Tu pourrais me présenter et, ensuite, tout resterait dans la même société. Moins de gens seraient au courant.

– Ça serait parfait, dit Bryce. Mon type s'appelle Mark Steiner, je l'appellerai cet après-midi, je lui exposerai la situation et je lui dirai que tu téléphoneras.

Il sortit un stylo, déchira une page de *The Economist*, écrivit « Mark Steiner » puis un numéro de téléphone.

– Attends demain matin, conseilla-t-il, afin que je sois sûr d'avoir pu le joindre.

– Merci, Bryce, dit Wayne, qui glissa le morceau de papier dans sa poche.

Bryce lui adressait des regards aigus, obliques, légèrement déstabilisants.

– Alors ? demanda-t-il. Qu'est-ce que tu en penses ?

– Du livre ?

Wayne se sentit soudain gêné. Comment réagir, face à l'homme qui a mangé mon livre, puis l'a régurgité sous la forme d'un des siens ?

– Ce que tu as fait m'a bien plu, en général, reconnut-il. Le nouveau début est absolument juste.

– Merci, dit Bryce. Je crois vraiment que la scène entre Henry et Eleanor est le seul moment où j'ai tout gâché.

– Absolument, admit Wayne. L'ensemble est très bien.

– Monsieur Proctorr, pourriez-vous aller maintenant dans le bureau de M. Katz ?

– Tout à fait, répondit Bryce, qui se leva d'un bond et attendit Wayne.

Ils s'engagèrent dans un couloir qui aurait été large si les tables des secrétaires n'avaient pas été installées perpendiculairement au mur de gauche, près des portes des bureaux, et si le mur de droite n'avait pas été occupé par des étagères pleines à craquer ; dans l'espace restant, deux personnes n'auraient pas pu se croiser. Wayne suivit Bryce jusqu'à l'extrémité, où une porte partiellement ouverte dévoilait un morceau de fenêtre donnant sur le ciel.

Cette pièce, située au bout du couloir, était le bureau de Joe Katz, du fait qu'il était directeur éditorial. Elle était vaste, occupait un coin et comportait deux fenêtres orientées au nord et à l'est. Outre un énorme bureau en bois sombre et quatre gros fauteuils – pas de canapé – la pièce était aussi encombrée qu'un grenier. Un vélo d'appartement, un flipper, une balance de pharmacie, une cible de fléchettes à motif anglais, une épinette, un poste de télévision et un magnétoscope jouaient des coudes pour trouver une place contre les murs.

Joe Katz contourna le bureau, souriant, pour les accueillir. De petite taille, il était mince, exception faite d'un ventre qui semblait déplacé, comme s'il avait avalé une ampoule électrique. Au-dessus d'un visage au nez en forme de bec d'oiseau de proie, qu'il avait pour l'essentiel emprunté à Léon Trotski, se trouvait une chevelure poivre et sel aussi broussailleuse et frisée qu'un tampon à récurer. Ses lunettes étaient rectangulaires, à monture noire et pratiquement sur le bout de son nez, si bien qu'il regardait par-dessus elles et non à travers elles. Sa main était déjà tendue.

– Joe Katz, dit Bryce, je te présente le squelette de mon placard, Wayne Prentice.

– J'étais sûr que tu en avais un, dit Katz, souriant, quand il serra la main de Wayne.

Sa poignée de main était ferme, énergique.

– Tout le monde en a un, ajouta-t-il.

Il dévisagea Wayne par-dessus ses lunettes et conclut :

– Ne me dites pas qui est le vôtre.

– Promis, fit Wayne.

Katz lâcha sa main et tapota l'épaule de Bryce, ce qui le contraignit à lever le bras, et ce geste rappela à Wayne les tapes amicales que l'on donne aux chevaux qu'on aime bien.

– Viens, assieds-toi, dit Katz. Qu'est-ce que vous avez trouvé, ton alter ego et toi? Non, d'abord... asseyez-vous, asseyez-vous.

Ils s'installèrent dans les fauteuils, les firent pivoter pour former un groupe, Katz ne tenant pas compte de son bureau. Penché en avant, les mains serrées l'une dans l'autre, les coudes sur les genoux, ses petits pieds touchant à peine la moquette grise, il dit à Wayne :

– Je crois que je n'ai rien lu de vous, négligence de ma part.

– Vous n'êtes pas le seul, affirma Wayne.

– J'ai cherché, j'ai trouvé *Aire de polarité*.

Le quatrième roman de Wayne publié sous son nom, et le début de la pente descendante. La première étape de la chute.

– Ah?

– C'est formidable, dit Katz.

Wayne fut ravi.

– Vraiment?

– Je n'avais pas deviné que Louie était une taupe! En général, je vois venir ces choses. Enfin, je suis éditeur. Je suis *censé* voir venir ces choses mais, là, je n'ai absolument *rien vu*! Et c'était honnête, en plus, vous n'avez pas triché. Comment a marché le livre?

– Modérément, répondit Wayne.

Que pouvait-il dire d'autre?

Katz secoua la tête, contrarié.

– Marketing de merde, sûrement, dit-il. Ne vous faites pas de reproches.

– Je ne m'en fais pas.

Katz s'appuya contre le dossier du fauteuil et ses pieds se retrouvèrent au-dessus du plancher.

– Maintenant, dit-il, venons-en à la catastrophe du jour. D'après Bryce, vous ne vouliez pas que Henry quitte ce dîner.

– Pas sans Ja... Eleanor.
– Et, dans un sens, vous avez raison. S'il n'était pas parti, ça ne m'aurait pas gêné. Mais, maintenant, je vois qu'on peut rendre cette partie du livre plus palpitante, l'améliorer, la secouer un peu, *si* on peut remettre Henry et Eleanor ensemble sans faire de contorsions.
Dubitatif, Bryce dit :
– Il pourrait peut-être lui téléphoner le lendemain, s'excuser, supplier.
– Trop tard, dit Wayne. Le lendemain, elle est en béton, elle a durci et elle ne décrochera même pas le téléphone.
Katz hocha la tête.
– Je crois que vous avez raison, dit-il, puis il se gratta le menton. Je portais la barbe, expliqua-t-il, et je l'ai rasée l'année dernière, mais c'est parfois comme si cette saloperie était toujours là. À quoi ça m'a servi de la raser ?
– Laisse-la repousser, dit Bryce.
– Dans ce cas, il faudrait aussi que je la voie, répondit Katz. Déjà que je la sens !
– En tout cas, vous n'avez pas besoin de la tailler, dit Wayne, qui eut l'impression qu'ils s'étaient engagés dans une conversation issue d'*Alice au pays des merveilles*.
– Voilà, fit Katz. Toujours voir le côté positif. Par exemple, comment remettre Henry, soudain devenu impulsif, sur les rails ?
– J'y ai réfléchi en marchant, pendant que je venais ici, commença Wayne, parce qu'il avait aussi pensé à ce problème.
Katz demanda :
– Vous êtes venu à pied ? D'où ?
– De West Village.
– Où ?
– On habite Perry, entre Bleecker et la Quatrième.

– Bon sang, s'écria Katz, j'habite au carrefour, sur la Quatrième. Je viens ici et je rentre chez moi à pied, tous les jours, et c'est pendant ces trajets que je réfléchis le mieux.

Il se tourna vers Bryce et ajouta :

– Deux personnes habitent le même quartier pendant un siècle, vont et viennent à pied dans tout le coin, et ne se rencontrent jamais. *Ça*, c'est New York.

Il se tourna à nouveau vers Wayne et demanda :

– Alors, qu'est-ce que vous avez pensé, pendant le trajet ?

– Je crois qu'il va jusqu'à la voiture. Bryce lui fait laisser la voiture à Eleanor et prendre un taxi, puis elle reste jusqu'à la fin du dîner, rumine sur leurs relations, et s'en va. On peut garder toutes ses réflexions, c'est la meilleure partie, mais je crois qu'il ne va que jusqu'à la voiture, puis il s'y installe, sur le siège du passager.

– Oh, joli, fit Katz.

– C'est sa façon de s'excuser, poursuivit Wayne. Elle paie l'addition, elle est folle de rage, elle sort, il est soumis. Dans la voiture, sur le siège du passager, prêt à lui laisser la direction des opérations.

Katz dit :

– Elle monte en voiture. Les gestes spectaculaires, appeler un taxi par exemple, ne sont pas le genre d'Eleanor.

– Non, non, dit Wayne, elle monte en voiture.

– Et qu'est-ce qu'il dit ?

– Rien, répondit Wayne.

– Il ne s'excuse pas ? demanda Bryce.

– Il ne fera rien tant qu'elle ne lui en aura pas donné l'autorisation, dit Wayne.

– Ça semble plausible, fit Katz. Qu'est-ce qui se passe ensuite ?

– Elle glisse la clé de contact, répondit Wayne, mais elle ne lance pas le moteur. Elle dévisage

Henry, qui est de profil, regarde droit devant lui, attend. Elle dit : « Tu te sens mieux, maintenant ? » Il répond : « Non. » Elle fait : « Bien », lance le moteur et ils rentrent chez eux.

– On n'a pas besoin de les accompagner jusque chez eux, conclut Bryce.

– Tu as raison, Bryce, dit Katz. Ils partent en voiture et, quand on les retrouve, on sait tout, on comprend tout. Wayne, vous êtes un marcheur très productif.

– Merci, répondit Wayne.

Katz changea de position, afin de pouvoir poser les pieds par terre et se lever, puis il dit :

– Le tissu a encore quelques faux plis, Bryce. Tu en as parlé à Wayne ?

– J'ai pensé que ce n'était pas la peine qu'il se casse la tête là-dessus, répondit Bryce. J'ai pensé qu'il valait mieux qu'il réfléchisse à Henry et Eleanor.

Il sourit à Wayne et ajouta :

– Je sais que ce que j'ai fait, à cet endroit, ne te plaisait pas, mais tu as trouvé une solution absolument parfaite.

– Merci, répondit Wayne. On avait tous les deux raison : l'action était nécessaire, mais il fallait aussi l'annuler.

Katz, qui avait regagné son bureau, revint avec un porte-papier sur lequel se trouvaient plusieurs pages de manuscrit. Il se laissa tomber dans son fauteuil, les pieds au-dessus du plancher, et dit :

– Allons-y.

Pendant la demi-heure qui suivit, Wayne n'eut pas grand-chose à faire. C'était de son roman qu'ils discutaient, pourtant ce n'était pas le sien, et on n'attendait aucune contribution de sa part, hormis, de temps en temps, une remarque de profane. C'était une situation étrange si bien que, au bout d'un moment, il se leva puis alla regarder de plus près les divers objets que Katz avait entassés dans son bureau.

À un moment donné, Katz dit :

– Jouez aux fléchettes, si vous en avez envie.

– Je suis très mauvais aux fléchettes, répondit Wayne.

– Jetez un coup d'œil sur les trous, dans le mur. Vous ne serez pas le premier nul à essayer. Et je ne suis pas, moi-même, tellement fort, dit Katz.

Wayne prit donc les fléchettes fichées dans la cible ; il avait fait quelques trous supplémentaires dans le mur quand Bryce et Katz terminèrent. Puis ils se levèrent, Bryce jaillissant une nouvelle fois de son fauteuil, et Katz dit :

– Midi vingt. Qu'est-ce que vous diriez d'aller déjeuner ?

– Je ne peux pas, Joe, dit Bryce. J'ai rendez-vous avec Isabelle, on doit apporter une partie de ses affaires chez moi.

– Bon sang, Bryce, je suis content que les choses s'arrangent enfin pour toi. Une femme de qualité, un ami de qualité – un geste en direction de Wayne – et, enfin, un livre de qualité. Et vous, Wayne ? Vous venez déjeuner ?

– Volontiers, fit Wayne.

Il ne put rien déceler sur la surface lisse de Bryce, mais il sentit qu'il était contrarié de les laisser ensemble. Wayne était aux anges.

Pendant le déjeuner, Wayne confia son secret à Joe Katz. Ils étaient au *Union Square Cafe*, un des restaurants à la mode qui avaient ouvert quand les éditeurs s'étaient installés dans le quartier, et leur conversation était interrompue de temps en temps, lorsque Katz devait répondre au salut d'un client qui passait, néanmoins, dans cet endroit public bruyant et bondé, Wayne confia pour la deuxième fois son secret à une autre personne. Bryce avait été la première.

Katz ne comprit pas tout de suite.

– Une minute, tu es *Tim Fleet* ?

– Oui, Joe.

Ils s'appelaient à présent par leur prénom et se tutoyaient.

– Je t'ai lu, tu es très bon. Mais quel est le grand secret ? C'est un pseudonyme.

– La maison d'édition n'est pas au courant, dit Wayne. Mon éditeur ne le savait pas.

– Il ne savait pas que c'était toi ?

– Il ne savait pas que c'était un pseudo.

Katz secoua la tête.

– Je ne comprends pas. Explique-moi le contexte.

– Un auteur a des romans qui marchent, commença Wayne. Il suffit que les ventes baissent un peu et les ordinateurs des grandes chaînes se mettent contre lui, réduisent les commandes, les ventes diminuent à nouveau ; finalement, il ne peut plus obtenir d'à-valoir convenable, personne ne veut de lui. Il bricole une fausse identité, que son agent est seul à connaître, prétend qu'il vit en Italie ou ailleurs, propose le livre suivant comme si c'était le premier roman de Tim Fleet. L'ordinateur ne connaît pas Tim Fleet, si bien qu'il ne peut pas lui jeter un sort. Mais, au bout d'un moment, il connaît Tim Fleet. Fin de l'histoire.

– Et personne, dans la maison d'édition, ne sait que c'est toi.

– Ils ne m'ont jamais rencontré, dit Wayne. À ma connaissance, ils n'ont jamais entendu parler de moi.

– C'est hallucinant.

– Joe, dit Wayne, ça arrive dans toute la ville. C'est comme la liste noire, les écrivains se cachent derrière une façade, sauf que ce n'est pas aux chasseurs de communistes qu'ils doivent échapper, mais à l'ordinateur. Ce qui était une tragédie revient sous la forme d'une farce.

– Il n'est pas possible que ça arrive dans toute la ville, dit Katz. Combien de personnes pourraient monter un tel coup ?

– Joe, est-ce que tu as des auteurs que tu n'as jamais rencontrés ? Ils habitent un coin perdu, tu communiques par e-mail, tout passe par l'agent, tu n'as même pas une adresse utilisable ?

– Deux ou trois, admit Katz, mais, tu sais, tout le monde ne peut pas habiter New York.

– Tu serais surpris si tu savais combien d'entre eux habitent New York.

– Tu suscites en moi des doutes terribles, dit Katz. Mais pourquoi se donner tout ce mal ? Pourquoi mentir à la maison d'édition ? Pourquoi ne pas prendre un pseudo, tout bêtement ?

– À cause du service des ventes, expliqua Wayne, du service de presse, de la publicité, de tous ces gens dont le soutien est nécessaire. S'ils savent que Tim Fleet est Wayne Prentice, même si c'est théoriquement secret hors de la maison d'édition, le roman pue déjà l'échec. Mais s'ils croient que Tim Fleet est Tim Fleet, s'ils le croient vraiment, et s'il est tout neuf, n'a jamais échoué parce qu'il n'a jamais été mis à l'épreuve, ils se démènent. Ils font parfois des miracles quand ils se démènent.

Katz acquiesça.

– Tu as raison sur ce point. Mais, franchement, Wayne, s'il y a une vierge reconstituée parmi mes auteurs, j'aime autant ne pas le savoir. Je regrette que tu m'aies raconté tout ça.

– Ce n'est probablement pas aussi répandu que je crois, dit Wayne, rassurant. Je le remarque, tu sais, parce que je l'ai fait.

– Et que devient Tim Fleet ?
– Il est mort.
– Vraiment ? fit Katz, stupéfait. Mais il est très – enfin, toi – toi, lui, peu importe, tu es très bon.
– Pas les ventes.
– Tu as un nouveau livre ?
Wayne faillit répondre : j'en avais un, maintenant, c'est toi qui l'as. Mais il dit :
– Il n'est pas terminé. De toute façon, mon éditeur n'en veut pas.
– Je ne te promets rien, Wayne, dit Katz. Cet après-midi, quand je retournerai au bureau, je chercherai les chiffres, j'interrogerai le service des ventes, je verrai ce qu'on peut faire.
– Ça serait formidable.
– Je ne promets rien, répéta Katz. Moi *non plus*, je ne peux pas discuter avec l'ordinateur.
– Pourquoi a-t-on renoncé à notre autonomie, selon toi ? demanda Wayne.
– L'idée ne me plaît pas du tout, répondit Katz, mais il est trop tard pour poser la question.

Sur le chemin de chez lui, Wayne eut l'impression de flotter au-dessus du trottoir. Joe Katz était un type formidable ! Et comme il avait complimenté Wayne sur son travail ! S'il était possible de contourner l'ordinateur, Joe Katz serait son nouvel éditeur, il en était sûr. Il avait hâte que Susan rentre, afin de pouvoir lui raconter sa formidable journée.

Le témoin du répondeur clignotait. Il appuya sur le bouton et entendit : « Détective Arthur Johnson, de la brigade criminelle, à l'appareil. Je cherche à joindre Wayne Prentice. » Il avait donné un numéro de téléphone et dit qu'il rappellerait.

15

Isabelle avait changé d'avis. Quand Bryce arriva chez elle, un deux-pièces dans un immeuble avec ascenseur – deuxième étage, pas de vue – à l'ameublement minimal et à la décoration constituée d'affiches de voyage, elle était assise sur le canapé, buvait du café et n'avait rien préparé.

– Il faut qu'on parle, Bryce, dit-elle.

Il demanda :

– Tu ne dois pas retourner travailler ?

– Tôt ou tard. Mais il faut d'abord qu'on parle.

Il jeta un coup d'œil dans la pièce.

– Tu n'as rien préparé.

– Ça ne marche pas, dit-elle.

– Qu'est-ce qui ne marche pas ?

– Toi et moi. Quand j'ai vraiment envisagé d'aller là-bas, de quitter cet endroit, je m'en suis aperçue. Ça ne marche pas.

Il s'assit près d'elle, sur le canapé. Elle fixait son café, pour éviter de le regarder, et il tenta de trouver quelque chose à dire.

Il était vrai qu'ils s'éloignaient l'un de l'autre, mais il ignorait pourquoi. Elle gardait ses distances, alors qu'elle ne l'avait jamais fait auparavant.

– Est-ce que c'est parce que j'ai parlé d'aller vivre en Espagne ? demanda-t-il.

Elle sourit, tristement, et secoua la tête, toujours sans le regarder.

– Ce n'est pas ça. C'est toi et moi, c'est tout.

Elle se tourna alors vers lui et il constata qu'elle était triste mais, aussi, lointaine. Elle ajouta :

– Ça a cessé d'être bien à la mort de Lucie. Je sais que ça aurait dû être l'inverse, mais ce n'est pas ce qui est arrivé. Le... ce qu'il y avait entre nous avait apparemment besoin de Lucie pour continuer.

Il comprit immédiatement qu'elle avait raison, même s'il ne s'en était pas aperçu, même s'il était très efficacement parvenu à ne pas le remarquer, et il se trouva dans l'incapacité totale de comprendre pourquoi c'était ainsi. Il dit :

– Isabelle, on ne peut pas laisser Lucie s'insinuer entre nous *maintenant*.

– Mais elle est entre nous. Tu rêves d'elle, alors que tu dors avec moi.

– Vraiment. Non, sûrement pas.

– Dans ton sommeil, dit-elle, tu gémis, tu marmonnes, jamais des mots, et tu t'agites comme si tu frappais quelqu'un.

– Moi ?

Il l'ignorait complètement. Il savait qu'il se sentait plus fatigué, depuis quelque temps, moins en forme quand il se réveillait le matin, mais il ne se souvenait pas de cauchemars. Il savait qu'il rêvait, en fait, mais il ne s'en souvenait jamais. Il demanda :

– Pourquoi tu dis que c'est à propos de Lucie ? Si je ne prononce pas de mots ?

– Qui d'autre frapperais-tu ?

– Frapper ?

Il s'éloigna d'elle autant que le canapé le lui permettait.

– Isabelle, reprit-il, *Tu sais* où j'étais quand Lucie est morte.

– Le détective Johnson croit que tu es parti exprès.

– Johnson ? Tu l'as vu ? Quand ?

– Mardi. Avant-hier.

– Je croyais qu'il avait fini, je croyais que tout était terminé.

– Je crois que ça ne fait que commencer, Bryce.

– Mais pourquoi ? Tu *sais* que je n'ai rien à voir avec la mort de Lucie !

– Non, je ne le sais pas. Personne ne le sait, parce que personne ne sait ce qui s'est réellement passé. Ils trouveront, la police trouvera et, à ce moment-là, ça sera peut-être à nouveau bien. Mais pour l'instant... Bryce, ces rêves, tes épaules qui bougent, les coups de poing que tu donnes sous les couvertures, tes marmonnements, tes grimaces, tout ça me fait peur. Et, dans la journée, tu es déprimé, il n'y a pas de joie en toi. Pas depuis qu'on est rentrés de Californie.

– C'est pour ça que je voulais m'éloigner pendant quelque temps, dit-il. Dans un endroit où il fait chaud. Pas forcément l'Espagne.

– Je ne peux pas partir avec toi. Je ne peux pas vivre avec toi. Je regrette, Bryce, j'y ai réfléchi toute la semaine, et quand j'envisage de m'installer avec toi dans cet appartement, j'ai l'impression d'aller vivre dans une tombe.

– Bon sang, Isabelle, tu ne peux pas dire ça.

– C'est ce que je ressens.

Elle posa enfin sa tasse de café et prit sa main gauche entre les siennes.

– Il faut qu'on reste quelque temps sans se voir, reprit-elle. Il y a quelque chose que tu dois résoudre, je ne suis pas sûre que tu saches ce que c'est, mais il faut que tu trouves la solution, et sans moi. Plus tard, quand tu te sentiras mieux, quand le détective Johnson saura ce qui s'est réellement passé, on pourra peut-être se retrouver. Ça me plaisait. On s'est souvent bien amusés. Les week-ends...

Elle ne termina pas, tourna la tête, mais ne lâcha pas sa main.

Il ne lui avait jamais dit qu'il l'aimait, parce qu'il n'en était pas sûr et redoutait les conséquences éventuelles de ce mot. Il fut sur le point de le prononcer, mais s'en empêcha, certain qu'il ne serait pas réel, qu'il ne serait qu'une tactique destinée à tenter de la garder. Et certain, aussi, qu'elle le prendrait pour ce qu'il était et se détournerait davantage encore de lui.

Il dit :

– Isabelle, l'idée de ne plus te voir...

– Pendant quelque temps.

Elle se tourna à nouveau vers lui, serra sa main.

– Pendant quelque temps, j'espère.

Il regarda la petite pièce sans caractère. C'était là qu'elle avait envie d'être.

– On devait aller déjeuner, dit-il.

– Je n'ai pas vraiment faim, Bryce, je suis désolée.

Il esquissa un sourire et secoua la tête.

– Moi non plus, je crois. C'est la première fois de ma vie, je crois, que je n'ai pas faim à l'heure du déjeuner.

Il la regarda à nouveau.

– Tu vas me manquer, ajouta-t-il.

– Tu me manques déjà, répondit-elle. Tel que tu étais avant.

Soudain nerveux, il s'aperçut qu'il se mettait en colère, alors qu'il ne voulait pas se mettre en colère, ne voulait pas qu'Isabelle se rende compte qu'il était en colère, si bien qu'il dégagea sa main, se leva avec brusquerie.

– La façon dont j'étais avant me manque, à moi aussi, dit-il. Dieu sait que je ne veux pas que Lucie revienne, mais je veux que *quelque chose* revienne. Je peux te téléphoner de temps en temps ?

– J'espère que tu le feras.

Il hocha la tête.

– On pourrait peut-être se voir, dans quelque temps. Dîner et aller au cinéma.

– Et s'embrasser sur les joues pour se dire bonne nuit, dit-elle.

Il rit.

– Oh, seulement une poignée de main, au début.

Elle se leva.

– Je voudrais que tu m'embrasses maintenant, dit-elle.

Il l'embrassa, la serra trop fort, conscient du fait qu'elle avait du mal à respirer, et il se força finalement à la lâcher. Ses yeux exprimaient la peur, néanmoins elle sourit et dit :

– Au revoir.

– Au revoir.

Puis il partit, certain qu'à la fin, il avait eu envie de la frapper. Comme Lucie avait été frappée.

Trois heures trente. Il était assis devant son ordinateur, chez lui, et tentait d'imaginer une intrigue. *Deux visages dans le miroir* était désormais virtuellement terminé, même s'il lui fallait rédiger la petite scène entre Henry et Eleanor, et apporter quelques autres modifications. Un travail d'une demi-journée, qu'il ferait probablement dans le Connecticut, pendant le week-end. Seul dans le Connecticut, ce week-end, mais seul ici serait bien pire. Il avait des amis, là-bas, parfois des invitations à dîner le samedi. Rien ce week-end, mais quelqu'un téléphonerait peut-être. Et en ville, pendant le week-end, personne ne téléphonerait.

Il fallait maintenant qu'il réfléchisse au livre suivant. Il n'avait rien écrit depuis plus d'un an et demi – la réécriture du livre de Wayne ne comptait pas – et il avait l'impression que tous les muscles indispensables à la réalisation de ce travail étaient ankylosés. Il devait retrouver sa souplesse.

Pour lui, presque tous les livres commençaient par la mise en mouvement brutale d'un personnage. Le décor était également important, parfois, mais l'essentiel consistait à trouver un personnage, quelqu'un en compagnie de qui il pourrait rester pendant six cents pages, et à fournir à ce personnage des raisons d'agir. Donc, devant son ordinateur, il tentait de trouver ce personnage, l'entrée, le point de départ.

Un médecin ? Il lui faudrait faire énormément de recherches, mais cela ne le gênait pas. Il n'avait jamais écrit sur un médecin.

Un médecin qui découvre une maladie à l'endroit où elle ne devrait pas se trouver, quelque chose qu'on ne rencontre qu'au-dessus du cercle polaire alors que son malade n'est jamais allé plus loin qu'au nord de Tarrytown, et...

Pas un médecin.

Il ne savait pas qu'il rêvait de Lucie, mais Isabelle avait sûrement raison. Qu'il frappait Lucie pendant son sommeil. Et puis les rêves avaient toujours disparu, au matin, ne laissant qu'une sensation de lourdeur, de lassitude, de chagrin.

La vie aurait normalement dû être meilleure, sans Lucie, c'était la raison de tout cela. Et elle *était* meilleure : la pression financière n'était plus là, l'exaspération avait disparu, le problème du livre était résolu. La mouche dans le lait, la raison pour laquelle la situation ne s'améliorait pas, c'était lui. Il se faisait mal.

Un agent immobilier trouve de l'argent de la drogue dans le sous-sol d'une maison qu'il vend, et les trafiquants de drogue veulent le récupérer. Non, de l'argent plus ancien. De l'argent de la Prohibition, des années trente, qu'un privé de la troisième génération recherche, comme son père et son grand-père. Lien entre hier et aujourd'hui. Ils n'ont l'un et l'autre aucun droit sur l'argent, donc ils y ont droit tous les deux. Mais le privé est dur et impitoyable, tandis que l'agent immobilier est un type ordinaire, qui tente d'éviter de se faire bouffer.

L'agent immobilier est-il une femme ? Non. Bryce croyait qu'il n'était jamais parvenu à écrire de façon convaincante du point de vue d'une femme, en tout cas jamais plus de quelques pages. Il commettrait trop d'erreurs. Et il n'avait même pas envie de penser aux scènes de sexe.

Isabelle et lui n'avaient pas fait l'amour depuis presque deux semaines. Il ne s'en était pas aperçu, pas avant cet instant. Rien, dans le Connecticut pendant le week-end, rien ici depuis, rien ici la semaine passée. Dans le Connecticut, il y avait deux semaines. À l'initiative d'Isabelle. Et il ne s'était aperçu de rien.

Ces personnages n'étaient pas des personnages, c'était du papier peint. Il soufflait sur eux, mais ils ne parvenaient pas à leur insuffler la vie.

Peut-être devrait-il prendre le train pour le Connecticut aujourd'hui, ne pas attendre le lendemain, voir si le changement de décor...

Le téléphone sonna. Isabelle, pensa-t-il, même s'il savait que tel ne serait pas le cas. Il décrocha et c'était Wayne.

– Oh, salut, fit Bryce.

Il avait éprouvé une sensation étrange, dans le bureau de Joe, en compagnie de Wayne, presque comme s'il était jaloux, comme s'il ne voulait pas qu'ils sympathisent. Il trouvait irritant qu'ils habitent le même quartier, mais il n'aurait pas su expliquer pourquoi.

Wayne dit :

– Je viens de rentrer et...

– Vous vous entendez bien, Joe et toi, à ce que je vois.

– ... ton détective, Johnson, était sur mon répondeur !

Oh, Isabelle avait raison : Johnson n'avait pas classé l'affaire. Bryce perçut la panique dans la voix de Wayne, et il était absolument indispensable que Wayne ne panique pas. Forçant sa voix au calme, à la sérénité, Bryce dit :

– Ouais, il fait la tournée, d'après Isabelle ; il l'a vue mardi.

– Mais qu'est-ce qu'il *me* veut ? Pourquoi *connaît*-il mon existence ?

– Eh bien, je suppose qu'il a vu Janet je-ne-sais-quoi, qui a mis en scène cette pièce...

– Higgins.

– ... et, grâce à elle, Jack Wagner, et Jack a dit qu'il t'avait présenté à Lucie, le soir de la première, si bien que, maintenant, il a envie de savoir de quoi vous avez parlé, Lucie et toi, si tu l'as revue, et tu ne l'as pas revue.

– Je ne l'ai pas revue.

– Tu as rappelé Johnson ?

– Pas encore. Je voulais t'en parler avant.

– Ce n'est rien, Wayne, dit Bryce. Il suit toutes les pistes, c'est tout ; c'est son boulot. Si tu ne lui donnes pas de raison de s'intéresser de plus près à toi, il ne s'intéressera pas de plus près à toi.

– Peut-être.

– Téléphone-lui, Wayne. Si tu ne le rappelles pas, il *s'intéressera* de plus près à toi.

– D'accord. Je vais l'appeler tout de suite.

Ils raccrochèrent et Bryce resta assis devant son ordinateur, mais cessa de tenter de réfléchir à un personnage. Il réfléchit à Wayne.

Wayne avait fait ce que Bryce lui avait demandé de faire et ça aurait normalement dû s'arrêter là, mais ça ne s'arrêtait pas là. Wayne continuait de vivre, d'agir, et la direction qu'il prenait ne plaisait pas à Bryce. Sympathiser avec Joe Katz. Et, maintenant, paniquer du simple fait qu'un flic voulait le voir. Les flics étaient venus voir Bryce, à Los Angeles et ici, et il s'en était tiré sans problème, sans aucun problème. Pourquoi Wayne ne pourrait-il pas en faire autant ? Johnson exploitait ses indices, c'était tout.

Mais Johnson était un bon détective, Bryce n'en doutait pas. Flairerait-il quelque chose, en présence de Wayne, verrait-il quelque chose, *sentirait-il* quelque chose ? Les bons détectives ne partent-ils pas de ce sixième sens, de la sensation que quelque chose ne va pas, sans même savoir ce que c'est ?

Wayne avait, sur Bryce, un pouvoir dont il n'avait pas réellement pris la mesure avant cet instant. Quand ils étaient tombés d'accord, le jour de leur rencontre à la bibliothèque, ils s'étaient mutuellement remis entre les mains de l'autre, et chacun dépendait de la solidité et de la crédibilité de l'autre. Bryce était solide, Bryce était crédible, Dieu sait qu'il l'avait démontré.

Wayne va-t-il me poser un problème ? se demanda Bryce. S'il me pose un problème, qu'est-ce que je ferai ?

16

Le rendez-vous avec le détective Johnson était fixé pour le lendemain matin à onze heures. En général, Wayne n'aimait pas se bourrer de médicaments, mais ce matin-là, après le départ de Susan pour le travail, il prit un demi-Valium. C'était son ordonnance, rarement appliquée, lorsque son travail devenait trop stressant. Wayne n'en avait pratiquement jamais pris, et ne voulait pas être défoncé à l'arrivée de Johnson, mais il valait mieux qu'il ne fasse pas l'effet d'un névrosé sur le point de craquer.

Il n'avait pas parlé de Johnson à Susan. À quoi bon ? Elle se serait inquiétée toute la journée sans raison. Quand ce serait terminé, il raconterait. Avec, espérait-il, un rire de soulagement.

Johnson arriva exactement à l'heure et, lorsqu'il entra, n'avait absolument rien d'inquiétant. Noir à la peau relativement claire, de haute taille mais pas lourd, affable, il évoquait davantage un employé de banque ou un bureaucrate qu'un détective de la brigade criminelle.

– Merci de me recevoir, M. Prentice, dit-il, comme si Wayne avait eu le choix.

– À votre service, répondit celui-ci. Voulez-vous du café ?

Johnson sourit :

– Non, merci. Je bois du café toute la journée, parfois parce que j'essaie de mettre les gens à l'aise et, au bout du compte, c'est moi qui ai la tremblote.

Wayne sourit, car l'homme lui plaisait.

– Dans ce cas, on va simplement s'asseoir, n'est-ce pas ?

Ils s'installèrent dans le salon et Johnson dit :

– Vous connaissez le but de ma visite.

– Lucie Proctorr.

– Vous avez fait sa connaissance assez récemment, si j'ai bien compris.

Johnson ne prenait pas de notes, se comportait comme s'il s'agissait d'une conversation banale.

– Je crois que c'était le week-end qui a précédé sa mort, répondit Wayne. Le jeudi, en fait.

– C'était à la première de la pièce ?

– Oui. L'auteur m'a présenté. Je le lui ai demandé.

Cela suscita l'intérêt de Johnson.

– Vous le lui avez demandé ?

– Je suis un vieil ami de son mari, expliqua Wayne. Bryce. On se fréquentait, il y a vingt ans, plus de vingt ans, ici, à New York, à l'époque où on tentait de devenir romanciers.

– Vous avez vous-même publié des romans ?

– Mais oui. Après la parution du premier, je suis allé passer un an en Italie, faire des recherches pour le deuxième. À mon retour, j'avais perdu de vue une partie des gens que je connaissais, dont Bryce. Puis il est devenu célèbre et je n'ai pas...

Wayne haussa les épaules et conclut :

– Prendre contact avec lui m'a paru gênant, au bout d'un moment.

– Mais vous avez fini par le faire.

– Non, il m'a téléphoné. À mon avis, quand son mariage a mal tourné, il a dû se sentir seul, ou bien ses amis étaient surtout ceux de sa femme. Je crois qu'il a recherché les gens qu'il n'avait pas vus depuis longtemps, moi compris. On s'est rencontrés deux ou trois fois, pour boire un café...

Wayne s'interrompit, rit et ajouta :

– Pas trop de café.

– Non, c'est une bonne chose, fit Johnson, souriant. Mais comment êtes-vous passé de là à cette pièce ?

– Bryce disait beaucoup de mal de Lucie, répondit Wayne.

Il réfléchissait à cette histoire depuis l'après-midi de la veille et estimait qu'elle était solide.

– Chaque fois que son nom apparaissait, poursuivit-il, Bryce sautait sur l'occasion de dire à quel point elle était horrible. On commence à se demander si quelqu'un peut vraiment être mauvais *à ce point*. J'ai fini par lui dire que j'avais envie de la rencontrer, de me faire mon opinion, et il a dit : à ton aise.

– Donc c'est lui qui connaît Jack Wagner, l'auteur de la pièce.

– Je ne connais pas ces gens, dit Wayne. J'y suis allé et je ne connaissais absolument personne. En général, il y a au moins un invité qu'on connaît vaguement, mais là, non. Bryce ne pouvait pas y aller, parce que Lucie y serait, du fait que le metteur en scène était une de ses amies, si bien que Bryce a téléphoné à Wagner pour lui demander si je pouvais y aller à sa place, et Wagner a accepté. Je ne crois pas que Bryce lui ait dit que je voulais rencontrer Lucie, mais j'en ai moi-même fait part à Wagner, pendant la réception.

– Et il s'agissait de curiosité ?

– Tout à fait. L'horreur du mariage d'un vieil ami, à quoi ressemble-t-elle ?

– Comme s'arrêter pour regarder un accident de voiture, suggéra Johnson.

Wayne rit.

– Coupable, avoua-t-il. C'était exactement ça. Vous savez, comme lorsque Tom Sawyer charge ses amis de regarder son orteil blessé. Tout le monde veut voir ce qui est vraiment dégoûtant.

– Oui, c'est juste, reconnut Johnson.

– Et, dans ce cas, reprit Wayne, c'était Lucie Proctorr.

Puis, sans avertissement, apparut dans sa mémoire, aussi net et clair qu'une affiche de cinéma, l'instant ultime où Lucie Proctorr *avait été* la chose dégoûtante. Cela lui coupa le souffle, arrêta le cours du temps, cassa presque le fil de l'histoire qu'il racontait mais, absolument terrifié à l'idée que Johnson verrait quelque chose, devinerait quelque chose, Wayne décida de *s'en servir* ; il s'appuya contre le dossier, laissa le choc transparaître sur son visage et s'écria :

– Mon Dieu, qu'est-ce que je dis ? C'est horrible.

– Ce n'est rien, M. Prentice, fit Johnson, apaisant. Je comprends ce que vous voulez dire. La question est la suivante : comment avez-vous trouvé Lucie ? Aussi désagréable que vous le pensiez ?

– Non, répondit Wayne. Elle ne pouvait pas être aussi désagréable que Bryce le disait, mais ce n'était pas quelqu'un de très bien.

– Elle ne vous a pas plu.

– Pas du tout. Je regrette de parler ainsi d'elle alors qu'elle est morte et tout, mais j'ai trouvé qu'elle était négative et que c'était la reine de la réflexion blessante. Enfin, son amie avait mis en scène la pièce, elle était l'invitée de la troupe, buvait son vin, et tout ce qu'elle avait envie de dire, c'était que la pièce était minable, que son amie Janet méritait mieux, qu'elle devrait travailler dans un grand théâtre.

Johnson sourit.

– Si je comprends bien, vous n'avez pas bavardé longtemps.
– Cinq minutes, peut-être. Ensuite, j'ai remercié Jack Wagner de m'avoir invité, je lui ai dit que la pièce était formidable... elle n'était pas très bonne, en fait, mais ça ne se dit pas...
– Non, ça ne se dit pas.
– Puis je suis rentré et j'ai tout raconté à Susan. Ma femme.
Johnson parut intéressé.
– Elle ne vous a pas accompagné ?
– Non, elle n'en avait pas envie, répondit Wayne. L'ex-épouse de Bryce ne l'intéressait pas, en fait elle ne connaît pas Bryce. Et elle se fichait de la pièce, et elle travaille à plein temps, si bien qu'elle n'a pas eu envie de venir. Elle a dîné avec une de ses amies, ce soir-là, et elle est rentrée avant moi.
– Quand Lucie a quitté le théâtre, ce soir-là, dit Johnson, avez-vous vu qui l'accompagnait ?
– Absolument pas. J'étais parti. J'ai probablement été le premier à quitter la réception.
– Vous ne connaissiez personne, suggéra Johnson, et la mission était accomplie.
– C'est exact.
– Avez-vous parlé de Lucie avec Bryce Proctorr, ensuite ?
– Pas vraiment. Enfin, un peu. Je lui ai dit ce que je pensais d'elle, ce que je viens de vous dire, que j'étais plus ou moins d'accord avec lui, que ce n'était pas quelqu'un de bien.
Johnson hocha la tête.
– Je suppose que Bryce estime que Lucie s'est très mal conduite vis-à-vis de lui.
– Je suppose.
– Vous a-t-il dit qu'il voulait se venger de Lucie ?
Déconcerté, parce que tout avait été si facile, Wayne dit :

– Se venger ? Non, il a seulement dit qu'il voulait en finir, que les avocats faisaient traîner.
– Mais il voulait que ça se termine.
– Absolument.
– A-t-il fait allusion à un raccourci, qu'il serait susceptible de prendre, pour atteindre plus rapidement ce but ?
– La tuer, par exemple, vous voulez dire ?
Johnson esquissa un sourire.
– C'est un moyen, évidemment, reconnut-il. Mais je me disais que ces types riches, parfois, ils font leurs paquets, quittent le pays et disent à la femme : attrape-moi si tu peux.
– Je ne crois pas que cette idée ait traversé l'esprit de Bryce, dit Wayne. Sa vie est ici. En outre, quand il gagne de l'argent, c'est ici, à New York. Je ne crois pas que sa situation serait plus confortable s'il allait en Europe ou ailleurs.
– Vous avez probablement raison.
Johnson parut réfléchir pendant une minute, puis il demanda :
– À votre avis, Bryce Proctorr est-il un bon ami ?
– Bizarrement, oui, répondit Wayne. On était restés des années sans se voir, chaque fois que je pensais à lui, ou que je voyais son nom dans le journal, j'éprouvais essentiellement de la jalousie, parce qu'il avait tellement mieux réussi que moi, mais maintenant, alors que je le revois depuis quelque temps, il me plaît. Il n'est pas crâneur, ni rien de tout ça. Je ne dis pas qu'on est *proches*, mais on s'entend bien. Ouais, je l'aime bien.
– Son succès ne vous gêne pas.
– Il lui appartient. Il ne me vole rien.
– C'est juste, admit Johnson. Et qu'est-ce que *vous* faites, en ce moment, M. Prentice, si vous permettez cette question ?
Wayne joua l'étonnement et dit :

– J'écris toujours.
– Vraiment ? Des romans, comme avant ?
– Bien sûr. Je publie sous un pseudonyme, depuis quelques années, mais j'ai l'intention de revenir à mon nom pour le nouveau.
– Vous travaillez sur un livre en ce moment ?
– Je travaille toujours sur un livre.
– À dire vrai, M. Prentice, dit Johnson, je suis moi-même un peu un aspirant romancier. Je ne vous infligerai pas ma production, ne vous inquiétez pas, mais je m'interroge. Pourrais-je jeter un coup d'œil à votre travail ?
– Bien entendu. Venez.

Tandis qu'ils quittaient le salon, Wayne songea qu'il était peut-être soupçonné du meurtre, même s'il était suspect comme tout le monde est suspect, au début. Ou bien Johnson avait-il identifié, sur le visage de Wayne, un des composants du portrait-robot ? Susan avait finalement décelé une vague similitude dans les yeux, mais pas assez nette, selon elle, pour amener quelqu'un d'autre à y voir une ressemblance.

Mais demander à voir le roman qu'il avait en chantier ! Johnson ne voulait-il pas, plutôt, savoir si Wayne pouvait vivre de ce qu'il écrivait, ou si, au contraire, c'était quelqu'un qui avait besoin d'argent, qui en avait peut-être tellement besoin qu'il était prêt à tuer l'horrible ex-femme d'un vieil ami ? Tu ne m'auras pas comme ça, détective Johnson, pensa Wayne.

Ils entrèrent dans le petit bureau de Wayne, que Johnson admira et qualifia de « compact », comme si c'était un synonyme de « fonctionnel », puis Wayne le fit asseoir devant l'ordinateur tandis qu'il chargeait la disquette de *L'Ombre de l'autre*. Il n'y avait pas de page de titre, parce qu'il n'était pas encore sûr de conserver celui-ci, et le document commençait au chapitre un.

– Bon sang ! fit Johnson.

Il lut le premier paragraphe, fit défiler une dizaine de pages, lut un autre paragraphe, puis il s'appuya contre le dossier de la chaise, secoua la tête, émerveillé et amusé.

– Vous, les professionnels, vous donnez l'impression que c'est tellement facile, dit-il. C'est pour ça que je sais que je n'arriverai jamais à rien.

– Tout le monde a commencé, dit Wayne. Personne ne naît pro.

– C'est gentil, dit Johnson, qui s'était levé. Merci de m'avoir consacré un peu de votre temps, M. Prentice, ajouta-t-il.

Et voilà.

17

Bryce semblait incapable de sortir de sa confusion temporelle. En général, il prenait le train pour le Connecticut le vendredi, y passait le week-end, rentrait le lundi. Cette semaine, l'appartement de New York était devenu trop oppressant dès le jeudi, si bien qu'il avait pris le train peu après le coup de téléphone de Wayne à propos du message du détective Johnson, et c'était à présent vendredi, il était déjà là, et il ne savait plus très bien quel jour on était.

Il téléphona à plusieurs amis qu'il fréquentait le week-end, parce qu'il se demandait s'il se passait quelque chose, en ce début décembre avant la cohue de Noël, mais ils n'étaient évidemment pas là. C'est vendredi, fut-il obligé de se rappeler, et ils sont à New York. Ils travaillent à New York. Ils habitent New York. C'est leur maison de week-end.

Et moi ? Où je travaille ? Est-ce que je travaille ? J'habite où ? Où faut-il que je téléphone pour *me* trouver ?

Il n'avait toujours pas de nouvelle intrigue et il en avait besoin, il en avait besoin *tout de suite*. Les intrigues ne lui avaient jamais posé de problème, il avait toujours eu plus d'idées que de temps pour les écrire, il rejetait une histoire parfaitement viable du simple fait qu'une autre l'attirait davantage. Mais, naturellement, il ne pouvait jamais revenir à ces embryons d'intrigue, parce qu'elles n'avaient plus de substance.

Pour lui, créer un roman tenait du jardinage : on choisit la graine, on la traite exactement selon les indications mentionnées sur le paquet et, progressivement, un chose belle – ou robuste, ou enrichissante – grandit et on peut alors la faire sienne. La graine dont on ne s'occupe pas n'attend pas qu'on s'intéresse à elle plus tard; elle sèche et meurt.

Une graine, c'était tout ce qu'il lui fallait. Bien entendu, pendant ce week-end, il lui faudrait aussi effectuer les deux minuscules révisions restantes sur *Deux visages dans le miroir*, mais ce n'était pas un souci. Peu importait quand il rendrait le travail, du fait que Joe Katz ne le lirait sûrement pas avant les fêtes. *Deux visages dans le miroir* était à présent programmé pour juin, ce qui était serré, en terme d'édition, mais on connaissait Bryce Proctorr – et on connaissait aussi la qualité de son travail – si bien que personne ne doutait que le manuscrit fût prêt à temps. Et il y avait si longtemps que Bryce Proctorr n'avait rien publié que le plus tôt serait le mieux.

Et le plus tôt serait le mieux, aussi, pour la suite. Il devrait déjà savoir ce qu'elle serait, afin de pouvoir élaborer l'intrigue, consacrer l'hiver aux voyages et aux recherches éventuellement nécessaires, écrire le livre au printemps, le rendre en juin, lors de la publication de *Deux visages*. C'est ce qui plaît aux éditeurs : le nouveau arrive, le précédent sort.

Bryce réfléchit dans le train, jeudi après-midi, il réfléchit devant le poste de télévision, jeudi soir, au lit, alors que le sommeil se refusait, dans la nuit de jeudi à vendredi, devant son ordinateur vendredi matin, entre des coups de téléphone inutiles à des amis absents, et il n'arriva à rien. Un personnage en mouvement. Tous les personnages auxquels il pensait, quels que soient leur profession, leur âge, leur nationalité, leur lieu de résidence, leur sexe, leur statut économique ou leur situation face à la loi, tous ces personnages arrivaient avec leur cercueil.

C'est à ce moment qu'il pensa qu'il avait peut-être intérêt à partir un moment cet hiver, dans un endroit différent, un endroit chaud. Les Caraïbes, peut-être, ou Hawaii, ou le sud de l'Europe. Pas en Espagne ; à Capri, peut-être.

Il tapa sur son ordinateur :

Quand James Bond arriva à Capri, il avait le bras droit en écharpe. Je le reconnus grâce aux photos de surveillance et je me dirigeai vers lui, la main gauche tendue.

- Qu'est-ce qui est arrivé à l'abattis ?

- Il a été abattu.

Briip, *briip*, glapit le téléphone. Bryce fixa, le front plissé, ce qu'il venait de taper. Un roman du point de vue de l'acolyte de James Bond ? Un type ambigu, sans la distinction patricienne de Bond. Un contraste ironique, le moyen d'évoquer le problème du patriotisme dans un monde où l'histoire est arrivée à son terme ?

Briip, briip.

Artificiel, infantile, dépourvu de substance ; et un cauchemar sur le plan des droits.

Briip, briip.

– Oui.

– Ah, tu es là. J'ai laissé un message sur ton répondeur, à New York.

C'était Wayne. L'acolyte de James Bond, le plus impitoyable. Permis de tuer.

– Salut, Wayne.
– Le détective Johnson vient de partir.
Bryce perçut, dans la voix de Wayne, une autosatisfaction qui le rassura.
– Ça s'est bien passé, je suppose ?
– Aucun problème, répondit Wayne. Mais il faut que je te dise ce que je lui ai raconté, pour que les récits correspondent. Au cas où il vérifierait.
– Très bien.
Il imagina qu'il avait Chris Dockery au téléphone, qu'il recevait des informations sur un point de l'intrigue.
– Je lui ai dit qu'on s'était rencontrés il y a plus de vingt ans, qu'on s'est perdus de vue quand je suis allé en Italie. Que j'imaginais que tu avais téléphoné à de vieux amis, après ta rupture avec Lucie, et que tu m'avais appelé.
– Comment ai-je appris où tu étais ?
– Je suis dans l'annuaire, Bryce, répondit Wayne. Moi, je n'ai aucune raison d'être sur liste rouge.
– Oh, bien sûr, désolé.
Il se sentit gêné, comme s'il venait de commettre une sorte d'impair face à un représentant d'une classe inférieure. Et, bien entendu, il avait *trouvé* Wayne dans l'annuaire, pour lui laisser un message : « Tu feras sa connaissance. » Oui.
– Quoi qu'il en soit, poursuivit Wayne, tu m'as téléphoné et on s'est vus, on a bu un café ensemble à plusieurs reprises, et...
– Un café ?
– Je ne sais pas, c'est venu comme ça.
– On croirait une réunion des AA.
– Tu peux dire qu'on a bu quelques verres, si tu veux, c'est sans importance.
– Bien.
– Quoi qu'il en soit, continua Wayne, tu tenais tant de propos négatifs sur Lucie que j'ai eu envie

de la rencontrer, juste une fois, afin de voir si elle était vraiment aussi désagréable que tu le disais. Il y avait la première d'une pièce, où tu ne pouvais pas aller parce qu'elle y serait, et j'ai demandé si je pouvais y assister, et tu...

– *Tu* as demandé ?

– J'étais curieux.

– Très bien.

– Tu as téléphoné à l'auteur, dit Wayne, Jack Wagner, j'y suis allé et j'ai demandé à Wagner de me présenter Lucie. J'ai bavardé à peu près cinq minutes avec elle, elle ne m'a pas plu, je suis parti tôt. J'ai été le premier à partir. Ce qui est arrivé, en réalité.

– Ça lui a posé des problèmes ?

– Aucun, répondit Wayne. Il m'a dit qu'il essayait d'écrire, lui aussi, et...

– Seigneur !

– Non, c'est sans importance, je crois qu'il mentait. Je crois qu'il voulait savoir si j'étais en mesure de gagner ma vie ou si j'étais devenu tueur à gages. Donc je lui ai montré le livre sur lequel je travaille...

– Un nouveau ?

Le cœur de Bryce se serra.

– Je ne te l'avais pas dit ? Ouais, ça avance très bien.

– Excellent. J'ai l'intention de commencer *mon* livre suivant après Noël. Tu sais comme il est difficile de travailler convenablement en décembre.

– Tu peux même dire impossible, répondit Wayne. Quoi qu'il en soit, l'important est que Johnson soit venu, puis parti, et qu'il ait semblé satisfait. Je crois qu'on n'entendra plus parler de tout ça.

– Espérons, dit Bryce. Et merci de m'avoir averti.

– Ouais, ça va de soi.

Bryce sentit que Wayne avait envie de prolonger la conversation, mais ce n'était pas son cas.

– À bientôt, dit-il.
– Oui.
Après avoir raccroché, Bryce effaça le texte sur Chris Dockery et son ami Bond, puis tapa :

Après ma rupture avec Lucie, je me sentais vaguement seul et flottant, si bien que j'ai essayé de reprendre contact avec de vieux amis de l'époque où je suis arrivé à New York, et, comme par hasard, Wayne Prentice était dans l'annuaire. Je l'ai appelé, et on s'est vus plusieurs fois, on a bu un café ou un verre, et je suppose que je me suis déchargé de ma frustration sur lui, parce que mon ex-femme a éveillé sa curiosité et qu'il a voulu faire sa connaissance. Il y a eu la première d'une pièce, à laquelle j'étais invité mais où je ne pouvais pas aller, parce qu'elle y serait, si bien que Wayne m'a demandé s'il pouvait s'y rendre à ma place. J'ai pris des dispositions, il y est allé, il l'a rencontrée et je suppose qu'elle ne lui a pas beaucoup plu. On n'en a pas parlé depuis, de toute évidence.

Bryce lut ce qu'il venait d'écrire, et ça ne l'enthousiasma pas. En premier lieu, il y avait le fait que Wayne pouvait prononcer le nom de Lucie sans problème, parler d'elle, tandis que Bryce éprouvait des difficultés de plus en plus grandes à la considérer comme une personne réelle. Logiquement, *Wayne* aurait dû éprouver cette sensation. Mais, visiblement, ce n'était pas le cas.

Cependant, ce n'était pas l'essentiel. Il y a des moments, dans presque tous les romans, où il est nécessaire de faire passer un personnage d'une position à une autre, afin de pouvoir poursuivre le récit, et c'est ce qui était arrivé. Une fois le personnage dans sa nouvelle position, tout va bien, mais, pour effectuer la transition, le romancier est obligé de déformer quelque chose. Un comportement est erroné, une réaction est erronée. C'est une déchirure dans le tissu du roman, mais elle est nécessaire, afin de conduire le récit là où il doit aller, si bien que le romancier soupire, secoue la tête, se résigne à le *faire*. D'autres romanciers, à la lecture du livre, remarqueront peut-être ce grumeau, mais la majorité des lecteurs ne s'apercevront de rien.

C'était un embranchement de ce type. Une fois qu'on a placé Wayne à la première de *Low Fidelity*, tout va bien, tout avance comme sur des rails. Mais l'anomalie est antérieure.

Jamais, en aucun cas, après sa rupture avec Lucie, Bryce Proctorr ne se serait senti seul, nostalgique et sentimental au point de chercher à reprendre contact avec des gens qu'il avait connus *vingt* ans auparavant, bon sang. De parfaits inconnus, désormais. Et qui d'autre Bryce Proctorr avait-il cherché dans l'annuaire ? *Seulement* Wayne Prentice ?

Un romancier verrait cette ficelle, pensa-t-il. Et le détective Johnson ? Probablement pas. Même s'il sent que quelque chose cloche dans l'histoire qu'on lui a racontée, il ne trouvera rien de solide, rien de concret. De toute façon, il ne remarquera probablement même pas la fausse note.

Donc, tant que la police de New York ne lancera pas des romanciers sur ma piste, pensa Bryce, je ne risquerai probablement rien.

18

Noël qui, en théorie du moins, aurait dû être la meilleure période, pour une organisation charitable telle que celle de Susan, était, sur de nombreux plans, la pire. Tous les besoins augmentaient, tous les problèmes étaient accentués, toutes les exigences devenaient plus urgentes et les gens qui étaient, pendant l'année, parfaitement capables de contrôler leur ego devenaient soudain immensément importants à leurs propres yeux.

Tous les soirs, maintenant que le détective Johnson appartenait au passé, maintenant que l'épisode de Lucie était terminé et s'estompait dans leur esprit (ainsi que, Dieu merci, dans les médias), maintenant que le roman de Wayne avait trouvé une bonne place (même si c'était anonymement), si bien qu'ils toucheraient bientôt une grosse somme d'argent, Susan, tous les soirs, pendant le dîner, racontait les histoires affreuses, les épisodes comiques et les horreurs burlesques de ses journées à UniCare.

Il y avait là un matériau abondant. Si Wayne n'avait pas déjà travaillé sur un roman et, en fait, s'il ne s'était pas trouvé dans une situation où il lui était impossible de vendre un roman, il aurait sûrement tenté de trouver une intrigue dans les histoires variées que racontait Susan. L'ambiance était à la fois dickensienne et très moderne, sentimentale mais ironique ; parfaite.

Finalement, pour le plaisir, il s'assit devant son ordinateur, un matin, après le petit déjeuner, la semaine suivant la visite du détective Johnson, et écrivit un essai de six mille mots sur l'économie de la charité organisée. Il jouit de l'ironie et se vautra dans le sentiment. Il ignorait totalement ce qu'il ferait de ce texte, mais il l'écrivit tout de même, parce que c'était amusant, parce qu'il aimait mieux écrire que ne pas écrire, et parce que *L'Ombre de l'autre* semblait s'enliser.

Il savait de quoi il s'agissait et ne s'inquiétait pas. Il y avait eu un moment, très bref, où il s'était aperçu que *L'Ombre de l'autre* progressait de plus en plus lentement et finirait par s'arrêter, où il s'était demandé si ce n'était pas une réaction différée à l'affaire Lucie. (C'était ainsi qu'il appelait cela, désormais, l'affaire Lucie, parce qu'il savait ce que ça signifiait, les détails, le décor et les circonstances, et qu'il n'avait de ce fait pas besoin de définition plus précise.) Mais l'affaire Lucie ne le tourmentait pas, ne l'empêchait pas de travailler. Il la regrettait, bien entendu, il en regrettait la nécessité et Dieu sait qu'il en regrettait la *saleté*, mais elle appartenait au passé et quels que soient ses regrets, quelle que soit l'horreur de l'incident lui-même, elle était terminée ; ils vivaient désormais dans le monde d'après Lucie, lequel était, pour Wayne, un monde nettement meilleur.

En outre, il commençait à soupçonner qu'il n'aurait pas pu aller jusqu'au bout de l'affaire Lucie s'il ne l'avait pas menée à bien comme il l'avait fait, s'il ne s'était pas laissé dominer par ses impulsions, s'il n'avait pas pris le taureau par les cornes, s'il n'avait pas créé une situation où il était impossible de reculer. Ses vagues projets de voyage dans un État du Sud, afin d'acheter une arme, puis de traque anonyme de Lucie dans les canyons de New York, étaient un fantasme, une rêverie. Il n'aurait pas pu y parvenir ainsi. Agir sans réfléchir ; il n'aurait pas pu prendre un autre chemin.

Donc, ce n'était pas l'affaire Lucie qui bloquait *L'Ombre de l'autre*, c'était Joe Katz. Après Noël, Joe Katz rencontrerait Wayne à propos de son avenir éventuel au sein de Pegasus-Regent. En cas de feu vert, *L'Ombre de l'autre* reprendrait immédiatement vie. Sinon, non.

Ce soir-là, Wayne montra *L'humanitaire commence dans la corbeille du courrier* à Susan, qui suggéra quelques modifications mais trouva le texte formidable. Il intégra donc les changements et, le lendemain, téléphona à Willard Hartman, son agent, qu'il n'avait pas en au téléphone depuis la catastrophe de *Coup double*.

– Wayne ! Content de t'entendre, mon ami. Joyeuses fêtes.

– À toi aussi, Willard. J'ai pensé qu'il fallait que je t'avertisse...

– Oui ?

Sur un ton cordial, mais avec une pointe de méfiance.

– Apparemment, j'ai plongé les mains dans le cambouis des faits, dit Wayne. J'ai écrit une sorte d'article sur la charité-business, grâce à des éléments que Susan m'a fournis.

– Destiné à qui ?

– Je n'en ai pas la moindre idée, reconnut Wayne. Je ne connais pas ce milieu. Je veux seulement te l'envoyer, Willard, et, s'il n'y a pas de marché, tu le sauras mieux que moi.

– Je vais sûrement prendre du plaisir à le lire, Wayne, je n'ai aucun doute là-dessus, répondit Willard. Tu sais que j'adore ce que tu écris. Je regrette seulement qu'on ne soit pas plus nombreux.

– Moi aussi, Willard.

Et, le lendemain, il lui envoya l'article accompagné d'un mot : « Considère que c'est une carte de Noël. »

19

Début décembre, Noël s'empare de New York et refuse qu'on parle d'autre chose, qu'on pense à autre chose. Bryce se rendit trois fois en ville, par le train, en quête de cadeaux de Noël à l'intention de ses enfants, de Joe Katz, de Jerry Mossman, son agent de New York, et de Gregg, l'homme à tout faire qui tondait les pelouses dans le Connecticut pendant l'été, et surveillait la propriété pendant le reste de l'année lorsque Bryce – et, avant cela, Bryce et Lucie – y séjournait moins souvent.

Mais, cette année, il y venait davantage. Il trouvait l'appartement inconfortable, n'aimait pas y passer la nuit, mais fut contraint de le faire deux fois, dont une après la réception de Noël chez Pegasus-Regent, célébration annuelle à laquelle il était obligé d'assister. La cause probable du fait qu'il but trop, cette année-là, ce qu'il ne faisait généralement pas, fut la présence de Wayne.

Il ne croyait pas que Joe inviterait Wayne qui, après tout, n'était pas un auteur de Pegasus-Regent. (Dans un sens, bien entendu, c'en était un, mais Joe Katz n'en savait rien.)

– Bonsoir, dit Bryce, qui se dirigea vers l'endroit où Wayne se tenait, un gobelet en plastique plein de punch rose à la main. Quelle surprise de te rencontrer ici.

Wayne était très gai, peut-être un peu gris.

– En toute franchise, Bryce, dit-il, j'ai l'impression d'être Cendrillon. Ce n'est pas ma robe, ce n'est pas mon carrosse qui attend dehors et je n'ai pas vraiment été invité au bal.

– Ne dis rien au prince, conseilla Bryce, et tu auras peut-être une bonne surprise.

Wayne était si gris qu'il fut sincère, d'une façon que Bryce trouva grossière, presque macabre.

– Je tiens à te remercier, Bryce. C'est grâce à toi que tout cela est possible.

– Beaucoup de choses ont été possibles grâce à toi aussi, lui rappela Bryce.

Mais Wayne évoluait dans un univers qui lui appartenait, regardait au-delà de Bryce, laissait son regard errer sur les invités, des gens de l'édition, qui parlaient édition.

– Bon sang, j'adore, dit-il.

Bryce comprit ce qu'il pensait. C'est son univers, il est à sa place dans cet univers parce qu'il n'est à sa place dans aucun autre, ne peut s'adapter ailleurs. Le rêve d'enseigner dans une université était exactement ça, un rêve, et se serait d'une façon ou d'une autre mal terminé. Ce poisson ne peut nager que dans ce bassin.

Donc, logiquement, il se dit : Quoi qu'il m'ait fallu faire pour me trouver ici, c'est sans importance. Pour être ici où j'ai ma place, pour ne pas étouffer dans un univers étranger, simplement pour obtenir ce que je mérite, le strict minimum de ce que je mérite ; pour être dans mon univers. Pour ça, je suis prêt à tout.

Voilà ce que je lui ai fait, pensa Bryce. Je lui ai fait une proposition qu'il ne pouvait pas refuser. S'il n'y a pas de prix trop élevé, dans ce cas, le prix que j'ai demandé n'était pas très élevé, n'est-ce pas ?

Bryce laissa également son regard errer dans la pièce, tenta de la voir à travers les yeux de Wayne, convaincu cependant que ses yeux voyaient différemment. Il *avait sa place* dans cet univers, son authenticité y était démontrée, et il *n'avait rien fait.* Mais *il* avait l'impression d'être le paria. Pourquoi en était-il ainsi ? Pourquoi le vaincu lapait-il tout cela comme de la crème, tandis que le vainqueur reconnu avait l'impression d'être l'étranger, le moins que rien, le Caliban, le crétin parmi ceux qui valaient mieux que lui ?

– C'est peut-être un bal masqué, dit-il, mais Wayne, qui ne faisait pas attention, ne releva pas, et il en fut aussitôt heureux. Parce qu'il comprit immédiatement ce qu'il y aurait sous le masque de Wayne : ouverture, empressement, sincérité. Mais qu'y aurait-il sous le masque de Bryce ?

– Oh, il faut que tu fasses la connaissance de Susan. Susan ? Viens, je vais te présenter Bryce Proctorr.

Bryce pivota sur lui-même et elle lui tendit une main froide, lui adressa un sourire froid.

– Ravie de vous rencontrer. Wayne m'a beaucoup parlé de vous.

Une réplique aussi banale avait-elle jamais caché un sous-entendu aussi transparent ? Bon sang, pensa Bryce, quel secret horrible nous partageons, au beau milieu de cette réception, nous trois et personne d'autre.

Susan Prentice et lui se détestèrent immédiatement et Bryce s'aperçut que, tout comme lui, elle s'en rendait compte. C'était une jolie femme, du moins le supposait-il, mais trop maîtresse d'elle-même, dont les cheveux marron clair évoquaient trop un casque, dont le corps était d'une minceur trop soignée, comme taillé, à l'instar d'un sapin de Noël, dont les gestes, trop contrôlés, manquaient d'amplitude.

– Joyeux Noël, dit-il, puis il lui adressa le sourire qu'il réservait aux réceptions, leva son verre de punch.

– C'est une réception très agréable, dit-elle. Beaucoup plus que celle de Romney.

Romney avait été le premier éditeur de Wayne, il y avait des années. Bryce savait que Tim Fleet avait été publié par Antelope mais, évidemment, si Antelope donnait des réceptions – tous les éditeurs ne le faisaient pas –, Tim Fleet ne pouvait y assister. Être Tim Fleet devait faire un effet très bizarre.

Bryce dit :

– J'ai toujours publié chez Pegasus, donc je n'ai pas de point de comparaison.

– C'est vrai ? fit Wayne, étonné. Presque tous les auteurs changent à un moment ou un autre.

– Jerry, mon agent, a dû ferrailler à deux ou trois reprises, répondit Bryce, mais Pegasus a toujours fini par accepter. Je me suis toujours senti bien, ici. Mon premier éditeur était formidable et quand il a pris sa retraite, Joe l'a remplacé, il y a plus de douze ans, et je ne quitterai jamais Joe. S'il partait, je le suivrais.

Si j'avais un livre à lui donner, pensa-t-il.

Il chassa cette idée et demanda à Susan Prentice :

– Qu'est-ce qui n'allait pas, chez Romney ? À la réception de Noël, je veux dire.

– Ils étaient très pingres, répondit-elle, ça se passait toujours dans leurs bureaux, il n'y avait pas d'ambiance, ils commandaient la nourriture chez le traiteur du quartier, le vin blanc le meilleur marché possible, et les auteurs du haut de la liste faisaient bande à part.

Wayne rit, quoique nerveusement, et dit :

– C'était là, sous mes yeux, mais je ne m'en apercevais pas. Si tu étais invité à la réception de Noël chez Romney, tu pouvais être sûr que tu n'étais pas en tête de liste. Que tu étais au milieu de la liste.

Il sourit à Bryce et demanda :

– Tu connais ma définition du milieu de la liste ? Pas de pouls.

Lucie ! Qui bascule en arrière et tombe, et les coups, les coups : pas de pouls. Bryce ferma les yeux, puis les ouvrit.

– J'ai eu de la chance, dit-il, et je le sais. Et il faudrait que je circule, si je veux continuer d'avoir de la chance. Ravi de vous avoir rencontrée, Susan.

– Moi de même.

Bryce se promena parmi les invités, mais ne rencontra personne avec qui il aurait pu avoir une conversation agréable, si bien qu'il partit. Parvenu à la porte, il se retourna et constata que Wayne bavardait joyeusement avec, entre autres, Joe Katz.

En décembre, les réceptions étaient aussi nombreuses à la campagne qu'en ville, et il se sentait plus à l'aise dans les réceptions de campagne. Ses relations y étaient beaucoup plus diversifiées, ne se composaient pas seulement d'auteurs, d'éditeurs et d'agents. Les gens qui passaient le week-end dans les collines voisines, qui étaient devenus des amis et des hôtes au fil des années, étaient avocats, publicitaires, médecins, et il y avait le propriétaire d'une chaîne de jardineries, un éditorialiste, même quelques acteurs. Il se sentait bien en compagnie de ces gens, parce qu'ils se souciaient davantage de l'entretien de leur piscine et des produits destinés à éloigner les chevreuils que des fusions au sein de l'édition et des lubies du *New York Times Book Review*.

Il comptait passer les fêtes elles-mêmes seul chez lui, à la campagne mais, une semaine avant Noël, il reçut un coup de téléphone inattendu de son ex-épouse, Ellen.

– Les enfants viennent tous, l'après-midi de Noël, dit-elle, et on dînera tôt, parce que tout le monde doit rentrer. On a pensé que tu aurais peut-être envie de te joindre à nous.

C'était la première fois qu'on lui faisait cette proposition, et la mort de Lucie en était sûrement la cause. La première réaction de Bryce consista à refuser, à rester sur son idée de passer les fêtes seul, si bien qu'il dit :

– Eh bien, Ellen...

Mais elle l'interrompit :

– Tu vois quelqu'un. Tu peux parfaitement amener...

– Non, non. Il y avait... je ne sais pas si tu étais au courant pour Isabelle...

– J'ignore tout de ta vie, à présent, Bryce.

– Je n'ai personne.

– Alors viens. Entre une heure et deux heures.

– Très bien, dit-il, et il se félicita d'avoir acheté les cadeaux, qu'il avait eu l'intention d'envoyer par la poste.

Comme ils ne seraient pas confiés aux services postaux, il les dota d'emballages beaucoup plus élaborés, de gros nœuds et d'anges, découpés dans du carton, qui indiquaient le nom du bénéficiaire.

Il passa la soirée du réveillon seul, mais ne trouva pas de raison de s'en plaindre. Il regarda la télévision, passant des chœurs aux films comiques et sentimentaux, tombant sur trois versions différentes de *A Christmas Carol – voilà* une propriété qui rapportait – et se demandant combien de gens travaillaient ou occupaient autrement cette soirée.

Un peu plus tard, le téléphone sonna ; c'était Isabelle, dont il n'avait pas de nouvelles depuis le jour où elle avait décidé, finalement, de ne pas s'installer chez lui. Il avait envisagé à plusieurs reprises de l'appeler, mais il n'avait pas voulu paraître insister, puisque c'était elle qui l'avait rejeté, et, de toute façon, il n'en avait pas vraiment envie. Qu'est-ce que bavarder avec Isabelle lui apporterait ?

Elle assistait à une réception ; il entendait le brouhaha des invités.

– Comment ça va ? demanda-t-il.

– Je me demandais ce que tu devenais. Ça va ?

– Oui, pourquoi pas ? Je passe la journée de demain avec mes mômes. Où tu es ?

– Chez des amis de mon père, qui ont un appartement au dernier étage, au nord des Nations unies, avec une vue spectaculaire sur l'East River ; c'est vraiment extraordinaire.

Elle baissa la voix, puis ajouta :

– Tout le monde a plus de soixante ans, sauf moi. Je crois que je suis leur petite marchande d'allumettes.

– Ils n'auraient pas pu mieux choisir, affirma Bryce.

– Tu viens en ville ?

– Pas avant que les fêtes soient passées, répondit-il, certain qu'elle lui demandait de lui demander de sortir avec elle, et refusant, par perversité. Il n'avait pas *envie* de reconstruire la relation, il voulait qu'elle continue de tomber en ruine.

Elle continua de tomber en ruine et, bientôt, ils se dirent au revoir et il retourna au réveillon de Noël dans l'univers de la télévision. Et, le lendemain, en début d'après-midi, il mit les sacs en plastique à l'arrière de la BMW – ils avaient remplacé celle qui avait été accidentée dans le carambolage – puis parcourut, dans un vent qui soufflait en rafales, sous un ciel où plusieurs strates de nuages tourbillonnaient – mais pas sous la neige, qui était annoncée pour les jours à venir –, les trente kilomètres, en direction du nord-ouest, qui le séparaient de la maison qu'Ellen partageait désormais avec Jimmy Branley, près de Newtown.

Branley était architecte et avait dessiné sa maison, que Bryce trouvait ostentatoire : toutes les pièces trop grandes et tous les volumes trop vastes, la structure de bois peint en blanc et de pierre, répandue sur une crête comme si on l'y avait déversée, descendant d'un côté vers une piscine généreuse et, de l'autre, jusqu'à un bassin ornemental complexe, en granite noir.

L'intérieur n'était que murs blancs, poutres blondes énormes et cheminées en briques jaunes. Branley avait également dessiné l'essentiel des meubles, qui étaient bas et larges, comme réfléchis par un miroir déformant. Mais Bryce savait que la maison donnait toute sa mesure lors des réceptions et des fêtes, quand les gens semblaient flotter d'espace en espace, et l'acoustique était telle qu'on pouvait avoir une conversation intime sans se sentir isolé des autres.

Comme c'était une maison de week-end et donc, par définition, dans une certaine mesure, une maison destinée aux réceptions, et comme c'était également une vitrine permettant à Branley de présenter son style et ses compétences aux clients potentiels, Bryce était obligé de reconnaître que la maison, qu'elle lui plaise ou non, jouait le rôle que Branley attendait d'elle.

Bryce avait du mal à se faire une opinion sur Branley lui-même, qui était affable, aimable et ne disait jamais de mal de personne. Le nouveau mari d'une ex-épouse était une chose, mais le type avec qui elle vivait en était une autre, même si la relation durait depuis plusieurs années, alors que le type avait presque cinquante ans et deux enfants adultes. Il ne savait pas pourquoi Ellen et Branley ne sautaient pas le pas et ne se mariaient pas ; peut-être Bryce l'avait-il définitivement détournée du mariage.

Il était sûr qu'il y avait une chose qu'il n'aimait pas, chez Branley, à savoir sa manie de déclarer joyeusement, dès que l'occasion se présentait, qu'il ne lisait pas. Il n'avait lu aucun des romans de Bryce et ne le ferait sûrement jamais. Trop occupé, trop satisfait de sa carrière d'architecte, totalement indifférent à la fiction.

Bryce avait parfois envie de manifester la même indifférence totale vis-à-vis de l'architecture, mais cela aurait été ridicule. L'architecture ne l'intéressait pas, évidemment ; seuls les architectes s'intéressent à l'architecture. Mais, quand on sait lire, on est censé s'intéresser à la littérature, du moins était-ce ce que Bryce croyait.

Il arriva le dernier et fut reçu chaleureusement, sinon avec effusion. Les cadeaux qu'il avait apportés trouvèrent une place sous l'énorme sapin de Noël, où tous les autres cadeaux étaient empilés, puis on le présenta une nouvelle fois à Kathy et Jack, les enfants de Branley, qui avaient l'un et l'autre entre vingt et trente ans, qui travaillaient l'un et l'autre dans la télévision par câble.

Bryce ne tarda pas à regretter d'être venu. Le problème était que tout était normal, que tout était agréable, que tout le monde l'acceptait, que ses enfants eux-mêmes semblaient plus chaleureux que de coutume. Le dîner était plaisant et il était assis près de Kathy Branley, qui venait justement de lire *Le glas sonne deux fois* en livre de poche et tenait à lui dire que le roman lui avait beaucoup plu. Et, du début à la fin, il pensa : je n'ai pas ma place ici, je n'ai pas ma place parmi ces gens, je n'ai pas ma place au sein des plaisirs simples. Il ne savait pas pourquoi il éprouvait cela et n'avait pas envie de chercher. Il regrettait simplement d'être venu.

Mais, malgré cette sensation de ne rien avoir à faire là, il resta, resta encore. Après le dîner, ils débouchèrent le champagne et déballèrent les cadeaux, puis les autres commencèrent à s'en aller ;

mais Bryce resta, pas vraiment parce qu'il en avait envie, plutôt parce qu'une sorte de léthargie s'était emparée de lui. Et il se rendit compte, aussi, qu'il avait envie de parler avec Ellen. Il éprouvait le besoin de parler avec Ellen depuis qu'il l'avait vue à l'enterrement, et c'était peut-être sa dernière chance.

Tom et Barry, les deux cadets de Bryce, étaient venus de New York ensemble, dans la voiture de Tom, si bien qu'ils repartirent ensemble vers sept heures, bientôt imités par les deux enfants de Branley, de sorte qu'il ne resta plus qu'Ellen, Jimmy, Bryce et Betsy, sa fille, qui avait vingt-trois ans, étudiait l'architecture et avait toujours, de ce fait, beaucoup de choses à partager avec Branley.

Ellen se retrouva dans la cuisine où Bryce la suivit ; il s'assit sur une chaise de tubes chromés et de toile, près de l'étal de boucher qui tenait lieu de table, écouta le bavardage d'Ellen, comprit qu'Ellen croyait simplement qu'il se sentait seul et qu'elle tentait de le distraire un peu.

Mais ce n'était pas seulement cela. Profitant d'une pause dans son bavardage, il dit :

– Ellen, il y a quelque chose dont j'ai envie de te parler.

– Oui ? Bien sûr. Quoi ?

Il se sentit extraordinairement gêné, incapable de trouver une position confortable, embarrassé de ses bras, de ses jambes.

– Eh bien, dit-il, en fait, j'ai besoin d'avouer.

Elle esquissa un sourire, croyant à une blague.

– D'avouer ? D'avouer quoi, Bryce ?

– Que j'ai payé quelqu'un pour qu'il tue Lucie.

Elle interrompit ce qu'elle faisait – envelopper des restes de gâteau dans du film alimentaire, quelque chose comme ça –, se tourna vers lui et le dévisagea.

– Qu'est-ce que tu as fait ?

– Ça traînait depuis si longtemps, tu sais, dit-il, et je ne pouvais plus travailler. C'était surtout à cause de ça.

– Tu as *tué* Lucie ?

– Je l'ai fait faire. J'ai payé pour que ce soit fait. Pendant que j'étais en voyage.

Elle gagna la porte de la cuisine, la ferma, revint rapidement s'asseoir en face de lui. Il n'avait jamais vu de ride verticale aussi profonde entre ses yeux. Elle dit :

– C'est la vérité ?

– Bien sûr.

Il haussa les épaules, détourna le regard, ajouta :

– C'était censé rendre la situation plus supportable.

– Comment as-tu pu... Comment as-tu pu *envisager* une telle chose ?

– Je ne suis pas le premier à avoir eu cette idée, Ellen, dit-il. Je n'ai rien inventé.

– Non, évidemment, reconnut-elle, puis elle secoua la tête, comme si elle s'était montrée stupide. Et de toute façon, c'est ton métier, n'est-ce pas ? Inventer ce genre de chose.

– En général, pas aussi... concrètement.

– Et qu'est-ce qui se passe ? Il te fait chanter ? L'homme qui...

– Non, non, il est très bien, il va très bien, il est parfaitement heureux.

Cette fois, quand il haussa les épaules, le mouvement fut saccadé, presque convulsif.

– Le problème, c'est *moi*, ajouta-t-il.

– Comment ça ?

– Je ne peux toujours pas travailler. Je tente de réfléchir à une nouvelle intrigue, un nouveau livre, et rien ne vient. Et tout est *terne*. Je t'ai parlé de cette femme, Isabelle, on a été ensemble pendant quelque temps...

– Je ne la connais pas.
– Non. Quand elle m'a quitté, elle a dit qu'il n'y avait plus de joie en moi. Et c'est vrai.
– Bon sang, Bryce, quel gâchis !
– C'était une terrible erreur, dit-il, et je me rends compte maintenant que je n'aurais rien pu faire de pire. Il faut que je répare, Ellen. Je ne sais pas pourquoi, mais j'ai besoin que tu sois la première au courant. Sois prête.
Elle lui adressa un regard méfiant.
– Prête à quoi ?
– Il faut que j'aille voir la police, évidemment, dit-il. Il faut que...
– Il n'en est pas *question* !
Il la dévisagea, stupéfait, et elle le foudroyait du regard comme s'il était son pire ennemi.
– Il n'y a donc pas de *limite* à ton égoïsme ?
Son visage était de marbre, la glace brûlante de son regard pénétrait en lui.
– Je croyais y être habituée, poursuivit-elle, à ta façon de ne penser qu'à toi...
– Ellen, qu'est-ce que tu racontes ? Je ne comprends pas.
– Non, bien entendu, dit-elle. Tu as trois enfants, Bryce, qui *commencent tout juste* leur vie, qui sont tous sur le point de devenir ce qu'ils vont devenir.
– Quel rapport avec...
– Tu es une célébrité, imbécile ! Tu es un homme connu ! Si tu entraînes les enfants dans un procès pour meurtre, dans un cirque médiatique, Bryce, je te tuerai peut-être de mes propres mains.
Il ne put que la dévisager, la bouche ouverte.
– Je n'aurais jamais...
– Bien sûr, tu n'aurais jamais. C'est toujours comme ça, tu n'aurais *jamais*... jamais. Bryce, tu as commis un acte stupide, condamnable, impardonnable, mais je n'accepterai pas que tu l'aggraves.

– J'ai pensé, dit Bryce, que si j'avouais...

Il passa la main sur son visage, comme pour chasser des toiles d'araignée.

– Tu détruirais la vie de tes enfants, termina-t-elle. Ce n'est pas aussi facile, Bryce, tu ne peux pas devenir comme les catholiques, qui avouent tout et tout est fini, la joie revient dans leur vie. Tu ne *peux* pas. Tu as des responsabilités.

– Oh, Ellen.

– Des responsabilités, répéta-t-elle. Pour toi, Bryce, les aveux sont la damnation de l'âme.

Il rit, mais sans entrain.

– D'accord, admit-il. Tu as raison, d'accord, je comprends maintenant, je ne comprenais pas, je suis heureux d'avoir commencé par en parler avec toi.

– Bon, sang, Bryce, moi aussi.

– Les aveux sont la damnation de mon âme, dit Bryce, qui hocha la tête, laquelle lui sembla très lourde. Je n'oublierai pas.

20

Les grands-parents de Susan, les Costello, étaient autrefois maraîchers dans le centre du New Jersey, près de Hightstown, où ils cultivaient des tomates pour l'énorme usine de soupe Campbell de la région, comme l'essentiel de leurs voisins. L'usine avait disparu depuis longtemps, presque toutes les fermes avaient été transformées en cités-dortoirs pour les New-Yorkais, si bien qu'autoroutes et centres commerciaux griffaient le paysage. Mais les grands-parents de Susan, qui avaient tous les deux plus de quatre-vingt-dix ans, étaient toujours propriétaires de leur ferme, des bâtiments qui l'entouraient et de treize hectares de terre et, chaque année, pour Noël, toute la famille, dont certains membres venaient de Miami et d'Omaha, s'y réunissait, envahissait la maison et les deux granges transformées en logements destinés aux invités.

Cet événement annuel associait le merveilleux et l'horrible en doses plus ou moins égales et Wayne l'adorait. Il était, lui-même, né à Hartford, dans le Connecticut, de parents instituteurs qui n'auraient pas été plus rigides s'ils avaient encore porté un corset à baleines. Son père était mort, sa mère habitait Pompano Lakes, en Floride, ses trois frères et sœurs étaient dispersés, si bien qu'ils se voyaient rarement.

Wayne estimait que c'était essentiellement, du point de vue de sa famille, parce que Susan et lui n'avaient pas d'enfants. Les gens, en général, lorsqu'ils s'installent dans une vie « normale », avec un emploi « normal » et des enfants « normaux », se désintéressent totalement de ceux qui ne sont pas exactement comme eux. Wayne n'avait pas d'emploi « normal », Greenwich Village n'était pas un quartier « normal » et, surtout, ils n'avaient pas une bande de gamins sales, bruyants, collants et mal élevés.

Tout cela convenait parfaitement à Wayne. La famille de Susan lui suffisait, clan nombreux, varié, tolérant, joyeux, turbulent, qui aimait les plaisanteries, même salaces, mais ne se vexait pas. Wayne passait chaque année quatre jours formidables, à la ferme, oubliait complètement son autre vie à New York, et cette année-là ne fit pas exception. Il ne pensa pas un instant aux dangers qui menaçaient sa carrière, il ne pensa pas un instant à Bryce, ni à Joe Katz, ni à l'article qu'il avait écrit avant de partir, ni, surtout, à Lucie Proctorr, qui n'était même plus, dans son esprit, un film sanglant vu autrefois, mais une histoire, une histoire horrible qu'on lui avait racontée, sur laquelle son imagination fertile avait brodé, et qui n'était néanmoins pas tout à fait réelle.

Ils rentrèrent chez eux le vingt-huit, reposés, prirent plaisir à l'accumulation de courrier, constatèrent qu'ils étaient invités à *trois* réceptions de nouvel an et, naturellement, allèrent aux trois et, parmi les gens qu'ils rencontrèrent, personne ne leur parut désagréable.

Dans la matinée du mardi suivant le nouvel an, Wayne reçut deux coups de téléphone. Le premier émanait de Willard Hartman, son agent, qui annonça :

– *Vanity Fair* veut ton article sur l'humanitaire.

– Fantastique !

Wayne n'espérait pas vraiment quelque chose du texte, qui avait été une simple occupation, une façon de passer le temps, d'écrire quelque chose parce que c'était préférable à ne rien écrire.

– Ils veulent poser quelques questions, poursuivit Willard, et suggérer quelques changements. Et ils veulent parler des photos qui illustreront le texte. Il faut toujours qu'il y ait des photos.

– Oh, on trouvera quelque chose.

– Laurie Simons, l'éditrice, l'éditrice adjointe en fait, pourrait t'envoyer tout ça par e-mail, ou te le faxer, comme tu préfères.

La vie de Tim Fleet n'avait pratiquement existé qu'au travers d'e-mails prétendument envoyés de Milan.

– Donne-lui mon adresse e-mail, décida-t-il. Ils paient combien ?

– Ils ont proposé six mille.

– Ha, fit Wayne. Va comprendre.

Pas mal, pensa-t-il, pour une matinée de travail.

Le deuxième appel, une demi-heure plus tard, émanait de Joe Katz, qui dit :

– Déjeunons ensemble.

Le cœur de Wayne se mit à cogner.

– D'accord. Quand ?

– À treize heures.

– Tu veux dire *aujourd'hui* ?

Joe rit.

– Wayne, dit-il, je déjeune tous les jours. Viens, on se retrouve à une heure.

Ils allèrent au *Campagna*, dans la Vingt et Unième Rue Est, où Joe était connu, si bien qu'ils eurent une table pour deux qui jouissait d'un peu d'intimité, ce qui n'était pas le cas dans le reste de la salle. Ils parlèrent des fêtes, Joe prit un verre de vin blanc et Wayne l'imita. Ils commandèrent, puis Joe dit :

– Parlons de ta carrière.

– Je ne savais pas que j'en avais une.

– Désolé, Wayne, mais tu es passé directement au dernier chapitre.

Une boule froide se forma dans l'estomac de Wayne. Il se félicita d'avoir commandé du vin. Il savait depuis le début que les nouvelles seraient presque sûrement négatives, mais il n'avait pas pu s'empêcher d'espérer. Joe Katz était éditeur, il avait de l'influence, il était respecté. Ne pouvait-il pas dire à l'ordinateur d'aller se faire foutre ?

Apparemment non. Joe regrettait sincèrement, aurait voulu pouvoir faire quelque chose, mais les chiffres étaient les chiffres.

– L'édition ne va pas bien, conclut-il.

Wayne n'avait pas vraiment envie de rire, mais il rit.

– L'édition va toujours mal.

– Cette fois, c'est plus grave, dit Joe. Les maisons d'édition fusionnent, de plus en plus de marques sous le même drapeau et, en conséquence, tout le monde publie moins de livres.

– Je suis au courant.

– Évidemment. Mais, parallèlement, il y a moins de place pour la critique littéraire, dans les médias, pour les livres, parce qu'ils couvrent à présent les technologies nouvelles, les CD-ROM et Internet.

– Je savais que j'avais de moins en moins de critiques, dit Wayne. Je croyais que c'était seulement moi.

– C'est tout le monde, affirma Joe. Ou presque tout le monde.

– Pas Bryce.

– Non, pas Bryce.

Joe haussa les épaules et reprit :

– Ce qui soulève le deuxième problème. Il y a cinq ou six ans, les grossistes ont fusionné, si bien que, même si un livre est publié, les chances d'obtenir une réimpression en livre de poche sont moindres.

– Ça m'est arrivé, admit Wayne.

– Je ne sais pas si tu apprécieras l'ironie de la situation, poursuivit Joe, mais les auteurs tels que Bryce voient leurs ventes en livre de poche augmenter légèrement, parce que les auteurs tels que toi ne leur font plus de concurrence.

– Je ne sais pas, moi non plus, si tu apprécieras l'ironie, dit Wayne. Mais tout ça signifie, au bout du compte, que tu ne peux rien faire pour moi.

– Ce que je pourrais te proposer, répondit Joe, est si insultant que j'y renonce.

– Propose tout de même.

À ce stade, à quoi pouvait bien ressembler une insulte ?

– J'ai dit à Carew, le directeur, que je voulais vraiment que tu viennes chez nous, il a fait son cinéma à propos de son bon argent consacré à de mauvais textes, puis on est parvenu à un compromis. Tu dis que tu as un livre.

– Une partie d'un livre.

– Si j'estime qu'il contient quelque chose qu'on peut promouvoir, on pourra peut-être s'arranger. Tu sais ce que j'entends par « quelque chose qu'on peut promouvoir ».

– Il faudrait que la princesse Di soit un des personnages.

Joe rit, mais il dit :

– Ça serait une idée. La possibilité de promotion est radicalement distincte de la qualité. Je connais ton travail, je sais que tu produis une bonne prose lisible, je sais que tu es capable de faire vivre une intrigue et des personnages, donc disons que tout ça est donné au départ.

– Merci.

– Je ne te fais pas de compliments, dit Joe. Je mets toutes tes qualités de côté. Ce que tu dois faire, c'est rentrer chez toi, relire ce début de livre que tu as et te dire : « Peu importe Joe Katz. Qu'est-ce que le service publicité verra ? Qu'est-ce que le service des ventes verra ? Quelle est *l'accroche* ? » Tu me suis ?

– Oui.

Joe braqua l'index sur lui et poursuivit :

– Je ne te demande pas de défigurer ton livre. De toute façon, dans ce cas, je ne pourrais rien faire pour toi. Donc n'ajoute *pas* la princesse Di.

– D'accord.

– Mais si tu crois, reprit Joe, que, sans détruire l'intégrité de ton travail, tu es en mesure d'y trouver quelque chose qu'on peut promouvoir, avertis-moi. *Ensuite*, je regarderai le livre. Et s'il a tes points forts habituels, et si tu as raison sur la possibilité de le promouvoir, je suis autorisé à te proposer dix mille dollars.

Wayne ne trouva rien à répondre.

Joe termina son vin en une gorgée, puis en demanda un deuxième verre. Wayne montra son verre et Joe leva deux doigts à l'intention du serveur. Puis il dit :

– En fait, si on peut prendre ce livre en charge, en faire la *promotion*, l'amener à dépasser les prévisions de l'ordinateur, on pourra proposer un peu plus la prochaine fois, et faire tout notre possible pour obtenir une nouvelle *augmentation* des ventes.

– Tu proposes en fait de bâtir une carrière à partir de rien, dit Wayne, comme autrefois, quand les auteurs et les éditeurs s'engageaient mutuellement au long cours.

– Sauf que, compte tenu des règles du jeu actuelles, on *commence* pendant les prolongations et la première erreur est fatale.

Wayne but une gorgée de vin. Il n'y avait rien, dans *L'Ombre de l'autre* qu'on puisse promouvoir. On pouvait en faire la promotion en tant que roman, qu'histoire, que récit qu'on pourrait avoir envie de lire. Il dit :

– J'y réfléchirai.

– Bien.

– Et je tiens à te remercier, Joe, ajouta Wayne.

Il était sincère et espérait que ça se voyait.

– Je suis sûr que tu as fait tout ton possible, conclut-il.

– On ne peut que ce qu'on peut, dit Joe.

21

Bryce avait demandé à Linda, la femme de ménage qui nettoyait une fois par semaine l'appartement de New York, de prendre son courrier toutes les semaines, du moins ce qui, selon elle, l'intéresserait, de le mettre dans une grande enveloppe et de le lui envoyer dans le Connecticut. Le jeudi suivant le nouvel an, il reçut une telle enveloppe, qui contenait, entre autres, une lettre sèche de la société chargée de la gestion de l'immeuble où se trouvait l'appartement. Le courrier était adressé à Bryce Proctorr et l'informait que la société avait appris que la titulaire du contrat de location était décédée. Si Bryce souhaitait négocier un nouveau contrat, il devait appeler Mme Teraski, le plus rapidement possible, au numéro indiqué dans l'en-tête. Malheureusement, il ne lui serait pas possible de rester dans l'appartement sans contrat de location.

Étrange de constater que, même si Lucie avait déménagé lors de leur rupture, le contrat de location était toujours à son nom. C'était sur les conseils de Mark Steiner, le comptable de Bryce, que Lucie avait été domiciliée à New York et avait loué l'appartement tandis que Bryce, propriétaire de la maison, était domicilié dans le Connecticut. Cela avait paru inutilement compliqué, à l'époque, dans la mesure où le droit fiscal entraîne des complexités inutiles, mais cela semblait à présent grotesque.

Ils avaient appris que la titulaire du contrat de location était décédée. C'était la façon la plus glacée d'évoquer les conditions dans lesquelles la vie, sous l'effet des coups, avait fini par déserter le corps de Lucie.

Il n'appela pas tout de suite Mme Teraski, parce qu'il n'était pas sûr de ce qu'il voulait. Il supposa qu'il faudrait qu'il téléphone à Mark, à un moment donné, afin de déterminer quel était son intérêt, du point de vue de la fiscalité et de son comptable, dans ces circonstances, mais il ne se sentait pas prêt à donner ce coup de téléphone.

Puis, deux heures plus tard, Mark appela Bryce.

– Je voulais simplement te dire que l'argent de Pegasus est arrivé.

– Parfait, répondit Bryce.

– Je téléphonerai tout à l'heure à Wayne Prentice.

– Il sera content d'avoir de tes nouvelles.

Mark rit.

– J'imagine. Tu sais, je suis toujours convaincu que c'est le marché le plus follement généreux du siècle.

– Il valait cette somme, Mark.

– Je parie qu'il aurait accepté moins. Si jamais tu es tenté de conclure un autre marché tel que celui-ci, Bryce, passe me voir avant.

– Ça ne se reproduira pas. Mais j'avais besoin de lui à ce moment-là. Je ne travaillais pas, ça durait depuis trop longtemps, ça risquait de nuire à ma carrière, à ma réputation. Il vaut cette somme, Mark, parce que, à dire vrai, sans lui, *Deux visages dans le miroir* n'existerait pas.

– Tu es sûr de lui ?

– Comment ça ?

– Je sais que c'est ton ami, dit Mark, et c'est un chic type, il me plaît bien...

– Hon-hon.

– Mais tu as pensé à l'avenir ? Tu ne crois pas qu'il risque, un jour, de prétendre que le livre est de *lui* ?

– Absolument pas. Je suis sûr que je peux lui faire confiance, Mark. J'ai totalement confiance en lui.

– Très bien. En général, tu sais ce que tu fais, dit Mark. Je vais lui téléphoner et lui annoncer la bonne nouvelle.

Bryce n'avait pas posé la question, et ça ne le regardait pas, mais il eut soudain envie de savoir.

– Comment t'es-tu organisé avec Wayne ? Tu t'occupes de ses finances, à présent, n'est-ce pas ?

– C'est essentiellement la même chose qu'avec toi. C'est ce qu'il m'a demandé et c'est ce qu'il aura. Je suppose qu'il aura d'autres revenus, en plus de celui-ci.

– Oh, j'en suis sûr, dit Bryce.

Il avait déjà raccroché quand il s'aperçut qu'il avait oublié de parler de l'appartement.

Il comprit ce que cela signifiait. Cela signifiait qu'il ne garderait pas l'appartement. Qu'il ne négocierait pas un contrat de location, qu'il ne vivrait pas au quinzième étage, tout seul. Il ferait transporter ses meubles, ceux qu'il désirait conserver, ici, et jetterait le reste. De toute façon, il ne tenait pratiquement à aucun ; Lucie avait tout choisi. C'étaient ses meubles.

Le coup de téléphone et la décision concernant l'appartement, s'il s'agissait vraiment de la décision, l'avaient rendu nerveux si bien que, dans l'après-midi, il se rendit en voiture chez Brenford, épicerie de luxe de cette partie du Connecticut, l'endroit où on allait quand on voulait des produits dans le style de ceux qu'on trouvait à New York, et qu'on ne pouvait se procurer au supermarché. Au prix de New York, en plus. Il y avait des choses que Bryce ne pouvait acheter que chez Brenford : le café qu'il aimait, une sauce au saumon, d'autres produits, et il y avait quelque temps qu'il n'y était pas allé.

Jeudi en début d'après-midi, au milieu de l'hiver, le parking de chez Brenford était à moitié plein, principalement de Jeep Cherokees, de Land Cruiser Toyota et de véhicules du genre, avec, çà et là, une Volvo, une Saab ou une BMW comme celle de Bryce.

Quand tout le reste échoue, il est agréable d'être ainsi de temps en temps rassuré, de constater, grâce à ces signaux visuels, qu'on n'est *pas* seul, qu'on appartient à une tribu, et qu'on est fermement installé sur le territoire contrôlé par cette tribu. Plus de la moitié des plaques d'immatriculation étaient du Connecticut, le reste de New York et quelques-unes du Massachusetts. En été, il y avait aussi des plaques du New Jersey, mais on savait qu'il ne s'agissait pas de véritables courtisans, seulement de paysans qui visitaient la cour.

Il y avait deux tailles de chariot, ainsi que des paniers pour ceux qui n'étaient pas vraiment sérieux. Bryce décida de prendre un petit chariot et la porte en verre s'ouvrit à son approche, si bien qu'il fut accueilli par une bouffée d'air chaud qui sentait vaguement la boulangerie.

En général, il n'aimait pas faire les courses, entrait à toute vitesse dans un magasin, saisissait les premiers produits à peu près conformes à ce qu'il voulait, puis sortait à toute vitesse. Mais, ce jour-là, il y avait en lui une sorte de calme sub-aquatique, comme s'il avait nagé très énergiquement, mais n'y était plus obligé. Il pouvait se laisser porter.

Tout était terminé. Le détective Johnson lui avait téléphoné au début de la semaine, mais seulement pour lui demander les noms et les adresses de parents de Lucie dans le Kansas et le Missouri ; il élargissait le champ de ses recherches, il n'avait pas trouvé la piste du meurtrier. Pegasus-Regent avait payé *Deux visages*, Joe Katz considérait le roman comme une œuvre de Bryce Proctorr, les distractions et les soucis du divorce étaient éliminés et Wayne Prentice était satisfait. Sa relation avec Isabelle avait échoué, mais cela signifiait peut-être simplement qu'elle ne pouvait pas aller plus loin, qu'Isabelle et lui ne seraient jamais plus proches, qu'elle n'était pas la réponse à ce qu'il ferait ensuite dans ce domaine.

– Excusez-moi.

– Oui ?

Un joli visage, encadré de douces vagues de cheveux blond cendré, et de grands yeux marron, pleins d'ardeur innocente, de ceux qui évoquent la chirurgie esthétique. Un court manteau de fourrure ouvert sur un chemisier vert foncé et un pantalon de laine beige. Elle semblait hésitante, sans avoir vraiment peur d'être rejetée. Elle dit :

– Vous n'êtes pas Bryce Proctorr ?

Sa voix était rauque, comme si elle fumait le cigare, ou aimait rire aux blagues cochonnes.

Il lui adressa le sourire qu'il réservait aux fans et répondit :

– Coupable.

– C'est *bien* ce que je pensais !

Elle tendit une main fine, dont les os saillaient légèrement sous la pâleur de la peau.

– On m'a dit que vous habitiez par ici. Je m'appelle Marcia Rierdon et *j'adore* ce que vous écrivez.

– Enchanté.

Il serra sa main, qui était vive et forte. Il avait connu de telles rencontres, qui allaient au-delà de l'attitude normale des admirateurs ; la suite dépendait des circonstances.

– Les propos positifs me font toujours plaisir, affirma-t-il.

Elle sourit et dit :

– Eh bien, j'ai un propos négatif, monsieur Proctorr. Où est le livre suivant ? Vos lecteurs attendent.

– En juin, promit-il. Je suppose qu'on le trouvera dans les librairies dès le mois de mai. Il s'appelle *Deux visages dans le miroir.*

– Je l'achèterai *immédiatement.* Je crois que j'ai tous les livres que vous avez écrits.

– C'est très bien.

– En édition brochée.

– Mieux encore.

Elle se pencha, une main dure soudain posée sur son bras, près de la main qui tenait la poignée du chariot.

– Pourriez-vous... commença-t-elle.

Puis elle se redressa, retira sa main, secoua la tête.

– Non, c'est trop demander.

– Vraiment ? Comment pourrais-je le savoir si je n'ai pas entendu ?

– J'habite à quinze kilomètres d'ici, dit-elle, près d'Amenia, dans l'État de New York.

Elle regarda son chariot et ajouta :

– Je ne sais pas s'il vous reste beaucoup de courses à faire...

– J'ai presque terminé.

Un sourire oblique.

– Des courses pour une seule personne, fit-elle remarquer.

Il sourit, acquiesça.

– Exactement.

– J'aurais cru qu'un homme...

Puis le choc transforma son visage, elle posa le bout de ses doigts aux ongles carmin sur ses lèvres et reprit :

– Oh, mon Dieu, votre *femme* !

– Pas de problème, fit-il, rassurant.

– Oh, quelle horreur, j'ai complètement oublié, je suis absolument désolée.

– Non, ce n'est rien. Ne vous inquiétez pas. J'oublie, moi aussi, de temps en temps.

– Je suis gênée, maintenant, dit-elle. Maintenant, je ne *peux pas* vous demander.

– Vous voulez savoir si j'accepterais de vous suivre jusque chez vous et de dédicacer vos livres ?

– Oh, vous accepteriez ?

Elle avait à nouveau posé la main sur son bras, et serrait plus fort que précédemment.

– Avec plaisir. Donnez-moi cinq minutes.

– Je serai près des caisses, dit-elle, puis elle laissa son sourire aux yeux brillants devenir légèrement coquet lorsqu'elle leva la main à la hauteur de son visage et lui adressa un petit signe, du bout des doigts, avant de pivoter sur elle-même.

Il n'avait pas tellement de choses à acheter. Dans les allées, tandis qu'il choisissait, il envisagea cette rencontre comme une scène de roman, où elle aurait toujours semblé un peu opportuniste et paraîtrait en outre, désormais, démodée. Vingt ans auparavant, les collines étaient pleines d'épouses au foyer, sans enfants ou avec des enfants à l'école, un mari qui vivait et travaillait à New York, ne revenant à la maison que pour le week-end ; certaines d'entre elles étaient en quête de moyens de rendre la vie rurale plus intéressante en l'absence du chef de famille. Presque toutes ces épouses étaient parties, maintenant, soit parce qu'elles travaillaient aussi en ville – dans presque tous les couples que Bryce connaissait, l'homme et la femme travaillaient et venaient en week-end ensemble – ou, du moins, elles estimaient que vivre à New York était plus stimulant que vivre seules à la campagne. Mais il en restait quelques-unes, une minorité, qui maintenaient la structure traditionnelle, la femme entretenant le feu dans la caverne tandis que l'homme s'en allait affronter le mastodonte.

Et aborder une personne célèbre simplement parce qu'elle était célèbre était une activité qui ne se démodait pas.

C'est pourquoi Bryce s'était déjà trouvé dans cette situation, au fil des années, mais pas souvent ; cette fois-ci était la troisième. La première fois, il vivait avec Ellen et était heureux, si bien qu'il s'était montré poli et affable, honoré par la proposition mais, malheureusement, contraint de rejoindre sa femme, avec qui il avait rendez-vous ; un mensonge, mais qui avait étouffé les flammes.

La deuxième fois, il couchait avec Lucie, mais ils n'étaient pas encore mariés et elle était réticente à l'idée de passer du temps avec lui dans le Connecticut, si bien qu'il n'avait pas hésité à suivre la femme jusque chez elle, l'avait finalement invitée à dîner au restaurant, l'avait raccompagnée puis avait passé la nuit avec elle. Elle lui avait donné son numéro de téléphone, qu'il avait aussitôt jeté, et il aurait été absolument incapable, aujourd'hui, de retrouver la maison. Il ne se souvenait pas de son nom et pratiquement pas de son aspect physique. Bizarrement, celle qu'il avait repoussée était un peu plus nette dans sa mémoire.

Alors quel était le programme de ce troisième tour à la batte ? Elle était séduisante, elle était intelligente (elle admirait ses livres, après tout), il était totalement libre et elle ne risquait guère de lui poser un problème dans l'avenir, puisqu'elle avait un homme qui lui assurait cette place au sein de la tribu. Si Bryce n'avait pas envie de la revoir, ce serait aussi simple que la fois précédente.

Je vais la suivre jusque chez elle, pensa-t-il, mais le frisson que cette idée suscita fut étrange, presque du dégoût. N'était-elle pas sexy ? Elle était sexy, aucun doute. Sous l'uniforme de la tribu, elle se révélerait parfaite.

Bizarrement, il ne pouvait se projeter jusqu'à cet instant. Une partie de l'intérêt du sexe, évidemment, est liée à l'attente, imaginer ce qui n'est pas encore arrivé, mais son esprit était morne, ne pouvait penser qu'à l'instant présent : on a deux voitures, elle attend près des caisses, je vais la suivre sur la route d'Amenia, dans l'État de New York.

Oui, elle était là. Elle lui adressa un signe de la main tandis qu'il posait ses achats sur le tapis roulant noir, puis poussa son chariot, rempli de sacs contenant ses courses, vers la sortie. Il paya, sortit à son tour, et elle était de l'autre côté du parking, près d'une Jeep Cherokee gris-vert immatriculée dans le Connecticut. Elle lui fit une nouvelle fois signe de la main, et il répondit d'un geste identique. Elle monta en voiture, il chargea ses achats dans la sienne et se mit au volant, puis leur convoi de deux véhicules sortit du parking et prit à gauche.

Toutes les routes, dans la région, étaient à deux voies, tortueuses, en montées et descentes, des routes de banlieue chic. Les maisons étaient loin de la chaussée, presque tous les arbres avaient été conservés, d'autres avaient été plantés ; clôtures, haies, courts de tennis, piscines, garages pour plusieurs voitures voisinant avec la pierre coloniale. La Cherokee, devant lui, glissait comme un rêve dans ce paysage et Bryce suivait.

Lucie. Tels avaient été Wayne et Lucie, simplement deux personnes qui font connaissance, des inconnus pendant ces instants de concentration extrême qui précèdent le sexe, quand tous les sens sont en éveil, quand tous les gestes ont un sens, quand la moindre ombre inclinée sur une pommette doit être interprétée, quand le monde à découvrir se rapproche dans l'univers. Et puis l'explosion.

Pourquoi suis-je en train de penser à Lucie ? se demanda-t-il, et il serra le volant de toutes ses forces. Est-ce que je vais tout gâcher ? Est-ce que je vais aller chez elle et être un veuf triste et pitoyable, que le chagrin rend impuissant ? *Quel* chagrin ? La mort de Lucie ne me cause pas de chagrin, ne m'en a pas causé, ne m'en causera jamais. L'idée qu'elle ait tout fait pour que ce soit nécessaire me révulse, mais c'est elle qui a agi de telle façon que c'est devenu nécessaire, *elle*. Moi, je n'ai rien fait.

Il avait envie de savoir. Lucie avait été son ennemie, son démon, sa succube, et il aurait dû être présent, il aurait dû vivre personnellement cette expérience. C'était seulement pour déjouer les soupçons qu'il n'avait pas été présent, qu'un autre avait fait ce qu'il aurait dû faire. Il savait que, dans les rêves dont il ne se souvenait jamais, il tentait de créer la scène, de l'imaginer, mais que ça ne marchait pas. Qu'il voulait savoir.

Marcia Rierdon. La nonchalance de son sourire, l'éclat de ses yeux. Comment serait-elle...

Pourquoi suis-je incapable de m'imaginer faisant l'amour avec elle ? Il se contraignit à voir un oreiller blanc dans la pénombre d'une chambre, son visage souriant, aux yeux brillants, sur l'oreiller. Mais où était-il ?

Son poing s'abattit. Ce nez, qui a été refait, est une nouvelle fois refait. Le poing monte, les yeux dilatés se dilatent davantage encore, mais comment *est-ce* ? Quels sont les bruits ? Qu'est-ce qu'on ressent ?

Il ouvrit les yeux à l'instant même où il était sur le point de quitter la chaussée et de heurter un vieux muret en pierres. Il redressa et vit la Cherokee ralentir avant un panneau stop, le clignotant droit allumé. Garde les yeux ouverts ; pour conduire, il faut avoir les yeux ouverts.

Elle s'arrêta au stop. Il mit son clignotant droit. Elle tourna à droite. Il s'arrêta ; il tourna à droite.

Bon, sang, est-ce que c'est ce que je vais faire ? Il sentait que ça s'emparait de lui, savait ce que c'était, mais n'avait pas envie de savoir. Il ne ferait pas l'amour avec cette femme, avec cette Marcia Rierdon. Elle l'excitait, mais l'excitation n'était pas dans son bas-ventre, elle était dans ses épaules, dans les muscles crispés de ses bras, de ses jambes.

Je n'étais pas présent parce que je ne pouvais pas l'être, parce qu'on m'aurait soupçonné, mais j'aurais dû l'être, c'est inachevé du fait que je n'étais pas là. Je ne connais pas cette femme, elle ne me connaît pas, personne ne saura que je suis allé chez elle, personne ne saura que je suis allé aussi loin à l'ouest du Connecticut, personne ne saura rien, au moins, je pourrai *être là* parce qu'il sera impossible de me soupçonner.

La sueur coulait dans ses cheveux, ruisselait sur son front, devant ses oreilles, sur sa nuque et sous le col de sa chemise. Il avait le souffle court, ses mains s'ouvraient et se fermaient sur le volant.

Tu ne peux pas faire ça. Tu n'as pas besoin de savoir. Tu n'as pas *besoin* de savoir. Tu ne peux pas tabasser Marcia Rierdon, ce n'est pas Lucie. Ce n'est pas Lucie.

Elle est mariée, elle ne se refuse rien, elle est infidèle, elle est mauvaise... *c'est* Lucie.

Qu'est-ce qui est pire ? Se souvenir ou ne pas se souvenir ?

Il semblait être prisonnier de lui-même. Il regardait, impuissant, espérait qu'il pourrait s'en empêcher, espérait qu'il ne pourrait pas s'en empêcher, espérait qu'il sortirait de cette situation, quelle qu'elle soit, qu'il en sortirait l'esprit intact. Qu'il ne se ferait pas de *mal.*

Les stops de la Cherokee s'allumèrent. Elle prit, à droite, un chemin privé goudronné, flanqué de deux piliers en brique, à l'extrémité duquel, parmi de grands arbres, on distinguait une vaste maison sombre. Sur une boîte aux lettres noire était indiqué, en lettres rouges :

681
RIERDON

Il posa le pied sur le frein. Il respirait par la bouche, avec bruit. Il passa devant le chemin, continua.

Il fixait à présent la chaussée, à travers le pare-brise, comme s'il était convaincu qu'un monstre allait en surgir d'une seconde à l'autre et le dévorer, voiture comprise. Comme il l'avait regardée, juste après le carambolage, alors qu'il n'avait pas encore compris qu'il était vivant.

Il tourna au hasard, au carrefour suivant, puis au suivant. Je peux retourner, se dit-il, je peux faire demi-tour et retourner, trouver un prétexte, elle me fera entrer, elle a toujours *envie* de me faire entrer.

Il faudra que je sache, un jour ou l'autre, et je peux retourner tout de suite.

Il continua de rouler. Presque une heure plus tard, il entra dans Amenia, dans l'État de New York, par le sud, qui n'était pas la direction de la maison de Marcia Rierdon. Il tourna à droite au feu, reprit le chemin du Connecticut.

Je peux encore retourner, se dit-il, mais il ne savait plus exactement où se trouvait la maison. Si je passe devant chez elle, pensa-t-il, j'entrerai. On s'en remettra au destin, à Dieu, au hasard, à la chance, peu importe. Si je vois sa maison, j'irai. Absolument. Je pourrai toujours trouver un prétexte.

Il roula encore une heure, puis il rentra chez lui et rangea ses courses.

22

À la mi-février, Wayne avait vendu trois essais supplémentaires à des revues et gagné dix-neuf mille dollars dans les six premières semaines de l'année. À ce rythme – mais, réaliste, il savait que ce rythme ne pourrait continuer –, néanmoins à ce rythme, s'il parvenait à le maintenir, les articles lui rapporteraient à peu près deux fois plus, par an, que ses romans, même dans les meilleures années.

Jusqu'ici, cette nouvelle carrière tenait autant du coup de chance que du projet. Stimulé par son succès auprès de *Vanity Fair*, il avait écrit un deuxième essai sur l'humanitaire, une nouvelle fois grâce aux informations de Susan – laquelle l'avait également adressé à d'autres informateurs – dont le sujet était l'humanitaire et la célébrité : quelles célébrités décidaient de soutenir publiquement quelles organisations humanitaires et pourquoi, l'accent étant mis sur les célébrités et les organisations humanitaires basées à New York. Il espérait que *Vanity Fair* le publierait aussi, mais la revue estima qu'il ressemblait trop à d'autres textes qu'elle avait déjà, si bien que Willard l'envoya à *PlayBoy*, qui l'accepta.

Bon, *Play-Boy*. Il écrivit un essai traitant de la séduction sur Internet, visant exactement entre les quilles un et trois de *Play-Boy*, mais la boule termina sa course dans la gouttière. Willard le vendit donc à *Vanity Fair* ; allez comprendre.

Pour le quatrième essai, il décida de ne même pas réfléchir au marché, mais de laisser ce soin – après tout, c'était ce qu'il avait fait pour le premier article sur les organisations humanitaires – à Willard. Grâce à Jack Wagner et Janet Higgins, de *Low Fidelity* – heureusement, ils ne mentionnèrent Lucie ni l'un ni l'autre –, il écrivit un papier sur la situation présente et les perspectives d'avenir de l'off-off-Broadway.

Willard téléphona dix jours plus tard.

– Ton papier sur le théâtre plaît beaucoup à *New York*.

Pendant ce temps, *L'Ombre de l'autre* n'avançait pas. Il jetait de temps en temps un coup d'œil sur le tirage papier, y réfléchissait, savait même en partie comment l'intrigue se développerait, mais il ne pouvait se contraindre à charger cette disquette dans l'ordinateur. À quoi cela aurait-il servi ? Personne n'attendait *L'Ombre de l'autre*. Il s'y remettrait un jour mais, pour le moment, il fallait qu'il gagne sa vie. Après tout, il avait désormais un comptable de premier plan, qui le considérait comme un client important ; aucune raison de laisser cela lui échapper. Avec le salaire de Susan et sa carrière de journaliste indépendant, il devrait être en mesure de maintenir l'intérêt de Mark Steiner.

En ce qui concernait ce succès soudain et inattendu, il croyait que les années passées à écrire des romans l'y avaient probablement préparé, même s'il ne s'en apercevait pas. Il avait toujours compté au nombre de ces auteurs qui tiennent à l'exactitude des détails du décor. Pas seulement les armes, les avions, les parfums et les whiskies, mais aussi les carrefours routiers, l'histoire de tribus obscures et les causes de l'extinction de telle ou telle espèce.

L'essentiel de la préparation de ses romans se déroulait à la bibliothèque ou au téléphone, en compagnie de spécialistes. Il avait compris très tôt qu'il pouvait téléphoner pratiquement à n'importe qui, dans le monde entier, de la délégation israélienne auprès des Nations unies jusqu'au siège social de *Budget Auto Rental*, dire « Je suis écrivain, je travaille sur un roman, et je me demande si vous pourriez me renseigner sur... » pour que les gens interrompent immédiatement ce qu'ils faisaient, répondent aux questions, fassent des recherches, lui consacrent autant de temps qu'il le voulait, puis lui souhaitent bonne chance à la fin de la conversation. C'était une des grandes ressources secrètes de l'auteur de fiction, ce plaisir que prend le reste du monde à participer à l'élaboration de la fiction.

Son autre point fort, issu de l'activité de romancier, était une certaine vivacité du ton, un style qui évitait la lourdeur et le prévisible, qui dévoilait des liens inattendus mais solides, si bien qu'on s'amusait en le lisant.

Donc ce qu'il faisait désormais, lorsqu'il écrivait ces essais, n'était pas très différent de ce qu'il avait toujours fait. Il mettait l'intrigue et les personnages de côté, vendait le reste. Du lait écrémé ; ça se vend très bien.

Une des différences entre le roman et cette nouvelle carrière était la rapidité avec laquelle elle consommait les idées. Comme tous ses livres, *L'Ombre de l'autre* était essentiellement une idée, qu'il élaborait, qu'il soumettait à des transformations et des variations, qu'il mettait en pièces, dont il se servait jusqu'au moment où elle était complètement épuisée. Cela signifiait une idée tous les un ou deux ans. Lorsqu'on écrivait pour les revues, il fallait deux ou trois idées par mois ; jusqu'ici, il tenait le rythme.

Son idée suivante fut un article sur les célébrités qui décidaient de vivre à Manhattan au lieu de fuir vers l'isolement du Connecticut, la chaleur de la Californie, ou dans des lieux plus exotiques tels que Londres, Paris, Rome, Genève. Son point de départ serait, bien entendu, Bryce, qui serait aussi son premier sujet, puis l'adresserait à d'autres célébrités qu'il connaissait personnellement et qui correspondaient au profil souhaité par Wayne, lesquelles l'adresseraient ensuite à d'autres et, en moins d'un mois, il aurait un papier. Et il laisserait à Willard le soin de décider à quelle revue l'adresser.

Mais quand il appela le numéro de Bryce à New York, un enregistrement lui indiqua que la ligne était coupée, sans donner de nouveau numéro. Qu'est-ce que cela signifiait ?

Aussitôt, Wayne pensa : je suis vulnérable. S'il perd les pédales, il peut m'attirer des ennuis. Mais pourquoi le voudrait-il ? Est-ce qu'il n'a pas tout, maintenant ? Est-ce qu'il n'a pas eu tout ce qu'il demandait ?

Néanmoins, Wayne hésita à appeler le numéro du Connecticut. Il n'avait tout bêtement pas envie d'entrer dans cette pièce obscure. Il téléphona donc à Mark Steiner, le comptable qu'il partageait maintenant avec Bryce, laissa un message et quand Mark le rappela, dans l'après-midi, Wayne dit :

– Mark, est-ce que Bryce a des problèmes ?

– Des problèmes ? fit Mark d'une voix méfiante. Comment ça, des problèmes ?

– Il y a environ un mois que je ne l'ai pas vu, dit Wayne, j'ai appelé le numéro de New York, et la ligne est coupée. Je ne...

– Ah, dit Mark, qui parut soulagé. Bryce a laissé l'appartement.

– Il l'a laissé ?

– Il était au nom de Lucie, expliqua Mark. Bryce est domicilié dans le Connecticut, ce à quoi vous devriez peut-être réfléchir, Susan et toi, un de ces jours. Il n'aimait pas tellement cet appartement, puisqu'il aurait dû y vivre seul, si bien qu'il n'a pas renouvelé le bail. Théoriquement, il l'occupe jusqu'à la fin du mois, mais il a déménagé. Je crois qu'il y a laissé des meubles dont il ne voulait pas, et voilà.

Voilà, aussi, pour les célébrités qui vivent à Manhattan, du moins pour Bryce en tant que point de départ.

– Très bien, dit Wayne, je suis heureux qu'il n'y ait pas de problème. J'étais inquiet à l'idée d'appeler là-bas, je ne savais pas s'il était malade, s'il était parti s'installer à Tombouctou ou quoi.

– Non, il va bien. Il vit là-bas. Il travaille sur son prochain roman, je crois.

– Formidable. C'est ce dont il a besoin.

– Sans aucun doute, dit Mark.

Pendant leur dîner aux chandelles habituel, Wayne raconta à Susan que Bryce s'était installé définitivement dans le Connecticut.

– Je ne te cacherai pas, dit-il, que j'ai eu soudain comme une sensation de nausée. Tu sais que Bryce agit parfois comme s'il n'avait pas vraiment toute sa tête.

– À cette réception de Noël, répondit-elle, je l'ai trouvé hostile.

– Replié sur lui-même. Il est parfois replié sur lui-même, mais pas hostile.

– Il donne l'impression d'être hostile. Alors il est parti ? De Central Park West ?

– D'après Mark, le bail court jusqu'à la fin du mois, mais il a déménagé, à l'exception de quelques meubles dont il ne veut pas.

– Combien peut coûter un tel appartement ? demanda-t-elle.

– Je ne sais pas. Six ou sept mille dollars par mois, peut-être davantage. Pourquoi ?

– Rencontrer tous les jours, dit Susan, des gens qui paient deux cents dollars par mois et n'en ont pas les moyens donne envie de savoir combien d'autres personnes paient.

– Quel que soit le loyer, Bryce a les moyens de le payer.

Susan dit :

– Allons le voir.

– Quoi ? Pourquoi ?

– Tu te souviens qu'on a tenté de trouver la maison du Connecticut et qu'on n'y est pas arrivés ? On peut sûrement trouver un appartement à Central Park West !

– Mais pourquoi ? demanda Wayne.

– Il y a encore des meubles, d'après toi. J'ai envie de voir comment ils vivent, comment ils vivaient. Je ne sais pas pourquoi, j'en ai seulement envie.

– Si tu en as envie, pourquoi pas ? Samedi. Ensuite, on pourra déjeuner au *Tavern On The Green*.

– Formidable.

– Je téléphonerai à l'agent immobilier, dit Wayne, demain, et je demanderai s'il le fait visiter. Je parie que la réponse sera oui.

– Pourquoi ne le ferait-il pas ? demanda Susan. Il veut qu'un nouveau locataire s'y installe dès le départ de Bryce. Et j'ai lu dans le journal, il y a quelques semaines, qu'il y a pléthore d'appartements de luxe, en ce moment.

– Tu as raison, ce serait intéressant, dit Wayne en resservant du vin, de voir où Bryce vivait.

Il y avait une quantité stupéfiante de meubles dans l'appartement, dont le lit, deux commodes et un rocking-chair dans la chambre principale, l'essentiel des meubles du salon, pratiquement tout. Seule la salle à manger était absolument vide.

La négociatrice de Price-Cathcart, la société de gestion, s'appelait Mme Pered et, sous sa magnifique perruque d'or rose, elle évoquait un oiseau. Elle gazouilla comme un oiseau, sans interruption, tandis qu'ils visitaient, passaient dans le bureau de Bryce, où il ne restait qu'une bibliothèque tournante et un fauteuil en cuir noir ; des cadeaux de Noël de Lucie, sans doute.

La terrasse, même à cette période, en février, était extraordinaire en raison de sa vue dans toutes les directions hormis le nord, et particulièrement sur Central Park, qu'elle dominait de si haut qu'on aurait dit une carte de Noël.

Susan vibrait presque de plaisir, tandis qu'ils allaient d'une pièce à l'autre, ses mains tremblant légèrement sur le bras de Wayne et, à la fin, elle demanda :

– Quel est le montant du loyer ?

– Tout dépend du bail. Avec le bail le plus court, c'est-à-dire deux ans, il serait de six mille trois cents dollars.

– Et avec un bail plus long ?

– Un bail de sept ans correspondrait à un loyer de inq mille neuf cents dollars. Mais il nécessiterait une caution plus élevée. Et les charges seraient les mêmes.

– Il faudrait que je revoie la cuisine, dit Susan.

Ils revirent la cuisine et Susan dit :

– Le locataire précédent va-t-il retirer ces meubles ?

– Non, il a pris ce qu'il voulait. Il préférerait vendre au nouveau locataire. L'essentiel a été fabriqué spécialement pour ces pièces.

– Il faudrait que je revoie la chambre principale, dit Susan.

– Bien sûr.

Susan revit la chambre principale, puis la terrasse. Wayne regarda sa montre, parce qu'il avait réservé au *Tavern On The Green*.

De retour dans le salon, Susan jeta un coup d'œil circulaire dans la pièce et dit :

– Quel dommage.

Mme Pered inclina sa tête d'oiseau.

– Oui ?

– Nous avons un budget, mais il est bloqué. Notre comptable, vous savez, dit-elle, souriant tristement à Mme Pered.

Qui lui rendit son sourire, hocha la tête et compatit :

– Ce sont parfois de vrais tyrans, de nombreux locataires le constatent.

– Nous ne pourrions pas aller au-delà de six mille pour deux ans, dit Susan, tandis que Wayne la dévisageait, la bouche ouverte. En ce qui concerne les meubles, nous nous chargerions de les débarrasser, mais nous n'avons pas l'intention d'acheter des meubles d'occasion.

– Je suis sûre qu'on peut trouver une solution, dit Mme Pered.

23

Bryce était assis devant son clavier. Il écrivit :

L'homme avait une femme et elle a disparu au Kirghizstan, où elle est allée préparer les extérieurs d'un film sur les hordes mongoles, qui était en fait une opération de blanchiment d'argent pour le compte de la mafia russe, avec l'argent de ses opérations de trafic de drogue en mer Noire, utilisant de petits patrouilleurs de la marine russe, que l'Ukraine s'était appropriés après l'effondrement de l'Union soviétique, parce que la Russie n'avait plus d'accès à la mer Noire, mais ces patrouilleurs, grâce à la corruption, ont disparu des inventaires officiels et servent à des actes de piraterie, sous la direction d'un groupe dissident de rebelles afghans, afin de récolter de l'argent destiné à des terroristes liés aux fondamentalistes arabes, d'obtenir assez d'argent pour démonter un puissant destroyer de la marine russe, qui a également disparu des inventaires officiels, et le remonter dans un minuscule village de pêcheurs de la côte nord-africaine. Lorsqu'il apprend, parce qu'il appartient à la direction d'une banque internationale, que ce navire, camouflé, fait route vers New York dans l'intention de bombarder les Nations unies depuis l'East River, il va en Afrique du Nord, où il rencontre une femme qui ressemble tellement à la sienne qu'il croit que c'est sûrement elle, mais elle prétend qu'elle ne parle pas anglais. Il doit retrouver le destroyer et résoudre le mystère de cette femme.

Bryce hocha la tête. Il ne relut pas ce qu'il venait de taper, il ne le faisait plus. Il tendit simplement le bras vers l'arrière de son bureau, où il y avait une boîte à moitié pleine de disquettes neuves. Il en prit une, la glissa dans la fente de son ordinateur, puis il cliqua sur *fichier*, fit descendre le curseur sur *Enregistrer sous*, et la boîte de dialogue apparut. Il tapa *Kirghizstan* sous *Enregistrer le document actif sous*. Tous ces gestes étaient automatiques, de sorte que c'était à peine s'il pensait à eux en les accomplissant, et il ne pensait en fait pas à grand-chose d'autre.

Après avoir donné un nom au fichier, il le dirigea vers le lecteur de disquettes, puis appuya sur *Retour*, afin d'enregistrer le texte sur la disquette. Ensuite il retourna dans *Fichier* et quitta. Il retira la disquette, y colla une étiquette blanche neuve et écrivit *Kirghizstan* dessus. Puis il mit la disquette sur une étagère, au-dessus de son bureau, près de celles qui s'y trouvaient déjà.

Ces disquettes, toutes étiquetées, ne contenaient qu'un bref synopsis. Tous, et cent autres, auraient tenu sur une seule disquette, évidemment, et telle aurait été la façon normale de procéder, mais il croyait que, tôt ou tard, il reprendrait une de ces idées, y ajouterait des détails supplémentaires. Il avait une quantité inépuisable de disquettes, donc pourquoi se priver du symbole visuel de ce qu'il avait accompli ?

Et, maintenant, c'était l'heure d'aller faire les courses.

Presque tous les jours, depuis quelque temps, il écrivait une intrigue après le petit déjeuner, puis il allait faire des courses. Il fréquentait diverses boutiques, errait longtemps dans les allées, attendait qu'une femme lui adresse la parole. Par deux fois il avait tenté d'en aborder une, mais leur réaction avait été si négative et hostile qu'il avait compris que ça ne pouvait pas fonctionner de cette façon. Il fallait qu'il attende qu'une femme lui adresse la parole mais, jusqu'ici, ça n'était pas arrivé.

De temps en temps, il allait aussi en voiture dans les environs d'Amenia, dans l'État de New York, et cherchait la boîte à lettres sur laquelle Rierdon était indiqué mais, jusqu'ici, il ne l'avait pas trouvée. Ou bien il était passé devant sans s'en apercevoir.

Il ne s'interrogeait pas. Il ne revenait pas sur ses journées, tout comme il ne revenait pas sur les intrigues qu'il inventait et enregistrait sur des disquettes. Il savait qu'il était possible qu'une femme, un jour, dans un de ces magasins, lui adresse la parole et que les choses, ensuite, s'arrangeraient. Seraient plus nettes, plus claires, plus définies.

Fin février, un employé de Price-Cathcart, la société qui gérait son immeuble de New York, avait téléphoné pour lui annoncer qu'elle avait un nouveau locataire, mais que ce locataire ne voulait pas des meubles qu'il avait laissés. Voulait-il les faire déménager ou préférait-il que le nouveau locataire s'en débarrasse ? Qu'il s'en débarrasse, avait-il répondu, et il n'y avait plus pensé, puis mars était arrivé et le long hiver de Nouvelle-Angleterre avait lentement cédé du terrain.

Dans sa vie, en général, les choses allaient bien, mieux que jamais. Comme il vivait désormais à plein temps à la campagne, il s'était rapproché d'amis qui y passaient le plus clair de leur existence ; il ne savait pas qu'ils étaient aussi nombreux. Vivre parmi des gens qui avaient de l'argent, des loisirs et des professions qui ne les contraignaient pas à aller tous les jours en ville était agréable. Et ils étaient heureux de l'accueillir parmi eux.

Sa vie sociale, surtout pendant les week-ends, n'avait jamais été aussi riche. Il avait fini par comprendre que bon nombre de ces gens n'aimaient pas Lucie et que, par conséquent, les invitations aux dîners et aux réceptions avaient été moins nombreuses qu'elles auraient pu l'être. À présent, son agenda était aussi plein qu'il le souhaitait et, comme il n'était pas plongé dans la rédaction d'un roman, il avait plus de temps libre que de coutume. Son seul travail, en ce moment, consistait à noter une intrigue presque chaque matin, et à ne plus jamais penser à elle.

Parfois, quand il dînait chez des amis, ou quand il assistait à une réception, il rencontrait des femmes intéressantes, divorcées ou, du moins, libres, et il flirtait, blaguait, mais rien de sérieux ; il ne donnait jamais suite. Il n'était pas prêt à commencer une nouvelle relation. Faire la connaissance de ces femmes par l'intermédiaire d'amis n'était pas du tout comme errer dans les magasins. Dans les magasins, il cherchait Marcia Rierdon, ou une deuxième Marcia Rierdon, et c'était autre chose. Il aurait peut-être été intéressant de revoir les femmes qu'il rencontrait, s'il avait été prêt à recommencer, mais il ne l'était pas, pas encore, si bien que ça ne donnait rien.

Il avait tenté de téléphoner à Isabelle, début mars, mais sa ligne était coupée et il n'y avait pas d'autre numéro. Il appela l'agence de publicité où elle travaillait et on lui répondit qu'elle l'avait quittée en janvier. Personne ne savait où elle était. En Espagne, afin de tenter de récupérer ses enfants ? Toujours à New York, dans un autre appartement, avec un autre travail ?

Il était impossible de la retrouver. Cela le tourmenta pendant quelque temps, parce qu'il lui semblait qu'il avait eu l'occasion de construire une vie calme, une bonne vie, avec Isabelle, et qu'il l'avait laissée passer, qu'il n'avait pas fait ce qu'il fallait. Mais, désormais, on ne pouvait plus rien y changer.

Le deuxième mercredi de mars, après avoir écrit l'intrigue qu'il avait intitulée *Kirghizstan*, il alla faire des courses, comme d'habitude, ne fut abordé par aucune femme et, à son retour, une voiture inconnue était garée dans son chemin privé, sur le côté afin de ne pas obstruer l'accès au garage. La voiture était marron foncé, presque noire, une petite Chevy vieille de quelques années, dont on avait grossièrement redressé et repeint les endroits où elle avait été cabossée.

Il s'en dégageait une impression de dépouillement, d'efficacité, comme si le chauffeur se fichait de l'élégance, voulait seulement pouvoir aller d'un endroit à l'autre, mais il n'y avait personne au volant, personne en vue.

Bryce appuya sur la télécommande et la porte du garage se leva tandis qu'il se dirigeait lentement vers elle. Quand il entra dans le garage, il perçut un mouvement sur sa gauche, quelqu'un qui contournait le coin de la maison, quelqu'un qui portait des vêtements sombres, comme la voiture.

Bryce arrêta la BMW, coupa le moteur et en descendit. Il laissa ses courses sur le siège du passager, sortit du garage et constata que le détective Johnson se dirigeait vers lui. Johnson souriait, mais Bryce ne s'y fia pas.

– Beau jardin, commença Johnson. Un très bel endroit.

– Merci, répondit Bryce. Je suis un peu étonné de vous voir.

Johnson tendit la main.

– Simple visite de politesse.

Bryce lui serra la main et dit :

– Une visite de politesse ?

– Enfin, pour vous informer de nos progrès, expliqua Johnson, qui haussa les épaules et eut un sourire sans joie. Lesquels sont inexistants.

– Pas de progrès. À propos de Lucie, vous voulez dire ?

C'était la première fois qu'il prononçait son nom depuis des mois ; il constata avec satisfaction que cela ne l'affectait pas.

– Oui, à propos de Mme Proctorr, admit Johnson. J'ai tenté de vous téléphoner à New York, mais on m'a dit que vous n'aviez pas repris l'appartement.

– Il était au nom de Lucie. Le bail. Vous voulez entrer ?

– Si je ne vous dérange pas ?

– Non, non, venez. Nous allons passer par ici, si cela ne vous ennuie pas, il faut que je range mes courses.

– Bien sûr, pas de problème.

Ils passèrent par le garage, où Bryce prit son sac en plastique et ferma la porte. Dans la cuisine, il dit :

– Voulez-vous du café ?

– Volontiers. Le trajet est long, pour venir jusqu'ici. Et il faut *rentrer*.

– Vous pouvez suspendre votre manteau dans ce placard, dit Bryce, qui posa le sien sur un tabouret, et Johnson rangea son manteau noir, dévoilant la veste gris foncé, la chemise bleu foncé et le pantalon noir qu'il portait dessous.

En rangeant ses achats, Bryce s'aperçut avec stupéfaction qu'il avait accumulé une grande quantité de produits alimentaires. Comme il achetait chaque jour quelque chose, vivait seul, ne mangeait pas beaucoup, il avait à présent quatre pots de mayonnaise identiques et inentamés, sept boîtes de café, six paquets de riz de la même marque, et ainsi de suite. Gêné, craignant que Johnson ne voie toutes ces choses en trop et comprenne ce qu'elles signifiaient, il posa le sac, à moitié plein, sur le plan de travail, et dit :

– Je m'occuperai de ça plus tard. D'abord le café.

– Vous avez une très belle maison, très belle, dit Johnson.

– Merci.

Bryce entreprit de préparer le café.

– Asseyez-vous donc sur un tabouret.

– Merci.

Installé au milieu de la cuisine, comme un homme assis au bar, Johnson dit :

– Donc vous n'avez plus d'appartement en ville.

– Non. Je n'en avais plus besoin.

– Je vous envie.

Johnson sourit, puis poursuivit :

– Je suppose que votre comptable vous a dit que nous avions vérifié vos comptes.

– Vérifié ? fit Bryce, étonné. Non, il ne m'a rien dit. Qu'est-ce que vous entendez par vérifier ?

– Nous avons obtenu du tribunal l'autorisation de jeter un coup d'œil sur vos relevés bancaires, expliqua Johnson. Nous avons informé votre comptable, M. Steiner. En général, le comptable prévient son client.

– Je suppose qu'il a voulu éviter de m'inquiéter.

– Et je suppose, dit Johnson, qu'il savait que nous ne trouverions rien.

– Quand avez-vous fait ça ?

– En décembre. Juste avant Noël.

Deux semaine avant le règlement de *Deux visages* par Pegasus et la grosse somme versée à Wayne. Bryce dit :

– Vous vous demandiez si j'avais payé quelqu'un pour tuer Lucie ?

– Naturellement, fit Johnson, que cet aveu ne parut pas troubler. Vous savez, vous étiez forcément le suspect numéro un.

– Le mari.

– *Et*, comme par hasard, en voyage.

– Ce n'était pas intentionnel, affirma Bryce, mais je vois ce que vous voulez dire.

– Donc, on était obligés de vérifier, dit Johnson. Vous le savez.

– Bien entendu.

– Il n'y a pas eu de retraits imprévus, pas de paiements inexpliqués, rien qui sorte de l'ordinaire.

– Donc je suis hors de cause ?

– Pas entièrement. Personne n'a tué votre femme pour de l'argent. Il était aussi possible que quelqu'un l'ait fait par amour.

Le café était prêt. Bryce dit :

– Par amour ? Je ne vous suis pas. Comment prenez-vous votre café ?

– Noir.

Bryce en servit deux tasses, ajouta de la crème dans la sienne, puis il en donna une à Johnson, tandis que le détective reprenait :

– Vous aviez une amie, à cette époque. Mme de Fuentes. Pendant que vous étiez en voyage, elle aurait pu organiser le meurtre à votre place, ou même le commettre.

– Isabelle ? fit Bryce, abasourdi. Mais Lucie a été battue à mort !

– Avec une petite table. Une femme pourrait avoir utilisé cette table. Et il n'y a pas eu d'agression sexuelle.

– Isabelle n'aurait pas... Vous ne pouvez pas être... Je ne peux pas imaginer une telle chose.

– Mon travail, dit Johnson, consiste à imaginer toutes les possibilités. À enquêter sur toutes les possibilités.

– Mais Isabelle ! Venez au salon.

– Sûr.

Johnson se leva et suivit Bryce dans le vaste hall d'entrée orné de tableaux, puis dans la salle à manger, jusqu'au salon tout en longueur, disant, sur le trajet :

– Nous avons enquêté sur elle. Elle était au cinéma avec des amis, ce soir-là, donc elle a un alibi. Et il n'y avait rien de troublant dans ses finances.

– Vous avez analysé *ses* finances ?

– Naturellement.

Bryce lui indiqua un fauteuil, ils s'assirent et Johnson ajouta :

– Il y a quelques mois, début janvier.

– Vous vous êtes adressé à son comptable ?

– Non, elle n'a pas de comptable, enfin pas dans le même sens que vous. Seulement quelqu'un qui fait chaque année sa déclaration d'impôts. Donc on est allés *la* voir, on lui a demandé de nous montrer son chéquier, ses comptes sur livret.

– Oh, pauvre Isabelle.

– Elle a pris ça très bien.

– Mais... Mais qu'est-ce qu'elle pouvait avoir fait, selon vous ? *Payé* quelqu'un pour tuer Lucie. Pourquoi ?

– Il aurait pu s'agir d'un prêt, suggéra Johnson. Vous l'auriez remboursée une fois l'horizon dégagé.

– Jamais je n'aurais *imaginé* une telle chose, dit Bryce.

– Comme je vous l'ai dit, c'est mon travail ; je dois imaginer ce genre de chose, et toutes les autres possibilités, puis vérifier.

Johnson but une gorgée de café.
– Excellent.
– Merci.
– Quoi qu'il en soit, on n'a rien trouvé et elle l'a bien pris.
Et elle m'a quitté, pensa Bryce. S'est éloignée autant que possible de moi, de Johnson et de toute l'affaire. Il dit :
– Donc qu'est-ce qui reste ? Mon ex-épouse ?
Johnson eut un rire étouffé.
– Non, ni vos enfants. On a un peu fouillé dans cette direction... Non, non, ne vous inquiétez pas, ils n'en savent rien.
Bryce se souvint soudain de la réaction d'Ellen, quand il avait avoué, de l'instinct qui l'avait immédiatement amenée à protéger ses enfants, et il comprit qu'elle avait totalement raison. Il dit :
– Vous creusez vraiment, hein ?
Johnson haussa les épaules.
– C'est mon travail. Quoi qu'il en soit, ce que je peux dire, aujourd'hui, c'est qu'on n'a pas la moindre piste. On ne renonce pas, vous savez, on ne renonce jamais mais, pour le moment, nous n'avons plus de théories susceptibles d'être vérifiées.
Il ne m'interroge même pas sur ce que Wayne lui a raconté, pensa Bryce. Dans ce cas aussi, il a marché. Il dit :
– Vous allez laisser l'affaire en sommeil.
Johnson lui adressa un regard étonné, puis rit.
– Comment savez-vous ça ?
– Des recherches pour un roman, autrefois, répondit Bryce. La police de New York ne classe les affaires que lorsqu'il y a eu condamnation. Mais, si vous ne pouvez plus rien faire, vous la laissez en sommeil, en sommeil et inactive. Vous vous consacrez à autre chose, aux affaires plus récentes, mais vous êtes toujours prêt à la reprendre si un élément nouveau survient.

– Exactement.
– Mon départ de New York, par exemple.
Johnson rit.
– Vous commencez à me connaître.
– Quoi que je fasse, si ça sort un peu de l'ordinaire, dit Bryce, vous l'apprendrez et vous vous direz : « Qu'est-ce que ça signifie ? » C'est pourquoi vous êtes venu ici... C'est votre voiture de fonction, n'est-ce pas ?
– Eh oui. Elles ne sont pas faciles à camoufler.
– Et vous êtes venu chercher une explication. Et l'explication est que le bail était au nom de Lucie, qu'elle avait décoré l'appartement, qu'il était à elle, qu'il me la rappelait. On m'a dit qu'il fallait signer un nouveau bail ou partir, donc je suis parti. Mon travail ne m'oblige pas à aller tous les jours en ville et je me plais ici. C'est *ma* maison.
– C'est ce que je vois.
Johnson avait fini son café et il posa sa tasse sur la table basse.
– Je peux vous demander quelque chose ?
Bryce eut un rire étonné et répondit :
– Vous ne faites que ça !
– J'imagine. Mais c'est un peu différent. Je sais que vous étiez en instance de divorce, votre femme et vous, que c'était très éprouvant, et que, pendant environ un an, vous avez dit du mal l'un de l'autre. Je me demande ce que vous éprouvez, à présent. Voudriez-vous que son meurtrier soit jugé ?
– Je m'en fiche, répondit Bryce. J'ai eu tort de l'épouser, j'ai eu raison de me séparer d'elle, toute cette affaire était interminable et devenait un enfer, si bien que je serais hypocrite si je disais que je regrette sa mort. Si elle avait été victime d'un accident d'avion ou si elle avait été abattue au cours d'un hold-up, peu importent les circonstances, ça ne changerait rien. Vous voulez identifier le meurtrier

parce que c'est votre travail. Ses parents veulent l'identifier...

– Je suis souvent en contact avec eux.

– Je n'en doute pas. Ils veulent qu'on l'identifie parce qu'ils aimaient Lucie. Ce n'est pas mon travail, je ne l'aimais pas, plus en tout cas, donc je m'en fiche. J'espère que vous l'identifierez parce que c'est important pour vous, du point de vue de votre dignité professionnelle, mais, pour moi, ça ne signifie absolument rien.

– Voilà qui est franc, reconnut Johnson. Merci d'avoir répondu et merci pour le café.

Il se leva et ajouta :

– Si je reprends contact avec vous, ce sera pour vous apporter de véritables informations, pas simplement pour vous dire que je suis dans le brouillard.

– Bien.

Bryce se leva à son tour, puis ils regagnèrent la cuisine, où se trouvait le manteau de Johnson. Le détective montra le sac de courses posé sur le plan de travail.

– Vous vous débrouillez très bien.

– Parfaitement.

Bryce l'accompagna jusqu'à la porte et, sur le trajet, Johnson dit :

– J'ai lu vos livres. Passionnants.

– Merci.

Ils se serrèrent une nouvelle fois la main sur le seuil, puis Bryce regagna le salon et regarda, par la fenêtre, la laide petite voiture faire demi-tour devant le garage, s'engager sur le chemin.

Johnson en avait-il vraiment terminé ? Était-ce, cette fois, véritablement fini ? Bryce était heureux que Mark Steiner ne l'eût pas averti de la vérification de ses comptes bancaires, mais il faudrait qu'il lui dise, bientôt, qu'il était au courant, lui était reconnaissant d'avoir gardé le silence, et que, désormais, tout était réglé. Enfin, que tout semblait réglé.

De retour dans la cuisine, il jeta un nouveau coup d'œil sur ses réserves excessives de produits alimentaires. Il ouvrit la porte du placard, regarda tous ces trucs, se demanda pourquoi il ne s'était aperçu de rien, et n'avait fait cette constatation qu'en présence de Johnson. Au bout d'un moment, sans ranger ses courses, il gagna son bureau. Il s'installa devant son clavier et écrivit :

J'agissais de façon très stupide et très dangereuse, et il faut que je cesse. Que serait-il arrivé si j'avais retrouvé Marcia Rierdon ? Ou une autre femme ? J'aurais une nouvelle fois pris la fuite, je le sais, je le crois, j'en suis presque sûr, mais j'aurais aussi pu me trouver confronté à de graves ennuis. Et, en plus, alors que Johnson me surveillait.

Qu'est-ce que j'avais l'intention de faire ? De tuer Marcia Rierdon ? Même si je l'avais fait, ça n'aurait pas été la même chose, n'est-ce pas ? Pas du tout. Ça n'aurait rien résolu et ça n'aurait pas été comme d'avoir été présent, et on serait remonté jusqu'à moi, d'une façon ou d'une autre on serait remonté jusqu'à moi.

Je suis content que Johnson soit venu. Je vois à présent à quel point j'étais loin du rivage, comme j'étais près de perdre tout contact avec moi-même. Ça cesse immédiatement.

24

Wayne s'était mis au jogging. Comme Central Park était tout près, derrière la fenêtre, cela aurait été un crime de ne pas le faire. Il travaillait à son ordinateur pendant un moment tous les matins – les revues commençaient à lui passer des commandes, maintenant que les rédacteurs en chef le connaissaient – puis il courait avant le déjeuner, mangeait généralement quelque chose dans le parc ou à proximité.

Mais, en ce deuxième vendredi de mars, il rentrerait déjeuner chez lui, parce que Susan avait pris sa journée. Le lendemain soir, ils recevraient pour la première fois dans le nouvel appartement, un dîner qui réunirait six personnes, dont Joe et Shelly Katz, ce qui était très important aux yeux de Susan, si bien qu'elle était partie faire les courses en début de matinée. Elle commencerait la préparation du dîner dans l'après-midi, puis terminerait le lendemain.

Wayne n'avait pas d'itinéraire précis, dans le parc, ne le connaissait pas encore très bien, courait au hasard, découvrait toujours de nouveaux paysages miniatures parmi les rochers, les collines basses, les arbres exotiques et les vastes pelouses. Pendant qu'il courait, il réfléchissait en général au papier sur lequel il travaillait, ou aux papiers en projet mais, ce matin, il pensait à Joe et Shelly Katz, parce qu'il les verrait le lendemain soir. Et à l'étrangeté de la façon dont les choses s'étaient passées. Il avait espéré que Joe deviendrait son éditeur, mais il était devenu son ami et, désormais, il habitait, avec sa famille, l'ancien appartement de Wayne, dans Perry Street.

En fait, les deux couples avaient dîné ensemble au restaurant dans le quartier, en février, et Wayne avait dit à Joe qu'ils reprenaient l'appartement de Bryce, sur Central Park West, et que cela le gênait.

– Susan en est tombée amoureuse, voilà, avait-il dit.

Et elle avait ajouté :

– Absolument.

– Mais je ne sais pas comment l'annoncer à Bryce, avait poursuivi Wayne. En fait, si je peux éviter de le faire, je ne le dirai pas à Bryce.

– Pourquoi ? avait demandé Joe. Il n'en voulait plus, il l'a laissé, peu lui importe qui s'y installe.

– Je ne sais pas. Ça fait un effet bizarre, voilà tout. Comme le coucou dans le nid d'un autre oiseau, tu vois ?

– Ne t'inquiète pas, avait dit Joe. Si j'avais les moyens de louer cet appartement, je le ferais. S'il se trouvait dans le Village. On *a* besoin de davantage de place.

– Absolument, avait ajouté Shelly.

Le problème était, comme ils l'expliquèrent, que Joe et Shelly, avec leurs deux fils, Josuah et Sam, qui avaient onze et douze ans, habitaient toujours l'appartement trop petit où ils s'étaient installés après leur mariage, alors qu'ils n'étaient que deux. Et, à présent, Shelly était programmeuse, travaillait chez elle, aidait ses clients à créer des sites web et à les relier à d'autres sites, si bien qu'il fallait entasser une grande quantité de matériel dans un coin de la chambre. Ils avaient besoin d'un appartement plus grand, mais ne voulaient pas quitter West Village et cherchaient plus ou moins, depuis des années, sans trouver.

L'appartement de Wayne et Susan leur aurait parfaitement convenu. Wayne s'était toujours bien entendu avec les propriétaires, un couple d'Italiens âgés qui habitaient le rez-de-chaussée, si bien qu'il fut facile de s'arranger et que le loyer n'augmenta pas trop. Au matin du premier mars, Wayne, Susan et le camion de déménagement prirent la direction du nord et, dans l'après-midi, Joe, Shelly et le camion de déménagement tournèrent au carrefour de West Fourth Street et de Perry.

De temps en temps, Wayne envisageait de montrer la première moitié du manuscrit de *L'Ombre de l'autre* à Joe, mais à quoi bon ? Il n'aurait fait que gêner Joe, qui se serait trouvé dans l'obligation de lui faire des compliments, mais aurait tout de même dû lui rendre le manuscrit. Alors pourquoi prendre cette peine ? Il valait mieux que *L'Ombre de l'autre* reste là où il était, discret et inachevé.

Wayne avait même cannibalisé *L'Ombre de l'autre*, d'une certaine façon, parce qu'il avait utilisé une partie de ses recherches, et même des passages du manuscrit, dans un article sur les trente dernières années de troubles en Amérique centrale, comparant la réalité de ce qui s'y était passé et l'interprétation culturelle américaine de ces événements, dans les romans et les films qui avaient fondé leur intrigue sur ces révolutions et ces troubles. Willard l'avait vendu la semaine précédente. L'ombre de *L'Ombre de l'autre.*

Devant lui, sur sa gauche, tandis qu'il courait, il vit un terrain de basket où deux groupes de deux types, aux deux extrémités, jouaient un contre un. On était en mars, et l'air était vif, mais les joueurs étaient en short et T-shirt, portaient les habituelles chaussures de sport géantes qui évoquent des vaisseaux spatiaux, et ils étaient en sueur. Il y avait un banc, à droite, inoccupé pour le moment, si bien que Wayne s'y assit pour reprendre son souffle et regarder les deux parties.

Le un contre un est un jeu pour deux joueurs, qui respecte toutes les règles du basket, mais ce n'est plus un sport d'équipe. On ne peut passer à personne, on ne peut feinter avec personne, on ne peut marquer personne. Il n'y a pas d'instants de répit, pendant lesquels on peut courir tranquillement tandis que les coéquipiers ont le ballon. Il faut se déplacer sans cesse, inlassablement, un homme ayant la balle, dribblant, changeant de position, feintant, attaquant, tentant de tirer au panier, tandis que l'autre défend, bloque, empêche d'avancer, tente d'intercepter, l'un et l'autre faisant tout leur possible, donnant le meilleur d'eux-mêmes, jouant au maximum de leurs aptitudes.

Les deux parties que Wayne regardait étaient inégales, du fait que les deux types de gauche étaient beaucoup plus entraînés et habiles que ceux de droite. Tous luttaient, tous se battaient, mais les types de gauche se déplaçaient avec une élégance rapide et âpre, comme des danseurs doublés de lutteurs, tandis que les types de droite commettaient des erreurs, étaient imprécis, perdaient parfois l'équilibre et n'étaient jamais assez rapides pour profiter des maladresses de leur adversaire. Ils évoquaient une parodie du premier groupe, mais ils étaient tout aussi sérieux, tout aussi concentrés, tout aussi déterminés. Et ils s'amusaient sûrement tout autant, ce qui était, après tout, l'essentiel. Le un contre un n'est pas un sport d'équipe, et ce n'est pas davantage un sport destiné aux spectateurs ; c'est un jeu pour les joueurs.

Tandis qu'il regardait les deux parties, Wayne perçut, en lui, la réapparition de la démangeaison de la fiction, comme s'il avait terminé *L'Ombre de l'autre* et était prêt à se lancer dans une nouvelle intrigue, à entrer dans un nouvel univers imaginaire. Deux types qui se rencontrent à Central Park, jouent au un contre un et ne se connaissent dans aucun autre contexte. Qui sont-ils vraiment et comment le reste de leur vie commence-t-il à influencer leur jeu ? Compétition et camaraderie ; sérieux de la volonté de gagner et plaisir de jouer, tout simplement.

Wayne se tourna vers le chemin, à sa droite, et vit Lucie. Il battit des paupières mais, naturellement, ce n'était pas Lucie. Ce n'était jamais elle. Les femmes de haute taille, minces, à la chevelure comme un halo de copeaux d'or, vêtues de noir, qui marchent comme si la rue leur appartenait, ne sont pas rares à New York. Wayne voyait Lucie à peu près une fois par mois mais, bien entendu, quand il regardait ces femmes de plus près, elles étaient toujours sensiblement différentes.

Celle-ci, par exemple. Elle marchait en compagnie de deux autres femmes, à leur gauche, c'est-à-dire du côté de Wayne, le groupe se dirigeant vers lui ; et, quand il l'avait vue, elle rejetait la tête en arrière et riait. Maintenant qu'elle ne riait plus et présentait son profil à Wayne, du fait qu'elle bavardait avec ses compagnes, elle ne ressemblait plus du tout à Lucie. C'était toujours ainsi.

Il était resté assis trop longtemps ; il commençait à avoir froid. Il attendit que la fausse Lucie soit passée, puis il se leva et, au pas de course, reprit le chemin de chez lui.

Shelly Katz était une pile électrique minuscule, compacte, aux cheveux noirs très frisés, presque aussi semblables à un tampon à récurer que ceux de son mari. Son corps semblait ramassé sur lui-même, un muscle sur le point de se détendre, mais son attitude était affable, comique, décontractée.

– Il faut que je voie ce que vous avez changé, dit-elle, samedi soir, quand Wayne et Susan les accueillirent dans l'entrée.

– Pas grand-chose, pour le moment, répondit Susan.

Wayne prenait leurs manteaux quand Shelly montra la table de l'entrée sur laquelle Jorge, le gardien, poserait leur courrier s'ils s'absentaient.

– Elle n'est pas à Bryce ?

Wayne, qui tenta de garder un ton léger et détendu, mais qui, une nouvelle fois, éprouva une sensation de crispation, comme si on était sur le point de l'accuser d'un crime – alors même qu'il ne savait pas de quel crime il s'agissait –, dit :

– Il y a beaucoup de choses qui appartiennent à Bryce. Il a pratiquement tout laissé.

– On les remplacera progressivement, ajouta Susan, mais, pour le moment, ça occupe l'espace.

Shelly adressa un regard troublé à Joe.

– Il a laissé ses *meubles* ?

– Pour lui, c'étaient ceux de Lucie, répondit Joe. Elle a décoré l'appartement.

Pour Wayne les meubles n'étaient pas ceux de Lucie, mais ceux de Bryce, et il avait aimé vivre parmi eux. Il dit :

– Bryce a bien dû *participer*. Choisir.

– Signer le chèque, je pense, fit Joe.

– Wayne, dit Susan, va poser les manteaux dans la chambre et je m'occuperai de l'apéritif.

– Très bien.

Wayne emporta les manteaux dans la chambre et prit conscience du fait que les meubles qui l'entouraient, la couleur des murs, avaient été choisis par

Lucie, pas par Bryce. Il éprouva une sensation d'étrangeté, de malaise. Ce fantôme s'était estompé dans des proportions telles que lorsqu'il le rencontrait, comme la veille dans le parc, il ne le tourmentait pas. Mais les meubles? Ceux de Lucie? C'était comme se trouver soudain en territoire ennemi.

Tout, dans la chambre, leur appartenait, venait de Perry Street. Son bureau lui appartenait aussi totalement, hormis le fauteuil en cuir et la bibliothèque tournante. La salle à manger leur appartenait entièrement. C'étaient le salon, la cuisine, la chambre d'amis, la terrasse et la longue entrée, aussi vaste qu'une pièce, qui conservaient l'empreinte de Lucie Proctorr, comme une brume presque invisible.

Joe et Shelly, pensa Wayne, vont passer l'heure précédant le dîner dans ce salon, où ils ont passé de nombreuses heures en compagnie de Bryce et de Lucie, sur ces canapés, avec cette table basse, ces dessertes, ces lampes. Même ces rideaux, qui sont restés ouverts et encadrent la vue sur le parc.

Il s'aperçut qu'il n'avait pas envie de quitter la chambre et de regagner le salon, comme si une gueule béante l'y attendait, un piège. Ou une lumière aveuglante, capable de plonger dans son âme et de le dévoiler à Joe Katz tel qu'il était; comme le portrait de Dorian Gray. Nous avons tous ce portrait en nous, n'est-ce pas, pensa-t-il, dans un grenier secret, fermé à clé, où personne ne pénètre.

Il y avait longtemps qu'il n'avait pas vu, dans sa mémoire, une image nette de Lucie, avec ses yeux moqueurs, sa bouche légèrement crispée, et sa tête levée, comme celle d'un matador, quand elle avait demandé :

– Est-ce que Susan est bonne au lit?

Ses derniers mots.

La sonnette le ramena à la réalité. Sa chambre était autour de lui, dans ce nouvel appartement étrangement merveilleux. Il en sortit, afin de jouer le rôle de l'hôte. C'était désormais *son* appartement.

Pendant le dîner, il était placé entre Shelly et une femme qui s'appelait Ann, dont le mari travaillait avec Susan. À nouveau, il était entouré de ses meubles et les rituels détendus de la conversation étaient familiers et rassurants. Ce n'est qu'après qu'ils eurent regagné le salon, pour les digestifs, qu'il put s'asseoir près de Joe, qui regarda autour de lui et dit :

– Tu sais, être ici, ça fait un drôle d'effet. Sans Bryce et Lucie, mais avec tous ces *meubles* familiers. J'ai l'impression qu'ils vont arriver d'un instant à l'autre. Enfin, lui, en tout cas.

– L'appartement est plus grand que celui où nous vivions, dit Wayne. Trop grand pour ce qu'on a apporté, et ces meubles étaient ici. Mais Susan a raison, il faudra qu'on les remplace. Il y en a peut-être qui t'intéresseront.

Joe sourit.

– Parce qu'on vit maintenant dans un appartement plus grand ? Je ne crois pas, Wayne.

– Non, il y a un objet en particulier, dit Wayne. J'ai apporté tout ce qu'il y avait dans mon bureau et ce qu'il a laissé prend trop de place. Il y a notamment une jolie bibliothèque tournante qui a sûrement coûté cher, mais dont je n'ai pas l'utilité. Tu veux la voir ?

– Non, je la connais. Lucie l'a offerte à Bryce pour Noël, il y a trois ou quatre ans. Il l'a laissée ? Ça m'étonne.

– Je n'en veux pas, dit Wayne. J'ai pensé qu'elle pourrait t'intéresser.

Joe secoua la tête et eut un sourire triste, nostalgique.

– J'ai participé au complot, le jour où on l'a apportée ici à l'insu de Bryce, pour lui en faire la surprise le jour de Noël.

– Ah.

– De temps en temps, tu sais, Wayne, dit Joe, une émotion inattendue jaillit, quelque chose dont tu ne te souvenais pas, ou dont tu croyais ne pas te soucier. Cette bibliothèque tournante... Tu sais, maintenant que j'y réfléchis, je crois que Bryce a toujours pensé qu'elle était trop. Trop voyante, tu vois ? Je crois qu'il ne l'a jamais aimée.

– C'est pourquoi il l'a laissée.

– Mais elle représente tout de même un moment de joie, poursuivit Joe. Un moment dans cette pièce. Moi, assis sur ce canapé, à la même place. Ils installaient le sapin de Noël là-bas. Quand Lucie était heureuse, tu sais, elle applaudissait, comme une petite fille.

Wayne faillit dire : « Je ne l'ai jamais vue faire ça », ce qui aurait été une étourderie. Il dit donc :

– Je suppose qu'ils ont eu de bons moments avant les mauvais. Presque tous les couples divorcés peuvent dire ça.

– Oh, sûr.

Joe hocha la tête, regarda le coin vide où se dressait le sapin de Noël.

– Mais je la revois, applaudissant, quand Bryce a soudain découvert ce *kiosque* énorme, enveloppé dans du papier doré, *caché*, tu me croiras si tu veux, derrière le sapin.

Du papier doré ; cela n'étonna pas Wayne.

– Ça semble avoir été un bon réveillon de Noël, fit-il.

– Si j'étais à ta place, Wayne, dit Joe, je pousserais ce truc, qui est sur roulettes, jusqu'à l'ascenseur de service, et je le laisserais sur le trottoir. C'est ce qui est formidable, à New York, tu sais. Ailleurs, quand tu laisses quelque chose sur le trottoir, ça y reste un mois ou tu récoltes une amende. À New York, tu peux mettre *n'importe quoi* sur le trottoir... dans la Quatrième Ouest, j'ai vu un canapé qui faisait bien trois mètres de long. Vingt minutes plus tard, quel que soit l'objet, ça a disparu. C'est ça, New York.

Wayne comprit alors que tout ce que Joe voyait, à New York, était inévitablement caractéristique de la ville ; loufoque, mais bénin.

– Tu as raison.

– Mets-la dehors, conseilla Joe. Vingt minutes plus tard, elle sera en route pour le Queens.

– Je crois que c'est ce que je vais faire, dit Wayne.

25

Mercredi, une semaine depuis la visite du détective Johnson, et le nouveau régime tenait. Bryce avait cessé de rôder dans les magasins, se limitait désormais à de brèves visites afin d'acheter des denrées périssables et le *Times*, qui est aussi une denrée périssable, bien entendu. Il passait désormais l'essentiel de ses journées dehors, autour de la maison, réparait les dégâts de l'hiver, préparait le printemps. Il se sentait mieux, presque comme s'il relevait de quelque chose de physique, comme on se remet d'une fièvre de faible intensité qui durait depuis si longtemps qu'elle avait fini par sembler normale ; quand elle disparaît enfin, quel soulagement de retrouver la normalité !

Il avait aussi cessé d'écrire une intrigue chaque matin. Il ne savait pas combien il en avait notées, mais il y avait de très nombreuses disquettes, sur l'étagère, au-dessus de son écran d'ordinateur. Il ne se souvenait précisément d'aucune, mais avait la sensation qu'il ne tarderait pas à retourner dans son bureau, à reprendre toutes ces idées, à en choisir une puis à commencer enfin son nouveau livre.

Mais pas tout de suite. Pour le moment, il avait seulement envie de se livrer à des activités physiques pendant la journée, puis de regarder des cassettes de vieux films après le dîner qu'il préparait chaque soir. Pendant le week-end, il avait toujours de nombreuses invitations, de sorte qu'il ne devenait en aucun cas une sorte d'ermite.

Jusqu'ici, il n'avait véritablement vécu dans la maison que pendant les mois d'été, et n'avait guère été conscient d'elle en tant qu'entité. À présent, la beauté changeante de la propriété le fascinait et il était beaucoup plus attentif aux conditions atmosphériques que lorsqu'il passait le plus clair de son temps à New York. Il aimait être dehors, travailler, sur sa terre.

Il prenait toujours le téléphone cellulaire de la BMW, lorsqu'il travaillait dehors et, mercredi après-midi, l'appareil sonna alors qu'il creusait un trou afin de remplacer un poteau, au coin de la piscine. C'était le genre de travail qu'il confiait toujours à Gregg, le type qui tondait la pelouse, ou bien à un autre homme à tout faire des environs, mais il s'apercevait, depuis quelque temps, qu'il aimait faire ce type de travail lui-même.

Il laissa son outil dans le trou partiellement creusé, ôta ses gants et décrocha juste après la deuxième sonnerie.

– Allô ?

– Bryce ? C'est Joe. Ça va ?

– Oh, ça va.

Bryce se trouva une nouvelle fois dans l'obligation de dire à Joe les mêmes vagues contrevérités sur la progression du nouveau livre théorique.

– C'est lent, tu sais, mais ça avance.

– Formidable. Mais je ne t'appelle pas pour te mettre sous pression, enfin pas *principalement* pour te mettre sous pression.

– Tu ne me mets pas sous pression, mentit Bryce. Et, de toute façon, j'en ai besoin.

Joe rit.

– Très talmudique, fit-il. Non, je voulais te parler de *Deux visages*, de sa promotion.

– Oh, bien sûr.

Parce que *Deux visages dans le miroir* paraîtrait en juin, dans trois mois.

– La première question concerne une éventuelle tournée, dit Joe.

– S'il le faut, répondit Bryce. Je préfère les interviews par téléphone, tu le sais.

– Tu pourras en discuter avec Ricki Sussman, dit Joe, faisant allusion à la directrice de la publicité de Pegasus. Elle te téléphonera.

– Ricki n'est satisfaite que lorsqu'elle me sait dans un avion.

– Vois ça avec elle, conseilla Joe, et laisse-moi en dehors. Deuxième chose : le *New York Review of Books* veut t'interviewer.

– Le *Review of Books* ? N'est-il pas un peu trop... universitaire pour moi ?

– Il y a longtemps que tu n'as rien publié, expliqua Joe, tu fais partie de la culture, de l'esprit du temps, et ils ne vont pas te critiquer, sinon tu n'aurais aucune raison d'accepter l'interview.

– En d'autres termes, je ne serai pas interviewé par Gore Vidal.

Joe rit.

– Non, nous aurons un droit de regard.

– Parfois, j'ai l'impression que le pire, dans l'écriture, c'est être publié.

– Il y a des gens qui prétendent le contraire.

– D'accord, soupira Bryce. D'accord.

– Le temps presse, reprit Joe, donc il faudra faire l'interview dans le courant du mois. Chez toi, d'accord ?

– Bien sûr, c'est ce que je préfère.

– Je m'en doutais. Je te laisse, maintenant, je ne veux pas t'empêcher de travailler sur ton nouveau roman.

– Je ne considère pas que ce soit me mettre sous pression, dit Bryce, qui raccrocha et se remit à creuser son trou.

Lucie l'avait accompagné une seule fois en tournée. Six villes en huit jours. Chicago en faisait partie, cette fois-là, et Houston, et Seattle. Ou bien était-ce San Francisco ?

De toute façon, elle avait voulu venir, à cause de ce qui lui apparaissait comme le prestige de la situation : dormir à l'hôtel, être escorté, être le lion, être le gros poisson dans une succession de petits bassins. Mais elle avait été confrontée à la réalité et l'avait détestée. Elle l'avait détestée si bien que, pour Bryce, la vie avait été plus compliquée encore, pendant cette tournée. Elle avait fait des reproches au personnel de presque tous les hôtels où ils étaient descendus, s'était opposée aux employés des librairies – ce qui ne se fait pas – et avait, dans l'ensemble, exprimé sa contrariété chaque fois que l'occasion s'était présentée.

Elle était habituée aux attentions, tel était le problème, généralement à beaucoup d'attentions, mais toujours, au moins, à quelques-unes, où qu'elle se trouve ; cependant, dans ce contexte, il n'en restait plus du tout pour elle. Elle était habituée à la célébrité de Bryce, et très bien habituée à sa fortune, mais elle n'était pas du tout habituée au fait qu'il soit la star, celui qui monopolisait tout l'oxygène d'une pièce, et cela lui avait profondément déplu. Les journalistes, les présentateurs de télévision, les admirateurs, les employés des librairies, tout le monde, partout, n'avait d'yeux que pour la personne qui se tenait à la gauche de Lucie. Elle avait été de mauvaise humeur pendant des semaines, ensuite, de plus mauvaise humeur que de coutume, et n'avait plus jamais proposé de l'accompagner en tournée.

Peut-être n'y aurait-il pas de tournée, cette fois. Il préférerait ; il préférerait rester ici. Les yeux fixés sur le trou qu'il creusait, pensant aux rigueurs des tournées de promotion, il leva les deux longs manches en bois de son outil aussi haut que ses bras le permettaient, de sorte que les deux pelles courbes montées face à face soient complètement sorties du trou. Puis il *l'abattit*, si bien que les pelles entamèrent l'humus tassé qui se trouvait au fond, brisèrent de la terre et dégagèrent des pierres. Quand il écarta les manches, les pelles se pressèrent l'une contre l'autre, emprisonnèrent la terre. Il leva son outil, le fit pivoter sur le côté, rapprocha les manches et la terre tomba sur le tas, sous lequel se trouvait un morceau de toile d'emballage. Puis il répéta l'opération, *abattit* l'outil dans le trou.

Il toucha une pierre. Le *clang* s'accompagna d'une vibration qui se propagea dans les manches, puis dans ses bras et, d'un coup, il revit cette silhouette noire, accroupie, de dos, qui frappait et frappait. C'était tout ce qu'il pouvait voir, la silhouette accroupie, de dos, qui frappait. Pourquoi ne voyait-il jamais Lucie ?

Il changea de position, pour passer à côté de la pierre au lieu de la heurter, et *abattit* une nouvelle fois l'outil. Est-ce que ça faisait le même effet ? Il *abattit* l'outil. Est-ce que ça faisait le même effet ? Est-ce que ça faisait le même effet ? Est-ce que ça faisait le même effet ?

26

Louer l'appartement avait probablement été une erreur, mais Susan était si déterminée qu'il n'avait pas vu comment s'y opposer. En fait, à cette époque, il n'avait même pas eu envie de s'y opposer. L'idée d'habiter l'appartement de Bryce, de s'emparer de l'appartement de Bryce, aurait également pu lui traverser l'esprit, mais il l'aurait écartée, l'aurait considérée comme gênante et déplacée. Mais quand l'idée était venue de *Susan*, et avec une telle force, comme si elle était absolument certaine que c'était ce qu'il fallait faire, il n'avait pu qu'accepter, et éprouver un petit plaisir personnel furtif face à ce qu'ils faisaient.

À présent, ils y étaient, avec un loyer presque quatre fois plus élevé que celui qu'ils payaient auparavant et des revenus qui avaient sensiblement diminué. Susan travaillait toujours, et Wayne s'était apparemment forgé une nouvelle carrière dans les revues, mais ce n'était pas assez pour habiter Central Park West. Il aurait fallu qu'il vende trois articles par mois afin de gagner, net d'impôts, de quoi payer le loyer, et il était impossible de produire une telle quantité de travail vendable tous les mois. Évidemment, Mark Steiner gérait un demi-million de dollars pour leur compte, en avait investi l'essentiel, versait, comme à contrecœur, quatre mille dollars par mois sur leur compte courant, mais ce puits finirait lui aussi par s'assécher, et ensuite ? Et pourquoi le laisser s'assécher ?

S'il n'y avait pas eu le problème de l'argent, cette nouvelle carrière lui aurait plu. L'autre différence, qu'il avait récemment découverte, entre écrire des romans et écrire des articles, était le fait que, lorsqu'on écrivait pour les revues, on savait qu'il s'agissait de mots promis à l'oubli, jetables, à jamais disparus dans un mois, alors que, lorsqu'on écrivait un roman, on avait toujours la sensation, au plus profond de soi, qu'il s'agissait peut-être de prose immortelle ; parfois paralysant. La certitude absolue que ce qu'il écrivait restait moins longtemps en rayon que le yaourt était un grand soulagement.

Mais il y avait le problème de l'argent, si bien qu'il avait décidé d'essayer autre chose. Il avait décidé de se donner le temps d'écrire un scénario. Il était conscient du fait que le monde regorgeait de scénarios présentés selon les règles, sans espoir, condamnés, qui resteraient à jamais des photocopies prenant la poussière sur les étagères de Hollywood, des orphelins, chaque étagère de Hollywood étant un orphelinat en soi, mais il y avait des gens qui réussissaient. On tournait des films. Oui, les vaincus se disaient aussi la même chose, et Wayne était également conscient de cela.

Mais il fallait qu'il essaie, et il pensait qu'il avait un avantage sur le reste des orphelins, puisqu'il était un romancier publié. Il avait une œuvre, de nombreuses bonnes critiques, des livres qu'on pouvait prendre concrètement entre les mains. On savait sûrement beaucoup de choses, à Hollywood, mais on y ignorait le contenu des ordinateurs des chaînes de grands magasins. On n'y saurait pas qu'il avait été abandonné au bord de la route. On saurait seulement qu'il était romancier, et romancier new-yorkais, en plus. Cela lui apporterait au moins une attention respectueuse, laquelle n'était pas toujours accordée aux scénaristes de là-bas.

À la parution de son premier roman, *La Perspective de Pollux*, le cinéma s'y était intéressé et il y avait même eu une petite option d'un an, qui n'avait pas été renouvelée. Ce roman avait à présent plus de vingt ans, mais il l'avait relu et il lui avait semblé que l'intrigue fonctionnait toujours, qu'il ne serait pas difficile de la remettre au goût du jour.

Il y avait, lui semblait-il, neuf scènes cinématographiques fortes, dans le roman, et il ne serait pas compliqué de condenser ce qui les reliait. Il pouvait transformer ce roman en scénario en un mois, en moins d'un mois. Willard Hartman avait, sur la côte Ouest, un correspondant qui négociait les droits cinématographiques, à qui il enverrait sûrement le scénario, s'il se révélait aussi bon que Wayne l'espérait. S'il se vendait, formidable. S'il ne se vendait pas, il constituerait tout de même une carte de visite, montrerait à l'associé de Willard ce qu'il était capable de faire, et qu'il était prêt à travailler.

Il savait, bien entendu, que *La Perspective de Pollux* n'était pas un titre de film et la rapidité avec laquelle il trouva un titre de film – immédiatement – lui apparut comme un bon présage. « *Double impact* », tapa-t-il, puis il se mit au travail.

Il travaillait sur *Double impact* depuis quatre jours, et le scénario avançait plus rapidement que prévu quand, à onze heures du matin, le téléphone sonna. C'était Willard. Wayne ne lui avait pas encore parlé du scénario, avait décidé d'attendre d'avoir terminé et obtenu l'approbation de Susan avant d'avertir quiconque de son existence.

– La première chose, dit Willard, est que le *Review* publiera ton papier sur le Guatemala dimanche en huit.

– Formidable.

L'ombre de *L'Ombre de l'autre* serait imprimée tandis que son ancêtre plongerait dans l'eau glacée du passé.

Ce que Willard dit ensuite fit sursauter Wayne.

– Tu as connu Bryce Proctorr autrefois, n'est-ce pas ?

Quelques personnes savaient que Wayne et Bryce entretenaient des relations – Joe Katz, le détective Johnson, quelques autres – mais Wayne n'avait pas pris la peine d'avertir les gens de la renaissance de cette vieille amitié. Le dire maintenant à Willard ? Mais minimiser.

– Je le vois encore de temps en temps.

– Vraiment ? fit Willard, étonné.

– Mais on ne gravite pas dans les mêmes milieux.

– Le *Review* veut l'interviewer et se demande si tu accepterais de le faire. Parce que tu as écrit le même genre de roman, autrefois. Sauf si tu crois que tu es trop proche de lui.

Ébahi, Wayne dit :

– Le *New York Review of Books* veut un article sur Bryce Proctorr ?

Le fait qu'il eût accepté son article sur l'usage littéraire des troubles en Amérique centrale avait été étonnant, même s'il correspondait plus ou moins à la personnalité du journal, mais pourquoi voulait-il un article sur Bryce ?

– Il fait partie de la culture populaire de l'époque, dit Willard, et il sort un roman, alors qu'il n'a rien publié depuis quelque temps. La rédaction voudrait une interview susceptible de le situer dans la société américaine contemporaine.

– Bon. Facile.

– Je demanderai à l'éditeur de t'envoyer les épreuves du livre, dit Willard. Il s'appelle *Deux visages dans le miroir*.

Wayne eut tout juste le temps de poser la main sur le combiné avant d'éclater de rire. L'éditeur lui enverrait les épreuves ! Il prit une profonde inspiration, écarta la main posée sur le combiné et dit :

– Très bien.

– Tu as le numéro de téléphone de Proctorr ? Apparemment, il vit dans le Connecticut, tu pourrais l'appeler, fixer un rendez-vous.

– O.K., donne-moi le numéro.

Willard le dicta, puis ajouta :

– Il semble qu'il habitait plus ou moins le quartier où tu viens de t'installer. Ça aurait été beaucoup plus pratique.

– Oh, c'est sans importance, fit Wayne.

Le dernier mardi de mars, Wayne descendit du train à onze heures dix ; avec six minutes de retard. Bryce l'attendait sur le quai, en costume, comme pour accueillir une délégation étrangère. Son sourire, quand il salua Wayne, tremblait.

– Tu as fait bon voyage ?

– Très.

Wayne n'avait pas vu Bryce depuis la réception de Noël chez Pegasus Regent, plus de trois mois auparavant, et la transformation l'étonna. Bryce semblait avoir perdu beaucoup de poids, dix kilos, peut-être, ou davantage. Son visage était ridé et il flottait dans ses vêtements. Et, lorsqu'il conduisit Wayne jusqu'au petit parking, son sourire tremblant ne cessa pas d'apparaître et de disparaître.

Wayne n'avait toujours pas averti Bryce de son installation dans l'appartement de Central Park West. Le ferait-il un jour ? Était-ce nécessaire ? Que se passerait-il si Bryce l'apprenait ? Peut-être, pendant son séjour, trouverait-il le moyen de résoudre ce problème.

Bryce posa la valise de Wayne sur la banquette arrière d'une BMW noire en excellent état. Wayne passerait une nuit chez Bryce, peut-être deux, selon le temps nécessaire à la réalisation de l'interview. Son magnétophone et ses blocs étaient dans sa valise.

Tandis qu'ils s'éloignaient de la gare et sortaient de la petite ville, ils parlèrent du temps, des voyages par le train, de New York et du bonheur que Bryce éprouvait de ne plus devoir subir toute cette agitation. Wayne eut deux ou trois fois l'occasion de dire où il habitait maintenant, mais il garda le silence.

Bizarrement, habiter l'ancien appartement de Bryce était complètement différent de l'installation de Joe Katz là où Wayne résidait précédemment. Il lui semblait que ce qu'il avait fait était un peu comme une invasion, quelque chose que Bryce était en droit de critiquer, mais il se demandait pourquoi il avait cette impression.

Peut-être la clé était-elle le mépris. Quand il avait rencontré Bryce, à la bibliothèque, l'année précédente, il avait été gêné, embarrassé, parce que sa vie et sa carrière étaient au plus bas. Ils étaient partis à peu près à égalité et Bryce avait gagné, était devenu célèbre, riche, avait épousé une femme très belle, faisait l'objet de reportages dans *People*, tandis que Wayne avait vacillé, trébuché et échoué.

Même sur le plan des épouses : Susan convenait à Wayne, il le savait, mais sa beauté n'avait rien de spectaculaire. Jamais *People* ne publierait une photo de Susan, un sourire triomphant aux lèvres.

Donc, lors de cette rencontre, il lui avait semblé que ce que Bryce était en droit d'éprouver, vis-à-vis de lui, était du mépris. Quel que fût son véritable sentiment et quoi qu'il advînt de leur relation, aux yeux de Wayne, Bryce avait le *droit* de mépriser Wayne.

Tel devait être le cas, dans une certaine mesure, n'est-ce pas, puisqu'il lui avait fait cette proposition. Relevait-elle du respect ou de l'amitié ? Ou relevait-elle du mépris ? « Voilà un sale boulot auquel je ne m'abaisserai pas. Fais-le. »

Rien de ce que Wayne avait fait depuis, certainement pas l'affaire Lucie, ne lui permettait de croire qu'il avait acquis le droit à l'estime de Bryce. Et s'être introduit dans l'appartement de Bryce, vivre parmi les meubles de Bryce – pire, les meubles de Lucie – était très servile, très minable, comme s'il vivait sa vie à travers Bryce, comme s'il n'était pas assez homme pour se tenir debout et vivre sa vie, comme s'il ne pouvait se contraindre à le reconnaître.

Soudain, Bryce demanda :

– Tu penses à Lucie ?

Wayne n'en revint pas. Il aurait imaginé que Bryce resterait à des millions de kilomètres du sujet. Il était certain qu'il ne l'aurait pas abordé, qu'il n'avait pas envie de s'en souvenir, qu'il n'avait pas envie de s'attarder sur ce moment horrible. Pourquoi Bryce le ferait-il ? Il demanda :

– Penser à *quoi* ?

– À ce qui est arrivé. Tu ne penses pas à ce qui est arrivé ?

– Pourquoi faudrait-il que j'y pense ?

Wayne regarda le profil de Bryce qui, les yeux fixés sur la route, dit :

– Ça ne t'obsède pas ? Bon sang, moi, ça m'obsède !

Qu'est-ce que c'est ? se demanda Wayne. De la culpabilité ? Après tout ce temps ?

– Pourquoi ? demanda-t-il. Pourquoi veux-tu être obsédé par ça ?

– Parce que je n'étais pas là !

Il bredouilla ces mots, comme si c'était le secret du siècle, qu'on lui arrachait in extremis.

– Tu n'étais pas là. Évidemment, il ne fallait pas que tu sois là, c'était le point essentiel, tu te souviens ?

– Oui, oui, je sais.

– C'est pour ça que tu m'as demandé de le faire, ajouta Wayne, qui fut étonné de percevoir une vague amertume dans sa voix.

Il croyait être parvenu à la sérénité sur ce sujet.

– Mais, dit Bryce, qui secoua la tête tandis que Wayne constatait qu'il ouvrait et refermait les mains sur le volant, mais il aurait fallu que je sois là.

– On t'aurait arrêté. Tu serais en prison à vie.

– Je *saurais*.

– Qu'est-ce que tu saurais ?

– Comment c'était !

Le souvenir surgit, bref, brûlant, et Wayne secoua la tête. D'une voix soudain rauque, il dit :

– Il vaut mieux que tu ne saches pas comment c'était.

– Si c'était horrible à ce point, comment se fait-il que tu n'y penses *plus* ?

– Pourquoi y penser ?

– Je ne peux pas m'en empêcher. Pourquoi je ne peux pas m'en empêcher ?

– Très bien, soupira Wayne, très bien. Ça t'obsède.

– Je veux seulement savoir *comment* c'était.

– C'était l'enfer.

– Mais je ne peux pas le *visualiser*. Je ne peux pas le visualiser.

– Bon sang, Bryce, moi je sais ce que c'est.

Wayne secoua la tête. Il faillit poser la main sur le bras de Bryce, se ravisa. Il poursuivit :

– Je vais te dire ce que c'est. J'y étais, Bryce, c'était horrible et tu ne peux *pas* l'imaginer. Moi je n'ai pas besoin de l'imaginer. J'y étais. Donc j'ai un souvenir et les souvenirs s'estompent. Tous les souvenirs s'estompent, Bryce, c'est leur nature. Mais tu n'as pas un souvenir, tu as une image fictive. Et les images ne s'estompent jamais.

Ils roulèrent une ou deux minutes en silence, puis Bryce dit :

– Non, c'est vrai. J'ai tenté de remédier à ça, pendant un moment, mais ça n'a pas marché. J'y suis presque arrivé, mais ça n'a pas marché.

Wayne ne comprit pas à quoi Bryce faisait allusion, mais c'était peut-être préférable. S'il explose, pensa-t-il, il m'emportera avec lui. Je suis à ses côtés et je n'ai pas le choix. Il faut que je le surveille. Il faut que je sois prêt à... à tout.

– Voilà la maison, annonça Bryce.

– Je la reconnais, dit Wayne. Je l'ai vue dans *People*.

Ils étaient seuls dans la maison. À l'heure du déjeuner, Bryce ouvrit une boîte de soupe, trancha du pain frais fabriqué localement, prépara du café. Wayne le regarda faire et, quand ils s'assirent à la grande table de la salle à manger, il dit :

– Bryce, tu n'as personne qui travaille ici ?

– Il y a un type qui tond la pelouse.

– Dans la maison, je veux dire. Une gouvernante. Quelqu'un qui prépare les repas, fait la lessive, le ménage et tout ça.

– Il y a une femme qui vient une fois par semaine.

– Bryce, tu as besoin de quelqu'un qui vive ici, d'une gouvernante. Tu en as les moyens et tu devrais en avoir une. Dans ta situation, n'importe qui en aurait une.

Bryce regarda autour de lui, les yeux dans le vague, comme s'il cherchait la gouvernante inexistante.

– Tu as sûrement raison, dit-il. On ne pouvait avoir personne, avant ; j'ai eu des gens, mais Lucie se disputait toujours avec eux. Elle les mettait à la porte, ou bien ils démissionnaient. J'ai pris l'habitude de n'avoir personne.

– Maintenant, tu peux le faire. Et tu devrais le faire.

Lentement, Bryce sourit. Il parut soudain plus jeune, en meilleure santé.

– Tu as raison, dit-il. Il y a une agence, à Danbury. Je téléphonerai. Après l'interview.

– Bien.

– Tu me fais du bien, Wayne, ajouta Bryce, qui, ensuite, se mit à rire. Dans toutes sortes de domaines, tu me fais du bien.

Après déjeuner, Bryce fit visiter la maison à Wayne, et Wayne la trouva étrangement similaire à l'appartement de New York. Des pièces spacieuses, décorées avec goût, mais aussi avec un peu trop de recherche. Il était drôle que Bryce voie Lucie dans l'appartement de New York, et soit tourmenté par cette présence, mais ne voie pas la même influence ici. Il ne voulait pas la voir, probablement. Il voulait aimer cette maison parce qu'il voulait y rester enfermé.

– Ce serait la chambre de la gouvernante.

– Très jolie.

Mais, compte tenu de ce que Bryce avait dit dans la voiture, il était peut-être préférable qu'il n'y ait personne d'autre dans la maison. Et si Bryce perdait les pédales, courait se livrer aux autorités, avouait ses péchés afin de pouvoir mieux dormir la nuit ? Il entraînerait Wayne en enfer avec lui. Wayne décida d'écouter très attentivement, pendant les deux jours à venir et si cela recommençait, s'il faisait de nouvelles allusions, il serait préférable qu'il n'y ait personne auprès de lui.

Il y avait un vaste solarium, qui luisait comme du satin sous le faible soleil de mars, et c'est là qu'ils décidèrent de s'installer pour l'interview. Wayne sortit son matériel, prépara le magnétophone et il était sur le point d'appuyer sur *Record* quand il s'immobilisa, baissa la main et dit :

– Non, attends. Quelque chose, d'abord.

Bryce leva un sourcil poli.

Wayne poursuivit :

– Il y a deux choses que tu as dites, qui m'ont inquiété, et la meilleure solution est peut-être d'en parler, de vider l'abcès.

– Des choses que j'ai dites ?

– Je commence à me demander, continua Wayne, si tu ne vas pas éprouver soudain le besoin d'avouer, et ça m'inquiète. De te livrer, pour je ne sais quelle raison. Tu m'entraînerais avec toi, tu sais.

Wayne constata avec étonnement que Bryce souriait, un sourire un peu triste, mais sincère.

– Ne t'en fais pas, Wayne, dit-il. Je suis déjà passé par là. J'ai avoué une fois et je ne recommencerai pas. Garanti.

Wayne le dévisagea.

– Tu as *avoué* ?

– À Ellen.

Le nom ne signifiait rien.

– Tu... tu as raconté à quelqu'un...

– À ma première femme.

– Nom de Dieu ! Elle t'a cru ?

– Évidemment. Tu penses qu'elle croirait que j'inventerais ce genre de chose ?

– Nom d'une pipe en bois ! Tu lui as parlé de moi ?

– Sans donner de nom. Seulement que, tu sais, j'avais tout organisé.

– Qu'est-ce qu'elle va faire ?

Le sourire de Bryce fut déplacé, mais tout aussi sincère que le premier.

– J'en ai pris pour mon grade, tu peux me croire.

– Oui, évidemment, elle...

– Parce que j'ai été terriblement égoïste.

– Oui, quand on regarde...
– Du fait que je voulais avouer.
Wayne le dévisagea.
– Quoi ?
– Je ne réfléchissais pas, expliqua Bryce. Je ne pensais pas à mes enfants, au fait que je les mettrais dans une situation impossible. Ils ont vingt-trois, vingt et un, et dix-neuf ans, et ça *détruirait* leur vie. Tu t'en rends compte, pas vrai ?
– Parfaitement, dit Wayne. Sûr. Ellen a dit ça ?
– Elle m'a fait promettre, reprit Bryce, de n'en parler à personne, jamais. Et je ne le ferai pas.
– À cause de tes enfants, dit Wayne.
– Ce sont les innocents. Ce sont les victimes.
– Tu as raison. D'accord, dit Wayne, qui hocha la tête. D'accord.
Il comprit que Bryce était sincère, que Bryce ne ferait rien contre lui de cette façon, qu'il ne serait pas obligé d'agir afin de se protéger de la culpabilité de Bryce. Dieu bénisse la première femme, Ellen, pensa-t-il.
– Euh... fit-il, est-ce que... On commence ?
– O.K.
– C'est le *New York Review of Books*, tu sais, donc j'ai... j'ai préparé des questions.
– Tire.
Wayne appuya sur *Record* et commença :
– Interview de Bryce Proctorr par Wayne Prentice, le vingt-sept mars. Un thème récurrent dans votre œuvre, que les critiques ont relevé, est la question de la dualité, à savoir que les actes non seulement ont des conséquences, mais contiennent aussi un deuxième ensemble, altéré, de conséquences, des choses qui auraient pu se produire, ne se sont pas produites, mais hantent néanmoins ce qui est effectivement arrivé. Cela a rappelé aux critiques *Le Jardin aux sentiers qui bifurquent*, de Borges. Avez-vous été influencé par Borges ?

Bryce hocha la tête, lentement, pendant un moment, les yeux fixés sur la cassette qui tournait dans le magnétophone. Wayne se demandait s'il devait préciser la question quand Bryce dit :

– La dualité... est, bien entendu, naturellement, elle est en chacun de nous, les contraires et les mouvements de l'être sous la peau, et la sensation qu'il est impossible que cela m'arrive, mais alors qu'est-ce qui arrive ? Qu'est-ce qui arrive, sinon ce qui arrive ? De ce point de vue, toute décision est nécessairement la bonne décision, toute décision est nécessairement inévitable, impossible d'échapper à ce qui a été décidé, parce que l'histoire en découle, vous voyez, en *découle*, l'histoire découle de chaque décision, et quand on est debout là-haut, vous voyez, vous voyez ? quand on est debout au sommet de la colline, c'est à cet endroit qu'on est, et on ne pourrait pas y être si on n'avait pas décidé comme on l'a fait *avant*. Évidemment, naturellement, évidemment, si on avait pris une décision différente, à ce moment-là, ça aurait été la bonne, la décision correcte, la seule, la seule possible, la seule direction envisageable, si seulement on avait *réfléchi*, si seulement on avait réfléchi *convenablement*, et maintenant, aujourd'hui, vous voyez, vous voyez, n'est-ce pas, aujourd'hui vous seriez au sommet d'une autre colline, regardant derrière vous, et vous comprendriez que vous avez eu raison, que c'était le sommet de la seule colline possible, *c'était* le sommet de la seule colline possible, si vous aviez été patient, et vous ne voyez même pas le sommet de cette colline de l'endroit où vous êtes, où vous êtes alors que vous auriez dû être là-bas, vous ne pouvez pas y aller, vous ne pourrez jamais y aller, mais vous *savez*, vous savez maintenant, vous auriez dû comprendre alors, vous auriez *dû* comprendre, vous réfléchissiez comme un dément, pire, vous réfléchissiez comme un *romancier* racontant une histoire, avec une *accroche*, et vous n'avez pas vu qu'il y avait d'autres, d'autres, d'autres, oh, disons *scénarios*, et que la multiplicité des scénarios, oui, des embranchements du sentier, oui, c'est bon, je ne vois pas ce que le jardin vient faire là, mais cette multiplicité s'ouvre et se ferme comme des rochers, comme des rochers géants qui se referment, et toutes les variables, toutes les variations, que dirons-nous, la diversité, la multiformité devient de plus en plus étroite, se recroqueville, s'étrangle, jusqu'au moment où il n'en reste qu'une, et le fait que ce soit la *seule* n'est pas une raison, le fait qu'elle soit *inévitable* n'est pas une raison, que ce soit la seule chose qui ait pu se produire du fait que c'est la seule chose qui se *soit* produite n'est pas une raison, et nous nous retrouvons avec une dualité qui réside dans l'esprit, un remords, une envie inassouvie, un désir de sentiers avec de nombreux embranchements, de jardin, oui, un désir de fleur qui ne pousse pas, ce qui est où j'ai toujours... ce vers quoi ma main s'est toujours tendue, mais l'image et la réalité sont *fausses*, pour revenir à votre question, le désir d'une autre réalité est ce qui fait l'auteur de fiction, le raconteur d'histoires, pour revenir à votre question, le menteur, celui qui impose sa réalité au monde, mais la greffe, pour revenir à votre question, la greffe ne peut survivre sur cette tige nouvelle, au sommet de cette colline, *celle-ci*, là. Et c'est, je suppose, le sujet de ce que j'écrivais, mais je n'y prêtais pas attention. Cependant, je n'ai pas lu Borges.

Wayne ne resta qu'une nuit, enregistra plusieurs heures d'interview, puis reprit le train pour New York, s'assit devant son ordinateur et rédigea les deux côtés de l'interview, les questions et les réponses. Tout le monde en fut apparemment satisfait.

27

Deuxième semaine d'avril et Bryce attendait le vrai printemps avec impatience. Presque quotidiennement, désormais, il gagnait l'enclos de la piscine, franchissait la clôture, faisait le tour du bassin, dont la bâche vert foncé était parsemée de petits tas de feuilles mouillées datant de l'année dernière. Il ouvrait toujours la piscine début mai, même s'il faisait généralement encore un peu trop frais. Mais l'eau était chauffée, même si l'air ne l'était pas, et il y avait toujours au moins quelques jours chauds et ensoleillés en mai, avant que les voisins ne mettent en service leur piscine, dont Bryce profitait pour nager, paresser dans l'eau, et chasser l'hiver de son corps.

Deuxième mardi d'avril et deuxième fois qu'il goûtait au déjeuner préparé par Mme Hildebrand. Veuve de presque soixante-dix ans, Mme Hildebrand avait été, pendant de nombreuses années, diététicienne dans une école privée, non loin de la frontière du Massachusetts. Elle avait à présent une petite retraite, pas de famille à proximité, et habitait un petit appartement plutôt minable à Danbury. C'était une femme silencieuse, qui ne se mêlerait sûrement pas de ce qui ne la regardait pas et qui connaissait bien son travail. Faire la cuisine et le ménage d'un divorcé qui exerçait son activité chez lui, recevoir un petit salaire qui augmentait sa retraite, être logée et nourrie, avoir un jour de congé par semaine – ils s'étaient entendus sur le jeudi, sans raison particulière – et rester discrète, sauf si Bryce avait envie de compagnie, ce qui ne risquait guère de se produire. Elle aimait lire – il la soupçonnait d'être une de ses admiratrices, mais elle était trop bien élevée pour s'en ouvrir à lui – et il y avait un poste de télévision dans sa chambre, si bien qu'elle pouvait occuper son temps libre au moins aussi bien ici que dans l'appartement de Danbury.

Il y avait assez de place, dans le garage, pour la petite Honda Civic orange de Mme Hildebrand, qu'elle utiliserait désormais pour faire les courses. Un des avantages de l'embauche de Mme Hildebrand était que Bryce ne risquait plus de rencontrer à nouveau Marcia Rierdon. Il faudrait qu'il dise à Wayne, quand il le verrait, à quel point il lui était reconnaissant de sa suggestion.

Ses repas étaient bien meilleurs, à présent, grâce à la présence de Mme Hildebrand. Ce jour-là, confortablement rassasié – bien dans sa peau, en fait –, il gagna la piscine, après déjeuner, en fit le tour et pensa nager, ne pensait qu'à nager, quand le téléphone portable, qui se trouvait dans sa poche, sonna. Il se tenait à l'extrémité de la piscine, près du support du plongeoir qu'il n'utilisait jamais mais que, bizarrement, il faisait réinstaller chaque année, quand les ouvriers venaient rouvrir la piscine – peut-être parce que le support serait laid sans le plongeoir – et il sortit le téléphone de sa poche.

– Allô ?

– Bryce ? Joe. Ça va ?

– Oh, ça avance lentement, tu sais ce que c'est. Mais ça progresse.

– D'accord, mais je n'appelais pas pour te mettre sous pression. J'appelle parce que j'ai reçu l'interview, que je trouve formidable.

– Ah, parfait.

Bryce était un peu inquiet à ce propos, il n'était pas certain d'avoir répondu convenablement aux questions. La satisfaction de Joe le soulagea.

– Mais il faudrait que tu jettes un coup d'œil dessus, poursuivit Joe. Et j'aimerais avoir une bonne raison de passer une journée loin de New York.

– Loin de New York ?

– Je te demande de m'inviter demain, expliqua Joe. Je viendrai demain matin, en voiture, on verra l'interview ensemble, puis je rentrerai.

Il veut voir où en est mon roman, pensa Bryce, mais il ne peut pas. Et, alors même qu'il tentait de trouver le moyen d'y échapper, il comprit qu'il n'y en avait pas.

– Formidable. Tu arriveras à quelle heure ?

– Vers onze heures, ça va ?

– Parfait, répondit Bryce, qui regagna la maison et dit à Mme Hildebrand qu'il aurait un invité, le lendemain, pour le déjeuner.

Bryce lut l'interview avant le déjeuner, tandis que Joe bavardait avec Mme Hildebrand dans la cuisine. Elle était beaucoup plus volubile avec Joe qu'avec Bryce mais, bien entendu, la relation était différente.

Joe avait également apporté les critiques de *Deux visages dans le miroir*, parues avant publication dans le *Publishers Weekly* et *Kirkus*. Comme Joe l'avait dit :

– Elles sont très positives, très élogieuses, on est content de te retrouver mais, comme d'habitude, le *PW* fournit davantage de citations utilisables que *Kirkus*.

– Du moment que ça leur plaît, dit Bryce, très satisfait que tel soit le cas.

Il fut également satisfait de l'interview. Wayne avait sûrement retravaillé ses réponses, poli les digressions, rendu les arguments un peu plus clairs. À cette distance, plusieurs semaines plus tard, il ne pouvait distinguer les phrases qu'il avait véritablement prononcées des paraphrases de Wayne. Quoi qu'il en soit, l'interview lui plaisait et il était certain que Wayne ne l'avait pas trahi, qu'il n'avait jamais remplacé la pensée de Bryce par une opinion personnelle.

C'est ce qu'il dit à Joe, devant la salade de crevettes au chou marin de Mme Hildebrand, et Joe répondit :

– Mais tu crois qu'il a conservé le ton.

– Oh, sûr.

– Il a peut-être arrangé un peu, par-ci, par-là.

– Je crois que c'est naturel, dit Bryce. Il ne faut pas qu'on ait l'impression de lire un procès-verbal de police.

– Non, évidemment.

Bryce dévisagea Joe, qui semblait morose.

– Il y a un problème ? La salade ?

– C'est délicieux, Bryce. Tu as eu raison d'engager Mme Hildebrand.

– C'est Wayne qui en a eu l'idée.

– Eh bien, il a eu une bonne idée. Tu n'as aucune raison de vivre comme un chercheur d'or dans le Yukon.

Bryce rit, puis dit :

– Ça n'a jamais été à ce point. Je sors, j'ai une vie sociale bien remplie.

– Tu vois toujours cette femme, Isabelle ?

– Elle est retournée en Espagne, dit Bryce. Tu ne crois pas qu'on devrait boire un verre de vin blanc avec cette salade ?

– Pas moi.

Joe posa sa fourchette et secoua la tête, puis se tourna vers les fenêtres, qui donnaient sur la piscine.

– Tu sais que je n'aime pas te mettre sous pression, reprit-il.

– On n'aime ça ni l'un ni l'autre, Joe, dit Bryce, qui sourit, dans l'espoir d'esquiver la suite.

– Bryce, tu es dans une mauvaise passe depuis longtemps, poursuivit Joe, qui se tourna alors vers lui, et l'expression inquiète de son visage étonna, contraria Bryce. Depuis plus d'un an, ajouta Joe. Peut-être deux.

– Tu sais que le divorce m'a rendu fou. Et puis il y a eu l'assassinat de Lucie, un vrai choc.

– Je sais. Mais je crois que tu ne t'en remets pas.

– Bien sûr que si. C'était il y a des mois, c'était l'année dernière, bon sang. Et tu sais qu'à cette époque je ne la portais pas spécialement dans mon cœur.

– Dans ce cas, pourquoi tu ne travailles pas ?

– Je travaille, affirma Bryce. Et *Deux visages* ?

Joe secoua la tête.

– Bryce, tu as été longtemps bloqué sur ce roman, et tu le sais. Plus d'un an.

– Je l'ai terminé, non ?

– Il a fallu que tu fasses appel à Wayne pour parvenir à te concentrer, pour t'aider à avancer, à rester sur les rails. Il a joué un rôle important dans la réalisation de ce roman, et tu sais que c'est vrai.

– Évidemment.

Bryce écarta les bras et poursuivit :

– Je ne l'ai jamais nié, en tout cas pas en ce qui *te* concerne.

Il sourit, montra les coupures posées près d'eux, sur la table, et reprit :

– Si un journaliste du *PW* me téléphonait et m'interrogeait sur Wayne, je nierais, naturellement.

Mais je te l'ai toujours dit, Wayne m'a sauvé la vie sur ce livre. C'est exactement ce que tu disais : il m'a aidé à me concentrer.

– Et le nouveau roman ? Tu es concentré dessus ?

Mme Hildebrand entra, hésitante, les mains croisées sur la taille, une expression soucieuse sur le visage.

– La salade ne vous plaît pas ?

Ils avaient cessé de manger, depuis quelques instants. Ils s'empressèrent de reprendre leur fourchette, affirmèrent à Mme Hildebrand que la salade était délicieuse, qu'ils s'étaient seulement laissé emporter par leur conversation, que le déjeuner était délicieux. Quand son expression soucieuse eut enfin disparu, et qu'elle sourit, Bryce dit :

– En fait, c'est si bon qu'il faut absolument un verre de vin. Joe ?

– Pas pour moi, merci.

– Seulement moi, alors, décida Bryce, et ils se remirent à manger jusqu'au moment où elle revint, joyeuse, avec le vin de Bryce.

Il en but une gorgée, mangea un peu de salade aux crevettes et, après le départ de Mme Hildebrand, Joe dit :

– Parle-moi un peu du nouveau roman.

– Tu sais que je n'aime pas ça. On peut tuer un livre si on en parle avant de l'avoir terminé.

– Je sais, reconnut Joe, et tu sais que, généralement, je ne demande rien. Mais je pense que tu n'es *pas* concentré, Bryce. Je crois que tu es toujours distrait. Je te parle en ami, maintenant, et, en tant qu'ami, je ne peux plus accepter de réponses vagues sur le livre, que c'est lent mais qu'il progresse, mais que c'est lent. Dans quelle mesure est-ce lent ? Qu'est-ce que tu as fait ?

– Joe, je n'ai vraiment pas envie de parler d'un livre que je suis encore...

– Combien de feuillets ?

– Joe, tu ne devrais pas me mettre sous pression à propos d'un livre que...

– Je ne te demande pas de me parler de l'intrigue, du décor, des personnages, et je ne te demande même pas le titre. Tu ne risques pas de tuer le livre si tu me dis combien de feuillets existent.

– C'est peut-être de la superstition, Joe, mais...

– Pour moi, c'est un faux-fuyant, Bryce.

Le front plissé, Bryce fixa Joe, dont le visage était très sévère et pas du tout amical.

– Joe, dit-il, pourquoi tu tiens à en faire un problème ? On s'entend bien, je n'ai jamais menacé d'aller ailleurs...

– Tu le fais maintenant ?

– Mais non.

Il ne le faisait pas, évidemment. Mais il était prêt à tout pour contraindre Joe à reculer. À ne plus parler de ça. Laisse-moi réfléchir, laisse-moi tranquille.

Mais Joe s'y refusa. Il demanda :

– Combien de feuillets ?

– D'accord, soupira Bryce, la vérité est que te le dire me gêne, parce qu'il n'y en a pas beaucoup. Ça a été lent, mais ça va mieux et...

– Combien de feuillets ?

– Je ne veux pas te le dire, Joe.

Joe s'appuya contre le dossier de sa chaise. Ils avaient à nouveau oublié leur salade.

– C'est imprimé ? demanda Joe.

– Non, c'est sur des disquettes.

Joe releva le pluriel.

– Des disquettes ?

– Une disquette.

– Imprime la dernière page terminée.

Bryce le dévisagea.

– Pourquoi ? Pourquoi je ferais ça ?

– Pour me prouver que le livre existe.

– Bon sang, Joe, maintenant il faut que je *prouve* que le livre *existe* ?

– Oui.

– *Pourquoi* ?

– Parce qu'on sait tous les deux qu'il n'existe pas.

Bryce conserva quelques instants encore une attitude de défi, puis il se tassa sur lui-même, vaincu.

– J'ai des débuts d'intrigue, dit-il.

– Des débuts d'intrigue.

– Je n'étais pas... Oui, tu as raison, c'est un problème de concentration. Je ne pouvais pas me concentrer, j'ai noté des débuts d'intrigue, des idées, *ils* sont sur des disquettes. Je n'ai pas pu choisir celui que j'ai envie de développer. Sur lequel je pourrais *me concentrer*.

– Mais ils existent.

– Oh, oui. Les disquettes sont dans mon bureau, étiquetées et tout, mais je n'avais pas envie de revenir dessus, tu sais, pas encore, de les reprendre, de faire le tri, tu sais, de choisir la bonne.

– Je peux jeter un coup d'œil dessus ?

Bryce se redressa.

– C'est une bonne idée. *Tu* pourrais faire le tri. Je ne sais pas combien il y en a, mais il y en a beaucoup. Tu sais, après déjeuner, tu pourrais jeter un coup d'œil dessus. En choisir deux ou trois, par exemple, et dire : « Tiens, Bryce, concentre-toi sur une de celles-ci. » Et, ensuite, je me mettrai au travail, je le jure.

– Bien, dit Joe.

Il y avait un banc en bois pour deux personnes installé au bord de la piscine, en été, au milieu d'une des longueurs. En hiver, il était rangé dans un petit bâtiment, comme le reste des meubles de jardin, mais Bryce le sortit, l'installa à sa place d'été, puis s'assit et, les yeux fixés sur la piscine, pensa à mai.

En fait, il ne se souvenait pas de ces idées, pas d'une seule. Il espérait que Joe en trouverait tout de même quelques-unes qui seraient utilisables, parce qu'il voulait vraiment se remettre sérieusement au travail. Il y avait très longtemps qu'il n'avait rien écrit, depuis *Deux visages*.

Enfin, non. Depuis plus longtemps.

Il faut que je recommence, pensa-t-il, il faut que je m'y remette, parce que je ne peux pas être autre chose. Je flotte, ici, je ne suis pas quelqu'un, je ne suis même pas le fantôme de quelqu'un, je suis seulement vide. Je suis comme un modèle réduit d'avion dont l'hélice est mue par un élastique, et l'élastique a cassé. Je sens qu'il est cassé, en moi. J'en ai besoin, il faut que je le répare.

Quand Joe arriva au bord de la piscine, son visage était toujours morose. Bryce avait espéré qu'il sourirait, qu'il dirait : « Celle-ci ou celle-là, c'est exactement ce qu'il te faut. Au travail, Bryce ! » Mais ça n'arriverait pas.

Joe s'assit près de lui, sur le banc, les pieds touchant à peine le béton du sol, les yeux fixés sur la bâche de la piscine. Bryce attendit qu'il dise quelque chose, n'importe quoi, mais Joe resta silencieux si bien que Bryce finit par demander :

– Il n'y en a pas une qui vaille la peine, hein ?

Joe poussa un long soupir.

– Tu ne suis pas de psychothérapie, n'est-ce pas.

Ce n'était pas une question, mais une affirmation.

Ça ne va pas recommencer, songea Bryce, qui pensa à son avocat, Fred Silver, qui croyait qu'il y a toujours un professionnel capable de résoudre tous les problèmes.

– Non, reconnut-il.

– Je connais quelqu'un, à New York...

– Non, Joe.

Joe lui adressa un bref regard, puis se tourna à nouveau vers la piscine.

– Est-ce que je peux te demander pourquoi ?

La réponse était : on ne peut tirer profit d'une psychothérapie que si on dit la vérité, mais Bryce ne pouvait pas dire la vérité, ni à un analyste, ni à Joe, ni à personne. Il répondit :

– Je n'en ai pas envie, c'est tout. Je n'en vois pas la nécessité.

Une nouvelle fois, Joe lui adressa un bref regard.

– Wayne, dit-il, m'a fait écouter une partie de la bande de l'interview.

Qu'est-ce que c'était ? Une nouvelle attaque, mais à quel propos ?

– Je sais qu'il n'a pas transcrit ce que j'ai dit mot à mot, fit Bryce, méfiant.

– Il n'a pas transcrit ce que tu as dit du tout.

Il se tourna brièvement vers Bryce, poursuivit :

– Wayne me l'a dit en confidence, parce que tu l'inquiètes. Il ne savait pas quoi faire, et il sait que je suis ton ami, donc il m'a fait écouter la bande.

– Et qu'est-ce qui n'allait pas ?

– Ça n'avait aucun sens, répondit Joe. Wayne a écrit toute l'interview.

– Non.

– Si.

– Mais... pourquoi ?

– Parce que ce que tu disais était inutilisable, incapable de susciter une réaction, incompréhensible. C'était comme les intrigues de tes disquettes. Vingt-quatre disquettes de charabia, Bryce.

– Je ne te crois pas.

– Très bien, dit Joe. Accompagne-moi à l'intérieur et on va en lire quelques-unes.

Soudain effrayé, Bryce s'écria :

– Non !

– Non ?

Joe se tourna vers lui, tenta de capter le regard de Bryce.

– Pourquoi ? demanda-t-il.

Bryce, à son tour, fixa la bâche de la piscine.

– Je n'ai pas vraiment envie de les voir. Si tu penses qu'elles ne sont pas bonnes, je ne vois pas pourquoi je...

– Tu ne tournes pas rond et tu ne sais pas que tu ne tournes pas rond, dit Joe. Tu ne peux pas continuer comme ça, Bryce, tu ne peux vraiment pas.

– Ça va s'arranger, Joe.

– Tu ne veux pas voir un psychologue ?

– Non ! Je ne veux pas, je n'en ai pas besoin, et c'est non.

Joe hocha la tête, se leva et s'éloigna légèrement. Les yeux fixés sur le chemin de pierres grises et l'herbe tendre qui poussait au bord, il dit :

– Le livre sur lequel tu ne travailles pas est le dernier du contrat en cours.

– Je ne me préoccupe jamais de ces choses, tu le sais.

– Jerry Mossman s'en préoccupe.

– C'est mon agent, il est normal qu'il s'occupe de ça.

– Comme *Deux visages* a été remis avec beaucoup de retard, poursuivit Joe, le livre suivant, celui sur lequel tu ne travailles pas, est également en retard. La date de remise prévue par le contrat est dépassée depuis plus d'un an.

– Joe, on ne s'est jamais soucié de ces conneries. Tu sais que j'ai toujours...

– Ce n'est plus pareil.

Il se tourna vers Bryce, qui eut soudain l'impression que Joe avait délibérément décidé de rester à bonne distance.

– Si tu ne fais pas quelque chose, Bryce, et si tu ne le fais pas *tout de suite*, quelque chose qui puisse me convaincre que tu te fais aider, ou que tu n'as plus besoin d'aide, lundi prochain j'avertirai Jerry

Mossman que tu n'as pas respecté ton contrat, que nous ne croyons plus en ton aptitude à produire des romans, que nous annulons le contrat et que nous exigeons le remboursement de toutes les avances.

Bryce se leva et Joe fit un pas en arrière.

– Joe, tu ne peux pas faire ça, tu ne peux pas être sérieux.

– Je crois que je suis ton ami, Bryce, répondit Joe, et je regrette profondément de devoir me comporter en salaud réaliste, mais tu m'inquiètes et je crois que je dois te contraindre à te faire aider. J'ai pris une disquette, qui s'intitule *Kirghizstan*, tu t'en souviens ?

– Je ne me souviens d'aucune.

– S'il faut que nous allions jusqu'au procès, je la présenterai, ainsi que les cassettes de Wayne.

– Joe, *je t'en prie !*

– Vas-tu te faire aider ?

Au pied du mur, désemparé, scrutant les ténèbres à la recherche d'une issue, Bryce s'écria :

– Wayne !

– Quoi ?

– Wayne, répéta Bryce, plus calme. Il m'a déjà aidé une fois, pas vrai ? Il m'a remis sur les rails. Je vais lui téléphoner, je vais l'appeler aujourd'hui, je vais l'appeler tout de suite, avant ton départ ! Je lui demanderai de m'aider une nouvelle fois. Il me remettra sur les rails, tu sais qu'il le fera. Je peux travailler si Wayne est à mes côtés.

Joe réfléchit puis hocha lentement la tête.

– On va lui poser la question, dit-il. S'il accepte, on essaiera. S'il n'accepte pas...

– Il acceptera.

– Très bien, téléphonons.

Ils eurent le répondeur. Bryce laissa un message.

28

Quand Wayne regagna l'appartement, au retour de son jogging d'après déjeuner dans Central Park, il y avait un message sur son répondeur : « Salut, Wayne, je suis chez moi dans le Connecticut, Joe est ici, et il faudrait qu'on te parle le plus tôt possible, téléphone, d'accord, mon pote ? » Bryce semblait exagérément joyeux, surexcité, presque fiévreux. Et il n'avait jamais appelé Wayne « mon pote ».

Était-ce à cause de l'interview ? Avait-il eu tort, finalement, de faire écouter la cassette à Joe ? Il lui avait semblé, sur le moment, que c'était l'attitude la moins risquée.

Plus Wayne avait écouté l'enregistrement, dans l'espoir d'y trouver quelque chose d'utilisable, plus il avait constaté à quel point Bryce était devenu instable. Et peut-on escompter qu'une personne instable agira conformément à son intérêt ? Qu'elle suivra le meilleur conseil, même s'il émane d'une première épouse ? Bryce *savait* qu'Ellen avait raison, que ses aveux porteraient gravement préjudice à ses enfants, mais était-il encore assez sensé pour agir en fonction de cette certitude ? Ou bien changerait-il soudain d'avis, incontrôlable, détruisant tout et tous sans s'en apercevoir ?

Mon seul espoir, avait décidé Wayne, est d'établir à l'avance que Bryce est dingue, qu'il devient dingue ou, simplement, qu'on ne peut plus compter sur lui, que ce n'est plus une personne stable. *Ensuite*, s'il raconte une histoire abracadabrante selon laquelle il a donné un demi-million de dollars à un autre écrivain pour qu'il tue sa femme, il sera facile de le discréditer.

Donc, Wayne avait préparé le terrain, fait écouter la cassette à Joe, dit à Joe que Bryce l'inquiétait, ce qui était vrai, ô combien. Et Joe, en confidence, avait dit qu'il commençait lui aussi à s'inquiéter, qu'il se demandait si Bryce travaillait effectivement sur le nouveau roman, même s'il prétendait le faire. Joe avait dit à Wayne qu'il ne devait rien faire de plus, qu'il ne devait faire écouter la cassette à personne, qu'il devait lui laisser le temps de réfléchir, de décider de la meilleure marche à suivre.

Joe avait-il décidé que la meilleure marche à suivre consistait à affronter Bryce ? À lui raconter ce que Wayne avait fait ? Comment Bryce réagirait-il ? Dans l'espoir de trouver un indice, une information utilisable, il repassa deux fois le message, perçut le désespoir sous le faux entrain, mais ne décela ni hostilité ni colère dans la voix. D'accord : il téléphonerait.

Théoriquement, il travaillait sur le scénario de *Double impact*, mais il avait de plus en plus nettement l'impression de perdre son temps. Il avait écrit le scénario très rapidement, satisfait de la façon dont il progressait, sans même s'inquiéter du fait qu'il comptait cent cinquante pages et non cent vingt, comme le recommandent les ouvrages spécialisés, convaincu que ce qu'il faisait était rapide, charnu, solide, mais Susan, à qui il l'avait fait lire, avait dit qu'il était trop bavard. Trop bavard. Trop de dialogue. Qu'il ne laissait pas la caméra raconter l'histoire, mais que les personnages se cassaient mutuellement les oreilles en racontant l'histoire.

Ce n'était donc pas aussi facile qu'il le croyait. Mais, alors qu'il reprenait l'ensemble, tentait de déterminer quels longs passages de dialogue pouvaient être transformés en paragraphes subtils d'instructions destinées à la caméra, il constata que son imagination n'était malheureusement pas aussi visuelle qu'il croyait. Toutefois il refusa d'abandonner, du moins pour le moment. Je me donne le mois d'avril, se dit-il, et si ce n'est pas terminé à ce moment-là, au diable ce scénario.

Ainsi, d'une certaine façon, le message énigmatique de Bryce constituait une agréable distraction. Il se dit que le scénario comportait de plus nombreux motifs d'inquiétude que Bryce, si bien qu'il composa le numéro du Connecticut et une femme à la voix maternelle dit :

– Résidence Proctorr.

Une infirmière ? Bryce avait-il tenté de se suicider ?

– Oh, bonjour, Wayne Prentice à l'appareil, Bryce m'a appelé.

– Un instant, s'il vous plaît.

Il attendit, peu de temps, puis Bryce prit la communication, toujours surexcité et plein d'entrain.

– Bon sang, Wayne, Joe est parti il y a cinq minutes.

– Qui est-ce ? La femme qui a décroché ?

– Oh ! Tu n'es pas au courant, j'ai suivi ton conseil. C'est Mme Hildebrand, la gouvernante.

Bizarrement, la nouvelle était rassurante, comme si le fait d'engager une gouvernante était une démarche si concrètement saine qu'il pouvait en déduire qu'il n'avait plus de raison de s'inquiéter pour Bryce.

– Je suis content que tu l'aies fait.

– Moi aussi, affirma Bryce. Et tu le seras plus encore quand tu viendras. Elle sait cuisiner !

– Bien.

– Le problème, tu vois, reprit Bryce, d'une voix moins bien timbrée, soudain hésitante, moins assurée, le problème, Wayne, c'est que Joe est venu...

– Oui, tu l'as dit.

– Et qu'il s'est montré un peu dur avec moi, je dois dire ; je ne m'y attendais pas et il s'est montré vraiment dur.

– À quel propos ?

– Il a réussi à me faire avouer que je ne travaillais pas sur le nouveau livre, que je n'ai, euh, en fait *pas* de nouveau livre.

Wayne fut surpris mais, aussitôt après, cessa de l'être.

– Qu'est-ce qu'il a dit ?

– Il voulait que j'entreprenne une psychothérapie, mais je ne peux pas... Bon, *tu* sais pourquoi je ne peux pas.

– Non, dit Wayne.

Bryce souffla, d'une voix aiguë et sifflante :

– *Il faut dire la vérité !*

Bon sang !

– D'accord, admit Wayne. J'espère que ce n'est pas la raison que tu lui as donnée.

– Non, évidemment !

– Tu t'es contenté de refuser.

– Je me suis contenté de refuser.

– Et qu'est-ce qu'il a dit ?

– Il a dit que si je ne prenais pas des dispositions pour me faire aider, pour *commencer*, il dénoncerait mon contrat et exigerait le remboursement de l'avance. C'est-à-dire un quart, j'ai déjà touché un quart. La fois précédente, tu sais, ma moitié était en fait un quart de *Deux visages* et un quart du roman suivant.

Deux cent soixante-quinze mille dollars. Une grosse somme, quand il faut la rendre.

– Il irait jusque-là ? demanda Wayne. Je croyais que vous étiez potes.

– Oui. D'après lui, c'est une façon de démontrer qu'il est mon pote. Donc, il fallait que je prenne des *dispositions*. Alors je lui ai dit : « Wayne. *Il* m'aidera. »

La voix se mua une nouvelle fois en souffle et Bryce conclut :

– *Comme la dernière fois.*

– Ah, fit Wayne. Je dois tuer qui, cette fois ?

– *Quoi ?*

Le choc, dans la voix de Bryce, fut si comique que Wayne ne put se retenir de rire, puis Bryce, profondément vexé, dit :

– Ce n'est pas drôle.

– Désolé. J'ai cru que ça l'était. Alors qu'est-ce que tu proposes ? Je t'ai déjà donné *Deux visages. Coup double.*

– J'ai des sujets, des intrigues, d'après Joe, ils ne valent rien, ils sont comme l'interview...

– Il t'a parlé de ça.

– Oui. Mais c'est sans importance, je comprends pourquoi tu l'as averti, c'est sans importance. Et tu as formidablement arrangé les choses. Ton interview était formidable, je regrette seulement de ne pas y avoir assisté.

Une nouvelle fois, Wayne rit et, cette fois, il dit :

– Et tu crois qu'on peut sauver quelque chose, c'est ça ? Parmi ces sujets.

– J'*espère*. Je ne les ai pas relus, j'ai peur de les relire, mais tu pourrais le faire. Si tu acceptes, si tu es d'accord pour m'aider, Joe reviendra sur sa décision. Ensuite, tu pourras jeter un coup d'œil sur ces sujets, voir si on peut tirer quelque chose de l'un d'entre eux, et se mettre enfin au *travail*.

Les possibilités tournoyèrent dans l'esprit de Wayne.

– Je verrai ce que je peux faire, Bryce.

– Oh, Wayne, merci, j'étais sûr que je pouvais compter sur toi, j'étais *sûr* que je pouvais compter sur toi.

– Tu peux.

– Joe veut que tu lui téléphones, que tu lui dises ce que tu vas faire. Il ne retournera pas au bureau, il rentrera directement chez lui. Tu pourras lui téléphoner vers cinq heures.

– D'accord.

– Et tu pourrais venir. Tu pourrais venir demain ?

Wayne pensa au scénario, se refusa à l'abandonner justement parce qu'il avait *envie* de l'abandonner, puis il dit :

– J'ai des choses à faire, Bryce. Je pourrais venir samedi. Je peux emmener Susan ?

– Bien sûr ! Passez le week-end ici, je suis invité, samedi soir, chez des gens du coin, je leur dirai que j'amène des amis.

– Ce n'est pas la peine.

– C'est normal, ici, expliqua Bryce. Les gens amènent toujours des amis, je suis l'original, je n'amène jamais personne, vous serez mes premiers amis.

– Dans ce cas, parfait. Et, Bryce, tu peux me faxer l'itinéraire ? Je louerai une voiture.

– Absolument. Et appelle Joe, d'accord ? Il est inquiet.

– Je lui dirai qu'il n'a plus de raison de s'inquiéter.

Nous n'aurons plus de raison de nous inquiéter, ni les uns ni les autres, pensa-t-il, parce qu'il avait immédiatement compris ce qui allait arriver. Il terminerait *L'Ombre de l'autre*. *L'Ombre de l'autre* serait publié. *L'Ombre de l'autre* compterait au nombre des best-sellers. Parce qu'il avait désormais un pseudonyme secret très nettement préférable à Tim Fleet :

Bryce Proctorr.

– C'est ici ! dit Susan. Voilà la maison !

Elle était très enthousiaste.

– Ouais, c'est elle, reconnut Wayne, tandis qu'il s'engageait lentement sur les graviers crissants du chemin, au volant de la Lexus de location.

Onze heures du matin, soleil, fraîcheur, colonnes blanches luisantes de la façade, comme celles d'une plantation d'autrefois.

– On était tout près, n'est-ce pas ? dit Susan. Le jour où on l'a cherchée.

– On ne la voit pas vraiment depuis la route.

– On est peut-être passés devant. Est-ce qu'on est passés devant ?

– Je ne m'en souviens pas, répondit Wayne, qui s'arrêta près du garage, sur la gauche, afin que les voitures qui en faisaient usage puissent entrer et sortir.

Ils avaient l'un et l'autre un petit sac de voyage qu'ils prirent quand ils descendirent de voiture et, lorsqu'ils arrivèrent près de la porte, le battant s'ouvrit sur une femme âgée, en jupe bleu foncé et chemisier rose, qui dit :

– Bonjour. Sans doute êtes-vous M. et Mme Prentice.

– Et sans doute êtes-vous Mme Hildebrand, fit Wayne. Nous nous sommes parlé au téléphone.

– Oui, bien sûr, entrez.

Ils pénétrèrent dans la maison et Susan regarda autour d'elle, les yeux brillants, tandis que Mme Hildebrand disait :

– M. Proctorr est parti faire un tour ; il aime marcher dans la propriété. Je vais vous conduire jusqu'à votre chambre.

– Je sais où elle se trouve, dit Wayne. J'ai déjà dormi ici.

– Dans ce cas, je vais m'occuper du déjeuner, dit Mme Hildebrand. J'espère que vous aimez les perdrix.

Wayne rit.

– Vous pouvez compter sur nous, Mme Hildebrand.

Il monta, suivi de Susan, dans la grande chambre d'amis ensoleillée où il avait séjourné la fois précédente. Dans la chambre, une fois la porte fermée, Susan constata :

– C'est comme l'appartement.

– Je te l'avais dit, mais il ne le voit pas.

– C'est un homme étrange, fit Susan, qui se tourna vers la fenêtre. Le voilà.

Wayne la rejoignit. La piscine se trouvait à flanc de colline, presque au niveau de la chambre et il y avait, au-delà, une prairie, puis une forêt dense jusqu'au sommet de la colline. Bryce, vêtu d'un duffle-coat volumineux, traversait la pairie, contournait la piscine. Son manteau était ouvert, battait ses cuisses, et il avait les mains dans les poches. Il était nu-tête et son expression était figée, déterminée, comme s'il tentait de se souvenir d'un événement important.

– Je descends, dit Wayne.

– Je déballe les affaires, dit Susan, et on se retrouve pour déjeuner.

Wayne descendit et se trouva face à Bryce, qui venait d'arriver dans le hall d'entrée, toujours vêtu de son duffle-coat, toujours les mains dans les poches. Son visage s'éclaira quand il vit Wayne, puis il sortit la main droite de sa poche, la tendit et s'écria :

– Wayne ! Quel plaisir de te voir !

– Moi de même.

Wayne remarqua que Bryce était surexcité, mais se contrôlait.

Bryce quitta son manteau, comme s'il venait de s'apercevoir qu'il ne l'avait pas encore fait, puis resta immobile, le vêtement sur le bras gauche.

– On déjeunera dans une heure, peut-être davantage, dit-il. Tu veux jeter un coup d'œil sur ces trucs, ou tu préfères attendre? Je sais que le trajet est long.

– Non, il n'a pas été fatigant, nous avons loué une bonne voiture. Voyons ces projets d'intrigue.

– Mettre un terme au suspense, hein? fit Bryce, qui lui adressa un large sourire et posa brièvement une main gênée sur son bras.

– Exact.

Ils gagnèrent l'étage et le bureau de Bryce, qui posa son manteau sur un canapé en cuir noir

– Tu sais comment fonctionne ce truc? demanda-t-il.

– Bien sûr.

– Ils sont là, les sujets. Vingt-trois. Il y en avait vingt-quatre, mais Joe en a pris un.

– Pas le meilleur, suggéra Wayne.

Le rire de Bryce fut un peu trop explosif.

– Ce n'était pas le meilleur qui l'intéressait. Pas à ce moment-là. Écoute, je serai un peu mal à l'aise, ici, pendant que tu liras. Et il est préférable, pour toi aussi, que je ne reste pas.

– Sûr.

– On se retrouvera au déjeuner, conclut Bryce, qui sortit précipitamment.

Wayne se dirigea vers la table de travail et Bryce réapparut, un vague sourire gêné sur les lèvres.

– Mon manteau, dit-il.

Il le montra, le prit, fit un geste de la main puis sortit en hâte.

Quand il apprend que sa femme a changé de sexe des années avant leur rencontre, il la quitte. Elle le harcèle et il fuit au Canada, où il devient moine dans un monastère qui fait clandestinement entrer des réfugiés politiques aux États-Unis. Il tombe amoureux d'une Chinoise qui était une vedette des films de propagande et veut à présent devenir mannequin à New York. Sa femme, qui le poursuit, est obligée de se déguiser en homme.

C'était le plus court. Quelques-uns faisaient plus de quinze mille signes, mais la majorité ne faisaient que trois ou quatre pages. Tous étaient inutilisables.

Ce n'était pas une surprise, puisque Joe lui avait confié sa réaction, mais c'était néanmoins déprimant. Qu'est-ce qui arrivait à Bryce ? Était-ce vraiment la mort de Lucie, la culpabilité, l'absence de dénouement du fait qu'il ne l'avait pas tuée lui-même ?

Ou bien était-ce antérieur, peut-être même sans lien avec Lucie ? Peut-être Lucie l'avait-elle quitté parce qu'il devenait bizarre, et pas l'inverse.

Quoi qu'il en soit, et même s'il pourrait en tirer profit, Wayne trouvait la situation triste et déprimante. Il aimait bien Bryce, l'avait apprécié autrefois, l'avait admiré et envié de loin pendant longtemps, et il éprouvait, vis-à-vis de lui, des sentiments divers depuis six mois. Mais il ne pouvait s'identifier à Bryce en tant que romancier, en tant que raconteur d'histoires, ne pouvait imaginer l'horreur qu'on doit ressentir lorsque les histoires ne viennent pas. Quand on ne peut trouver que ces *parasites*.

Wayne savait ce qui devait arriver ensuite, mais il savait aussi que le chemin permettant d'y parvenir serait très difficile à négocier. Malgré la réaction de Joe, malgré la conviction profonde qui l'empêchait de revenir sur ces rebuts, Bryce espérait qu'il y avait là *quelque chose*, une étincelle, un morceau de fil, minuscule et mince, qu'il serait possible de saisir et de tirer jusqu'au moment où on obtiendrait un roman complet, plein, digne d'intérêt.

Non. Il n'y avait que des parasites dans l'esprit de Bryce, une épave déchiquetée, tordue. Mais Wayne ne pouvait le dire à Bryce, ne pouvait laisser Bryce en prendre conscience. Il n'avait pas besoin d'un Bryce Proctorr désespéré, qui serait alors inutile. Il lui fallait un Bryce Proctorr qui conserverait un espoir.

Les yeux fixés sur l'écran de l'ordinateur, il voyait parfois un faible reflet de lui-même. Ce n'est que lorsqu'il tourna la tête, finalement, qu'il dit :

– Il faut que je lui donne une raison de faire ce qui *m'arrange*. Il faut que je lui donne *sa* raison de le faire.

Non seulement Mme Hildebrand avait métamorphosé les repas, mais elle avait aussi métamorphosé la salle à manger. Les plats en argent du vaisselier, récemment astiqués, étincelaient, les fleurs printanières, sur la table, resplendissaient et semblaient lumineuses, la vaisselle provenait d'un service plus élégant, plus raffiné, que les assiettes ordinaires que Bryce avait utilisées lors de la visite précédente de Wayne.

Wayne arriva le dernier dans la salle à manger, trouva les deux autres à table, engagés dans une conversation tendue, si bien qu'ils le regardèrent avec soulagement quand ils s'aperçurent qu'ils n'étaient plus seuls. Wayne savait que Bryce n'appréciait pas Susan et que, de ce fait, Susan se montrait distante avec lui, et il le regrettait, mais il ne savait pas comment y remédier. Susan et lui viendraient souvent, si les choses se passaient comme il l'espérait ; peut-être Bryce et Susan s'habitueraient-ils l'un à l'autre, cesseraient-ils de se mettre mutuellement mal à l'aise.

En plus du soulagement, le regard de Bryce exprimait l'espoir, mais Wayne secoua la tête.

– Je regrette, dit-il, puis il tourna la tête afin de ne pas voir la déception de Bryce.

Il s'assit, puis Mme Hildebrand apporta les trois perdrix, ainsi que la salade et les légumes, et demanda si quelqu'un voulait du vin. Wayne se tourna vers Bryce, mais Bryce dit :

– Pas pour moi, aujourd'hui, Mme Hildebrand.

Si bien que Wayne ajouta :

– Pour moi non plus.

Et Susan suivit son exemple.

Mme Hildebrand quitta la pièce et Bryce demanda :

– Rien ? Pas un seul ?

Wayne secoua la tête.

– Tu le savais, tu l'as compris quand Joe te l'a dit. Enfin, Bryce, tu le savais avant, puisque tu te refusais à revenir dessus.

– C'est délicieux, intervint Susan.

– Nous devrions manger, dit Bryce, qui prit sa fourchette et son couteau.

Ils mangèrent pendant quelques instants, puis Wayne reprit :

– J'ai quelques suggestions, si tu veux.

– Je suis prêt à me raccrocher à n'importe quoi.

– J'espère que ce n'est pas n'importe quoi. À mon avis, le problème est que tu es trop isolé, ici.

– Ça a commencé avant mon installation ici.

– Les projets d'intrigue ? demanda Wayne.

– Non, tu as raison, je les ai écrits ici.

– Avant ta venue ici, expliqua Wayne, il se passait trop de choses et ça te distrayait mais, maintenant, tu es coupé de tout, presque comme si tu étais en exil.

– Mon île d'Elbe, fit Bryce, qui rit et poursuivit : je ne peux pas revenir en arrière, tu sais, je ne peux pas récupérer l'appartement.

– On l'habite, dit Susan.

Wayne et Bryce se tournèrent vers elle, stupéfaits.

– Vous l'*habitez* ?

Calme, Susan répondit :

– Wayne ne vous a rien dit ?

Bien entendu, elle savait qu'il ne l'avait pas fait.

– Quand on a appris que vous le laissiez, poursuivit-elle, on est allés le visiter, pas pour nous, mais parce qu'on avait besoin d'un logement plus grand et qu'on voulait se faire une idée des loyers, de la surface et ainsi de suite. Et puis on est tombés amoureux de l'appartement. On s'y est installés et Joe et Shelly ont emménagé dans notre ancien logement.

– Ils ne veulent pas quitter le Village, expliqua Wayne.

Il était convaincu que les intuitions de Susan étaient bonnes, mais la situation était si délicate qu'il se demanda si c'était bien le moment d'ajouter cette complication.

Bryce se tourna vers Wayne.

– Pourquoi tu ne me l'as pas dit ?

– Je... Ça me gênait, comme si je prenais quelque chose qui t'appartenait.

Il sourit, secoua la tête et reprit :

– Si la décision m'avait appartenu, je ne l'aurais pas fait, pour cette raison, mais Susan adore cet appartement.

– On ne trouve pas bizarre, fit remarquer Susan, que Joe et Shelly se soient installés dans *notre* ancien appartement.

– Mes meubles ? demanda Bryce.

– On s'en débarrasse, répondit Susan, on les remplace petit à petit. Si vous voulez quelque chose...

– Non, non, non. Je ne veux rien, j'ai tout laissé là-bas, ça peut y rester.

Avec le sourire tremblant, nerveux, qui le caractérisait depuis quelque temps, il ajouta :

– Je pourrai aller le voir. Le visiter. Vous rendre visite. Quand j'irai en ville.

Wayne vit, dans ces propos, l'occasion de remettre la conversation sur les rails, et la saisit.

– Bryce, dit-il, quand es-tu allé en ville pour la dernière fois ?

– Quoi ? Je ne sais pas, il y a quelque temps.

– En février, n'est-ce pas ? Début février. Tu es parti avant la fin de ton bail.

– Dans ces eaux-là, admit Bryce. Écoutez, ces perdrix sont excellentes et, si on ne mange pas, Mme Hildebrand va venir nous demander ce qui ne va pas.

Ils se remirent à manger, mais Wayne continua de réfléchir à la conversation, à l'objectif qu'il devait atteindre, au moyen d'y parvenir. Finalement, il dit :

– Tu es trop isolé, ici, Bryce, c'est l'explication la plus plausible. Tu as besoin de stimulation, il faut que tu te remettes sur les rails.

– Habiter New York ne va pas...

– Ce n'est pas ce à quoi je pense. Je pense qu'il faut qu'on travaille ensemble puisque tu as dit à Joe qu'on avait travaillé ensemble. Mais, cette fois, on le fera vraiment.

Bryce porta un morceau de perdrix à sa bouche, mastiqua, plissa le front, les yeux fixés sur Wayne, puis il demanda :

– Comment ?

– Je viens tous les week-ends, répondit Wayne. On parle. *Tu* réfléchis pendant la semaine, tu prends des notes, on discute les idées pendant le week-end, on les met en forme, on concentre ta pensée.

– La concentration, soupira Bryce. C'est le mot que Joe a employé. Ou bien est-ce moi ?

– C'est ce dont on a besoin, dit Wayne. Susan pourra peut-être m'accompagner de temps en temps.

– Évidemment, fit Bryce, indifférent. Si elle ne s'ennuie pas.

– Quand ouvrez-vous la piscine ? demanda Susan.

Le regard que Bryce lui adressa fut presque hostile.

– Début mai.

– Parfait. J'adore nager, je suis un poisson.

Wayne, qui devait atteindre son objectif, dit :

– Quel que soit le temps que ça prendra, Bryce, on travaille tous les week-ends, on affine tes idées. Tu as du talent, tu as du succès, tu as déraillé quelque part, c'est tout, mais, tous les deux, on parviendra à te remettre sur la voie. Quel que soit le temps que ça prendra.

La répétition de la phrase suscita enfin la réaction dont Wayne avait besoin.

– Ça ne peut *pas* durer indéfiniment, tu sais, dit Bryce. D'après Joe, j'ai déjà un an de retard. Je ne peux pas passer mes week-ends à parler. J'ai besoin d'un *livre*.

– J'ai un livre, annonça Wayne.

Bryce le dévisagea.

– Quoi ?

– La moitié d'un livre, rectifia Wayne. Je n'ai pas travaillé dessus, parce que j'ai écrit des articles pour des revues, pour gagner de l'argent. Mais je pourrais m'y remettre lundi. C'est ce que *je* ferai pendant la semaine, pendant que tu travailleras sur tes idées. Puis, chaque week-end, j'apporterai ce que j'aurai fait, on le reprendra, on reprendra tes idées et, quand tu seras prêt, tu commenceras *ton* livre.

– Et le tien ? demanda Bryce.

– Comme la dernière fois.

– Tu veux dire que c'est le livre qu'on donnera à Joe ? Ton livre ?

– On n'en a pas d'autre, fit remarquer Wayne. Il faut que tu donnes *quelque chose* à Joe, tu le sais. Donc c'est le bouche-trou, en attendant que tu sois retombé sur tes pieds.

Le visage de Bryce s'affaissa, comme celui d'un petit garçon sur le point d'éclater en sanglots. Mais il n'éclata pas en sanglots ; il dit :

– Je voulais un livre à moi.

– Ce sera un livre à toi, affirma Wayne. J'ai renoncé à travailler sur le mien, depuis quelque temps, parce que je ne savais pas quoi en faire. Mais, maintenant, je sais. Il est à toi, même chose que la dernière fois mais, cette fois, il n'y a que la moitié d'un livre, donc tu pourras participer et ça t'aidera, en plus, à réapprendre à réfléchir sur les personnages, l'intrigue. Chaque week-end, on parlera du livre sur lequel on travaillera et on parlera de tes idées pour le prochain.

– Je voulais un livre de moi, répéta Bryce. C'est pour ça que je t'ai téléphoné, c'est ce que j'ai dit à Joe, c'est ce que je voulais. Cette fois, un livre de moi. Je voulais que tu m'aides à trouver un livre, mais de *moi*.

– Je le ferai, dit Wayne. Promis. On n'a pas le temps, maintenant, d'écrire un roman en commençant au début, tu le sais, alors qu'on n'a pas d'idées et que Joe est à bout de patience, si bien que celui-ci est une... c'est une collaboration et...

– Il n'est pas de moi.

– Le *prochain* sera de toi. Promis.

Bryce le fixa, silencieux, pendant un long moment. Puis il demanda :

– Promis ?

29

Bryce dit :

– C'est un représentant de commerce qui vend du matériel informatique aux écoles et qui voyage dans tout le Nord-Est. Dans ce district scolaire, le conseil d'administration des écoles siège au lycée, tu sais, tout le district est administré à partir du lycée.

– Hon-hon, fit Wayne.

– Il sort d'une réunion, continua Bryce, fin d'après-midi, lycée fermé, rencontre une femme sur le parking, professeur, malheureuse, récemment divorcée, lui propose de lui offrir un verre, elle accepte, ils dînent ensemble, se retrouvent dans sa chambre de motel.

– Hon-hon.

– Pendant la nuit, elle s'en va, puis il se rend dans la ville voisine, revient au même motel, et elle est là.

– Ah-hah, fit Wayne.

– Elle s'est attachée à lui, elle va le suivre, elle fait une fixation sur lui, comme s'il était son salut. Mais il est marié.

– Hon-hon.

– Ils vont dîner, il tente de la raisonner, mais elle ne veut rien entendre, ils regagnent le motel à pied, tard, dans le noir, et, sans avertissement, il se met à la frapper.

– Hah, fit Wayne.

– Il ne peut pas s'arrêter, poursuivit Bryce, il frappe et frappe, et voilà, elle est morte. Il regagne le motel, prend une douche, se débarrasse de ses vêtements, dort mal.

– Hon-hon.

– Personne ne sait qu'il la connaissait. Personne ne sait qu'elle l'a suivi, il n'y a pas de lien, jamais on ne le retrouvera.

– Exact, fit Wayne.

– Mais c'est comme s'il ne pouvait pas s'empêcher de revenir dessus, ajouta Bryce, sur la scène elle-même, sur le moment où il l'a tuée, de revivre ce moment sous des angles différents, dans l'espoir d'oublier, mais c'est impossible.

– On ne le recherche pas, dit Wayne.

– Non et c'est justement le problème. C'est *Crime et Châtiment* ou c'est *Les Misérables*, mais il n'y a pas d'inspecteur Porphyre, pas de Javert. Il est sa propre Némésis, il se traque lui-même.

– Qu'est-ce qu'il fait quand il se capture ? demanda Wayne.

Bryce perçut la moquerie, dans la question, mais ne la releva pas.

– Il va voir la famille de la femme, dit-il, se livre à elle.

– Pourquoi ?

– Parce qu'il ne supporte plus. Mais ils ne veulent rien savoir, le frère et la sœur de la morte, ils ne veulent pas que l'enquête reprenne, que leurs parents souffrent à nouveau, que les enfants de la femme apprennent qu'elle est morte parce qu'elle a couché avec un inconnu de rencontre, sur qui elle faisait une fixation. Alors ils le tuent.

Wayne demanda :

– Qui ?

– Le frère et la sœur. Ils le tabassent à mort, et c'est la fin. Il comprend alors ce qu'on ressent, ce qu'elle a ressenti. Tu vois ?

Wayne s'appuya contre le dossier de sa chaise, secoua la tête.

– Je ne sais pas, dit-il. Avec qui parle-t-il ?

– Tout est intérieur, répondit Bryce. C'est en lui.

– Joe voudra de l'action, je crois. Et les lecteurs, eux aussi, attendront autre chose, de ta part.

– Oh, il y a de l'action, dit Bryce. C'est seulement que l'essentiel est ce qui se passe dans son esprit.

– Bon, d'accord, admit Wayne. C'est possible. Tu tiens peut-être quelque chose. Mais il faudrait quelqu'un avec qui il puisse parler, il faudrait qu'il *sorte* de son esprit de temps en temps.

– Je crois que je pourrais faire quelque chose comme ça, dit Bryce.

– Et il me faudrait des précisions sur l'action, ajouta Wayne. Écoute, pendant la semaine, développe un peu tout ça, mets-le sur disquette et on pourra revenir dessus le week-end prochain.

– D'accord.

– En attendant, tu pourrais lire ça. La première moitié de *L'Ombre de l'autre*.

– D'accord.

– Tu as lu le manuscrit ?

– Oui, c'est bon, tous ces trucs sur le Guatemala sont très bons.

– Il va falloir changer un peu, dit Wayne, parce que j'en ai utilisé une partie dans un article pour le *New York Review of Books*. Je te montrerai ce qu'on ne peut pas utiliser et tu pourras peut-être te charger de ces révisions. Enfin, si tu en as envie.

– Oh, j'en ai envie. C'est très bon, mais j'ai quelques idées.

Il rit, se passa la main gauche sur le visage et ajouta :

– Mais je ne veux pas commettre à nouveau une erreur comme celle de Henry et Eleanor.

– Ne t'inquiète pas, dit Wayne, on pourra toujours discuter et changer. Mais ton idée ? Le type qui tue la femme ?

– Oh, non. Pas ça.

– Quoi ? Tu devais la développer, l'écrire. L'action, quelqu'un avec qui il puisse parler.

– Non, laisse tomber. J'ai jeté un nouveau coup d'œil dessus et tu avais raison, c'est trop intérieur, donc j'ai une autre idée.

– D'accord, très bien.

– Je veux utiliser le même type, commença Bryce, le même arrière-plan, la vente d'ordinateurs aux écoles, les déplacements, tout ça, mais une intrigue complètement différente.

– D'accord, dit Wayne. C'est un bon personnage, le représentant ; il est très moderne, avec les ordinateurs, le système scolaire et tout ça, mais il est également classique : le voyageur.

– Exactement. Et le livre commence quand il reprend connaissance à l'hôpital. Au début, il ne sait même pas qui il est.

– Hon-hon, fit Wayne.

– Ce qui est arrivé, poursuivit Bryce, c'est qu'on l'a tabassé, presque tué, qu'on l'a amené à l'hôpital au dernier moment.

– Hon-hon.

– Il retrouve la mémoire, sauf en ce qui concerne le passage à tabac. Il ne s'en souvient pas du tout.

– Hon-hon.

– C'est fréquent, tu sais. Un événement traumatisant et on l'exclut de la mémoire.

– Ouais, je sais, fit Wayne.

– Donc, il ne sait pas qui l'a tabassé, il ne sait pas pourquoi, et il ne sait pas si on l'attend à la sortie pour terminer le travail.

– Hon-hon.

– Donc, quand il sort de l'hôpital, il se met à chercher, tente de remonter jusqu'au moment du passage à tabac, de le *comprendre.*

– Hon-hon.

Bryce garda les yeux fixés sur lui. Il resta silencieux.

Wayne demanda :

– Et ?

– C'est tout, répondit Bryce. Enfin, c'est tout ce que j'ai pour le moment.

– Qui l'a tabassé ? Pourquoi ?

– Je n'ai pas encore trouvé. Je me suis dit, cette semaine, que c'était là-dessus que j'allais travailler. Si tu trouvais que c'était bon, tu sais, le point de départ.

– C'est un bon point de départ, pas de problème, dit Wayne. Tu le sais. Mais ça ne suffit pas.

– Oh, je sais.

– Et il faut que ça vienne de toi, Bryce, poursuivit Wayne. Tu le sais aussi. Si je dis que c'est telle personne qui l'a tabassé, ou telle autre, pour telle ou telle raison, ça ne sera plus ton livre. Et le but est que ce soit *ton* livre.

– Oh, je sais, je sais, dit Bryce.

Il sourit et poursuivit :

– Ça sera le mien, mais il faut que tu m'aides.

– Absolument. Et à propos de l'autre...

– J'ai vu. Tu as apporté de nouvelles pages.

– J'en ai parlé à Joe, annonça Wayne.

Bryce eut un pincement de jalousie.

– Ah ? Tu as vu Joe ?

– Il voulait savoir si on avançait. J'ai dit que tu avais une idée qui serait bonne, à mon avis, que ça fonctionnerait, que tu travaillais dessus, et il m'a demandé quand il pourrait voir quelques pages.

– Je ne donne pas de pages à Joe, dit Bryce. Je lui donne le livre quand il est terminé.

– Cette fois, dit Wayne, voir des pages le rassure. Je lui ai dit que tu pourrais sûrement lui en donner dans deux ou trois semaines. Tu peux lui envoyer une centaine de pages, dans deux ou trois semaines, disons au milieu du mois de mai.

Cela ne plut pas à Bryce.

– On n'a jamais travaillé comme ça, déclara-t-il.

– Quand il sera sûr que tu t'es remis au travail, dit Wayne, il se calmera. Et pour ton prochain livre, *ton* livre, les choses redeviendront comme avant.

– Mais, cette fois, il faut que je lui donne des pages.

– Seulement pour le calmer.

Le mercredi suivant, pendant la première semaine de mai, les ouvriers vinrent ouvrir la piscine. Bryce sortit et, de loin, les regarda faire. L'eau n'avait rien d'appétissant quand ils roulèrent la bâche, elle était huileuse, grise et métallique, mais il savait que les produits chimiques l'éclairciraient en deux ou trois jours. Quand l'eau serait claire, il allumerait le chauffage. Samedi, on pourrait se baigner et, jusqu'ici, les prévisions météo pour samedi étaient très bonnes : soleil, entre dix-huit et vingt-deux degrés.

L'histoire du représentant en ordinateurs à l'hôpital ne fonctionnerait pas. Il ne pouvait imaginer pourquoi on l'avait tabassé, ni ce qu'il ferait pour le découvrir. C'était un puits à sec, une impasse. D'ici samedi, il lui faudrait autre chose, quelque chose de nouveau, quelque chose de meilleur.

Ce qui fonctionnait, et très bien, était *L'Ombre de l'autre*. Ce que Wayne faisait de l'idée de départ lui plaisait, il voyait plus ou moins où l'intrigue conduisait et il avait très envie de rendre le roman aussi bon que possible. Il passait beaucoup de temps à réfléchir à cette histoire, comme si elle lui appartenait vraiment, et il aimait en rêver, assis devant son ordinateur. Il ne le faisait pas *trop*, parce qu'elle était très bonne telle qu'elle était, que tous les changements devraient obtenir l'accord de Wayne et qu'il voulait être certain de pouvoir les justifier. Mais les heures étaient agréables, quand il travaillait sur ce livre, il se sentait exactement comme autrefois, devant son ordinateur, le récit sur les rails.

Des ouvriers creusent une piscine, pensa-t-il, et découvrent des tombes indiennes très anciennes. Territoire indien sacré, et un groupe d'extrémistes indiens attaque la maison dans l'intention de la brûler.

Il se passa la main gauche sur le visage, comme pour chasser les toiles d'araignée déposées dessus.

30

Wayne et Joe déjeunèrent ensemble, fin mai, afin de parler des cent premières pages de *L'Ombre de l'autre*.

– L'effet que tu produis sur Bryce est miraculeux, commenta Joe.

– C'est lui qui reprend le dessus, dit Wayne. Il a été déstabilisé pendant une période, c'est tout, la situation l'affectait, il ne savait plus où il en était. Il fallait seulement qu'un autre écrivain, un autre romancier, soit présent, parle avec lui, l'écoute. À présent, il n'est plus bloqué.

– Aucun doute.

– Le livre jaillit, je parie qu'il n'a jamais écrit aussi vite.

– C'est de l'excellent Bryce Proctorr, dit Joe, c'est tout ce que je sais, c'est tout ce qui m'intéresse et je te suis reconnaissant, Wayne.

– Je suis heureux d'avoir pu être utile.

– J'ai quelques remarques, ajouta Joe, et j'ai pensé qu'il serait plus facile d'en discuter avec toi, que tu pourrais les transmettre ensuite à Bryce. Je sais qu'il n'aime pas venir en ville.

Il sait, pensa Wayne. Il sait et il préfère ne pas savoir. Ce qui compte, pour lui, c'est le nom de la marque, et si ce nom reste solide, tout va bien. Il aime bien Bryce, il m'aime bien et si ça peut marcher comme ça sans qu'il soit obligé de le reconnaître, où est le mal ? La réputation de Bryce reste solide, ses revenus restent élevés et ma situation est bien meilleure qu'auparavant. Quels sont les inconvénients ? Il n'y en a pas.

Wayne se souvint du jour où il avait rencontré Joe et lui avait parlé de son pseudonyme secret, que Joe avait dit que, s'il y avait de fausses vierges parmi ses auteurs, il ne voulait pas le savoir. Donc c'était vrai. En voilà une et il ne veut pas le savoir.

Susan était dans la piscine et les deux hommes au soleil, sur la terrasse.

– Alors, ça lui plaît, dit Bryce.

– Il est très satisfait, répondit Wayne, et il a dit qu'il ne voulait plus de pages, que c'était inutile ; il sait que tout va bien, maintenant, il faut simplement que tu continues et que tu termines le livre.

– Tout va bien, maintenant, répéta Bryce, mais sa voix resta neutre.

C'était la partie la plus difficile : contrôler Bryce. S'il avait pu se détendre, s'il avait pu dire : « J'ai un nègre, et alors, je prends du repos, je touche toujours la moitié de l'argent et je m'y remettrai quand je m'y remettrai. » Mais il ne pouvait pas, malheureusement ; l'idée de ne pas travailler sur son roman le terrifiait trop, comme si le fait de ne pas travailler *aujourd'hui* signifiait pour lui qu'il ne pourrait plus *jamais* travailler.

Wayne se refusait à tenter d'atténuer cette terreur, parce qu'il ne voulait pas la faire monter à la surface, où elle aurait été exposée aux yeux de tous, si bien que l'état de Bryce aurait risqué de s'aggraver. Bizarrement, il fallait que Wayne empêche Bryce de perdre courage, même s'il ne travaillait pas.

Il demanda :

– Bryce, tu as réfléchi au cimetière indien ?

– Non, laisse tomber, ça ne marche pas, c'est... je ne sais pas... juvénile. Des raids indiens, aujourd'hui, dans le Connecticut. Je suppose qu'il faudrait qu'ils portent des peintures de guerre.

– Et se déplacent dans des canoës en écorce de bouleau, suggéra Wayne.

– Achetés chez Sears, dit Bryce.

Il semblait à présent plus joyeux.

Wayne demanda :

– Alors, qu'est-ce que tu as ?

Bryce se passa la main sur le visage.

– Je réfléchis, répondit-il, je réfléchis et je ne trouve rien. Rien du tout cette semaine. J'aime bien travailler sur *ton* livre.

– Ça te suffit ?

– Non !

– C'est bien ce que je pensais. Puis-je suggérer quelque chose ?

Bryce le dévisagea, plein d'espoir, mais méfiant.

– Oui, bien sûr.

– Tout d'abord, dit Wayne, tu te souviens de notre marché : ce roman doit être de toi, il faut qu'il soit de toi, sinon tu n'en seras pas satisfait.

– Ouais, je sais.

– Mais je peux suggérer quelque chose, de temps en temps.

– Oh, je t'en prie, je t'en prie.

– Très bien. Je crois que tu as renoncé trop rapidement à l'histoire du type qui tue une femme qu'il ne connaît pas. Je veux dire que personne ne savait qu'il la connaissait.

Bryce inclina la tête, le regard fixe.

– Tu trouves ?

En fait, Wayne ne trouvait pas. À son avis, l'intrigue aurait convenu à un livre de poche publié aux alentours de 1954, et le frère de la femme aurait été gangster, probablement un caïd du jeu. Ça se serait intitulé : *Tue-moi lentement.*

Mais il fallait que Bryce travaille, du moins fallait-il qu'il ait l'impression de travailler et, parmi tous les fragments et les vestiges qui lui avaient traversé l'esprit, *Tue-moi lentement* était le plus proche de la cohérence. Il y avait une intrigue, il y avait des personnages, il y avait quelques scènes.

Si Wayne pouvait amener Bryce à se concentrer sur ce roman, et à s'y tenir pendant quelque temps, tout irait bien. Jusqu'au moment où *L'Ombre de l'autre* serait terminé, accepté par Joe et payé. Ensuite, Wayne et Susan auraient un million de dollars, que Mark Steiner investirait, Wayne pourrait continuer d'écrire pour les revues, Susan aurait toujours son travail et ils vivraient dans un appartement formidable de Central Park West. Il ne commencerait pas de nouveau roman, même s'il avait une idée et, s'il se concentrait sur les articles, il n'était même pas certain de pouvoir trouver une nouvelle intrigue.

Et, après l'acceptation de *L'Ombre de l'autre*, Bryce pourrait nager ou couler, mais seul. Il suffisait à Wayne de le guider pendant le franchissement des rapides. Et de ne pas oublier de ne jamais appeler son idée : *Tue-moi lentement.* Devant, il y avait des eaux calmes.

– Je crois qu'il y a, dans cette intrigue, des choses que tu peux utiliser, qui peuvent te conduire au sujet sur lequel tu écris si souvent : les possibilités autres que ce qui est effectivement arrivé.

– C'est juste, n'est-ce pas ? dit Bryce. C'est seulement que... je ne vois rien entre le moment où il tue et celui où il avoue au frère et à la sœur. C'est ce que tu as dit la première fois, c'est trop intérieur, il ne peut parler à personne, il n'a rien à *faire.*

– C’est là qu’intervient ce que je peux suggérer. Et s’il rencontrait le frère et la sœur plus tôt ? Peu après le meurtre, mais dans un contexte différent ?

Bryce réfléchit, hocha lentement la tête.

– Il les recherche, dit-il.

– Absolument.

– Il a envie de mieux connaître la femme qu’il a tuée. Il l’a tuée, mais il ne la connaissait pas vraiment.

– Exactement.

– Il cherche à savoir qui elle était par l’entremise du frère et de la sœur.

– Ça vaut la peine de regarder ce que ça donnerait.

– La deuxième femme, dit Bryce.

– Quelle deuxième femme ?

– C’est le titre. La première femme est celle qu’il a tuée, la deuxième femme est celle dont il tente de faire la connaissance.

– C’est bon, fit Wayne.

Il y eut une nouvelle soirée, le samedi soir, chez des gens qui s’appelaient Hendrickson. Bryce avait raison, la vie sociale était variée et active. Et Wayne et Susan s’y intégrèrent immédiatement, probablement mieux que Bryce, parce qu’il y avait essentiellement des couples. Susan, surtout, y trouva sa place, comme si le monde la lui avait gardée depuis de nombreuses années, et Wayne resplendissait dans la lumière de son plaisir. Il aimait voir Susan heureuse.

Tout le monde était accueillant, tout le monde gagnait très confortablement sa vie et, désormais, tout le monde estimait que Wayne et Susan faisaient partie du groupe.

– Il faut vraiment que vous achetiez une maison ici, dirent plusieurs personnes à Wayne.

Sur le chemin du retour, dans la BMW de Bryce, Susan devant et Wayne derrière, Susan dit :

– J'aime vraiment bien les Hendrickson. Je les aime bien tous.

– Moi aussi, dit Wayne.

– Ce sont des gens formidables, affirma Bryce.

– Ils ont dit à plusieurs reprises, ajouta Susan, qu'on devrait acheter une maison ici.

– Ils me l'ont dit aussi, fit Wayne.

– Vous pourriez. Pourquoi pas ? dit Bryce

Susan reprit la parole :

– Tu sais, je prends deux semaines de vacances début juin. Je pourrais chercher une maison. Bryce, ça vous ennuierait si on restait quelque temps chez vous ?

– Restez pendant les deux semaines, proposa Bryce. Wayne, prends ton portable et on travaillera.

– C'est parfait, accepta Wayne. Toi sur *La Deuxième Femme* et moi sur *L'Ombre de l'autre*.

Trois semaines plus tard, le samedi, ils allèrent chez Bryce dans la Toyota Land Cruiser verte qu'ils venaient d'acheter. Début juin, soleil étincelant, et on parlait déjà de sécheresse dans la région. Mme Hildebrand les reçut comme des membres de la famille et les aida à monter leurs bagages dans la chambre d'amis, où Bryce avait installé, devant une des fenêtres, une grande table de réfectoire sur laquelle Wayne pourrait travailler. La fenêtre donnait sur la piscine et les collines boisées. Le bureau de Bryce se trouvait sur la même façade de la maison, de l'autre côté de la salle de bains des invités, et bénéficiait de la même vue.

Après déjeuner, Susan alla nager tandis que Wayne et Bryce s'installaient au salon afin de lire ce qu'ils avaient fait pendant la semaine. *L'Ombre de l'autre* était presque terminé. Wayne était persuadé qu'ils seraient en mesure de donner le livre à Joe avant le Quatre Juillet, si bien qu'il pourrait le lire pendant le week-end prolongé.

En ce qui concernait *La Deuxième Femme*, il était plus difficile de se faire une opinion sur la progression. Pendant la première semaine, Bryce avait travaillé avec une énergie maniaque, comme si quelque chose qui était emprisonné en lui avait enfin obtenu sa libération. Il avait, ce samedi, donné à Wayne trente-deux pages de texte terminé qui conduisaient Luke Parmalee de son rendez-vous avec le responsable des achats du conseil d'administration de l'école, à sa rencontre avec Brenda Wade sur le parking du lycée, puis au dîner et au lit. On savait que, dans les romans de Bryce, les scènes de sexe n'étaient jamais très évocatrices, mais celle-ci avait semblé à Wayne exceptionnellement superficielle, comme si l'auteur ne savait pas très bien ce qu'était le sexe, et n'avait pas vraiment envie de savoir. Pour le reste, les deux personnages étaient très bons, leur dialogue, tandis qu'ils se dévoilaient mutuellement l'un à l'autre, à la fois plein d'humour et émouvant.

Wayne n'avait vu aucune raison de se livrer à des critiques négatives, puisque *La Deuxième Femme* ne serait vraisemblablement jamais un roman terminé et publiable. C'était un succédané de travail, destiné à occuper Bryce en attendant que *L'Ombre de l'autre* soit achevé. Il se contenta donc de complimenter Bryce sur les éléments positifs, la gentillesse et l'humanité de Luke et Brenda, et s'en tint là.

Pendant la deuxième semaine, Bryce produisit vingt et une pages supplémentaires, mais elles étaient plus nerveuses, moins polies. La transition de la première nuit dans le motel à la rencontre suivante, devant un deuxième motel, était abrupte, maladroite, mal écrite, constituée de phrases lourdes. Dans le dialogue, alors que Luke demeurait essentiellement le même personnage, gentil, un peu triste et hésitant, Brenda était presque une personne différente, dure, accusatrice, grossièrement manipulatrice. La scène du dîner était maladroite, guindée et le manuscrit se terminait au moment où ils quittaient le restaurant.

La troisième semaine aurait dû être la scène du meurtre, mais Bryce donna à Wayne un manuscrit de soixante et onze pages, qui commençait à la page un.

– J'ai fait des changements, expliqua-t-il, donc j'ai pensé qu'il valait mieux que tu revoies tout depuis le début.

– D'accord, très bien.

Comme Wayne n'avait apporté que onze pages, Bryce termina sa lecture le premier, bien entendu, si bien qu'il feuilleta une revue tandis que Wayne poursuivait la sienne. *La Deuxième Femme* commençait comme précédemment, même s'il semblait y avoir quelques coupures dans la première scène avec l'acheteur, mais la scène du parking était plus longue et Brenda était déjà un peu plus dure que dans la version précédente, ressemblait davantage à la personne de la deuxième rencontre. La transition qui conduisait à cette deuxième rencontre était nettement plus longue, beaucoup mieux écrite, et ne comportait plus de phrases lourdes. Le dîner était également plus long et Brenda était moins dure si bien que, dans cette version, le personnage ne changeait pratiquement pas d'une scène à l'autre. De plus, dans cette version, Brenda parlait un peu de son frère et de sa sœur, établissait qui ils étaient. Le manuscrit se terminait, comme la semaine précédente, au moment où ils sortaient du restaurant.

– C'est bien meilleur, dit Wayne après avoir terminé. Brenda est vraiment cohérente, maintenant, et l'introduction du frère et de la sœur me plaît.

– Ouais, je sentais que c'était bon, dit Bryce. Euh, tu as des idées pour la suite ?

– Non, je crois que tu dois simplement faire ce que tu as prévu.

– D'accord.

Bryce hocha la tête, les yeux fixés sur le paquet de feuilles que Wayne venait de lui rendre.

– Je crois, ajouta-t-il, que je vais peut-être m'y mettre tout de suite.

– Et il faudrait que je déballe mes affaires, dit Wayne. Un commentaire sur les nouvelles pages ?

– Quoi ? Ah, le tien. Non, c'est bon, le livre vole de ses propres ailes.

Bryce sourit et ajouta :

– Tu n'as pas besoin de moi.

– Bien. Ça signifie que tu peux te concentrer sur *La Deuxième Femme*.

Et ce serait tout de même étrange, pensa Wayne, si Bryce parvenait à tirer un vrai roman de cette intrigue. Il croyait toujours que c'était très improbable, mais pas impossible. Bryce y arriverait peut-être, après tout. Wayne l'espérait. Il n'y croyait pas vraiment, mais il pouvait espérer.

Ils montèrent ensemble à l'étage, entrèrent dans leurs chambres respectives, et Wayne déballa son Think Pad, la petite imprimante qu'il avait achetée en prévision du séjour, ainsi que le reste de son matériel, puis installa le tout sur la table. Il jeta un coup d'œil par la fenêtre : Susan faisait des longueurs dans la piscine.

Avoir une maison dans la région serait formidable, surtout si elle disposait déjà d'une piscine, mais rien ne pressait. Cette maison était vaste, confortable, et Mme Hildebrand était fabuleuse. Wayne et Susan pourraient y passer ces vacances, y venir en week-end jusqu'à la fin de l'été. Susan adorerait, elle était tombée amoureuse des lieux.

31

Lucie nageait nue dans la piscine ; ils le faisaient tous les deux. Mais il n'y avait à l'époque, dans ces pièces, personne qui fût susceptible de regarder par la fenêtre.

Assis à son bureau, Bryce regardait par la fenêtre, située à sa gauche, Susan qui faisait des longueurs. Elle nageait deux fois par jour, après le petit déjeuner et après le déjeuner, depuis presque deux semaines. C'était le deuxième mardi de leur séjour et ils partiraient dimanche. Mais ils reviendraient, bien entendu, le week-end suivant.

Bryce se souvint de Lucie, nue dans la piscine. Il se souvint que l'eau formait des perles sur ses poils pubiens, quand elle sortait, et qu'il disait : « Ta chatte me fait de l'œil », et qu'ils riaient. Ils n'avaient jamais vraiment réussi à faire l'amour dans l'eau, mais ils avaient tout de même essayé à plusieurs reprises, et il se souvint de la pâleur lisse de sa peau mouillée, lorsqu'elle bougeait. Il se souvint de la façon dont elle bougeait.

Susan portait un maillot de bain deux pièces, pas vraiment un bikini. Elle en avait trois, le premier avec un motif d'étoiles blanches sur fond rouge, le deuxième bleu uni et le troisième à tourbillons de couleurs, comme un kaléidoscope qui aurait coulé.

Aujourd'hui, elle portait le kaléidoscope. De temps en temps, elle sortait de l'eau, gagnait le plongeoir et s'élançait. Elle était efficace, n'éclaboussait pas, mais n'était pas particulièrement élégante.

Il ferma les yeux. Il fallait qu'il se mette au travail, qu'il se remette au travail, qu'il cesse de gagner du temps, qu'il avance, qu'il surmonte le blocage pendant que Wayne était là. C'était sa dernière chance, et il le savait. Wayne se montrait très patient, le poussait, mais sans méchanceté, et Bryce sentait que la patience de Wayne s'épuisait.

Il ne parvenait pas à commencer la scène du meurtre. Chaque fois qu'il y réfléchissait, les deux personnages marchant, la dispute, la nuit, l'isolement, personne alentour, son esprit se mettait à vagabonder et il pensait à ce qu'il devrait ajouter ou enlever dans les pages qui existaient. Améliorer la scène de sexe, par exemple, la rendre individuelle, la rendre réelle, mais pas grossière ; il l'avait fait lundi. Chaque jour, il faisait quelque chose ; il avait même essayé de sauter directement à la scène suivante, où Luke rencontrait Dillon, le frère de Brenda, mais ça n'avait pas marché. Sans cette expérience, Luke n'existait pas encore dans les scènes suivantes, et Bryce était dans l'impossibilité de l'écrire.

Il faut que ce soit fait aujourd'hui, pensa-t-il, et il ouvrit les yeux, vit que Susan s'essuyait. Maintenant, elle rentrerait, prendrait une douche, puis descendrait à la cuisine. Elle le faisait tous les jours.

On a tous nos habitudes, se dit-il, on est une petite communauté, on a tous des choses qu'on fait tous les jours mais, aujourd'hui, il faut que j'écrive une scène de meurtre.

Susan, enveloppée dans la serviette, prit la direction de la maison, disparut. Bryce se concentra à nouveau sur l'écran, les doigts posés sur le clavier.

- Brenda, dit-il, les poings serrés.

Est-ce que c'est juste ? Les poings ? Est-ce que c'est comme un combat de boxe, des coups de poing, des crochets et des jabs ? Ça ne semble pas juste, ni assez brutal ni assez violent. Ce n'est pas un match de boxe.

Ses doigts se replièrent, comme des griffes,

Non, c'est *elle* qui devrait griffer, griffes et griffures. Pourquoi Wayne n'avait-il pas été griffé ?

Derrière lui, de l'autre côté de la cloison, il entendit la douche. Comme il ne voulait pas se laisser distraire, en aucun cas, il se concentra sur l'écran.

- Brenda, dit-il, les doigts repliés, comme des griffes,

Elle ne s'appelle pas Brenda. Est-ce que c'est ça, le problème ? Comment s'appelle-t-elle, si ce n'est pas Brenda ?

Parmi les ouvrages de référence qui se trouvaient sur l'étagère, il y avait un petit livre intitulé : *4 000 prénoms pour votre enfant*. Il le prit, le feuilleta. Quelle initiale ? Pas L.

Fais ça plus tard, se dit-il. Écris la scène, mets-la derrière toi, change les noms plus tard.

Il rangea le livre et on frappa à la porte. Quand il était seul, il laissait la porte du bureau ouverte, mais comme il y avait des invités et qu'il se laissait désormais très facilement distraire, il la fermait.

Il se tourna vers elle et dit :

– Oui ?

– C'est Wayne.

– Entre.

Wayne ouvrit la porte et le bruit de la douche cessa.

– Il faut que j'aille à Danbury, dit-il. Tu veux m'accompagner ?

– Qu'est-ce que tu vas faire à Danbury ?

– Acheter une cartouche d'encre pour mon imprimante.

Wayne sourit, à la fois satisfait de lui-même et gêné.

– Je croyais que j'en aurais assez jusqu'à mon retour à New York, mais je travaille plus vite que prévu. Tu veux venir ? Tu n'as pas essayé notre voiture.

– Bien sûr, répondit Bryce, qui montra l'écran. Il faut d'abord...

Éteindre la machine, avait-il l'intention de dire, mais il se tourna vers l'écran et vit :

- Brenda, dit-il, les doigts repliés comme des griffes,

Et il comprit que ça n'allait pas.

– Une seconde, dit-il.

– O.K.

Bryce se pencha sur le clavier.

Et ses épaules s'arrondirent. Sa main gauche se tendit, presque d'elle-même, et se referma douloureusement sur le bras de Brenda.

Elle pivota sur elle-même

Se dégagea

Dit

– Bryce ?

Les doigts de Bryce s'immobilisèrent et il se tourna vers Wayne.

– Je crois qu'il vaudrait mieux que je reste, dit-il. Il faut que je termine cette scène.

– Bien sûr. Ça vient bien ?

– Oh, c'est lent, tu sais. J'avance, mais c'est lent.

– Tu vas y arriver. À tout à l'heure.

– À tout à l'heure, dit Bryce, qui pensa : Je mens à Wayne, maintenant, exactement comme je mentais à Joe. Le même mensonge, les mêmes mots.

Wayne ferma la porte du bureau et Bryce posa les doigts sur le clavier. Il entendait faiblement le bruit du sèche-cheveux.

Il tira sur son bras, dit :

- Glenda, tu me demandes trop.

- Lâche-moi, connard, dit-elle, puis elle tenta de le frapper au visage.

C'est *elle* qui commence ? Pourquoi commencerait-elle ? Et, si elle commence, est-ce que ça ne transforme pas toute la dynamique de l'épisode ? J'absous Luke, dans ce cas, si elle commence, et je n'ai pas de raison de l'absoudre.

Glenda. C'est comme un jeu de mots, un jeu de mots stupide, sur les griffes. Sainte Glenda, patronne des dures à cuire. Est-ce que c'est une dure à cuire ?

- Tu es vraiment une dure à cuire, Brenda ? dit-il, puis il la gifla.

Une gifle ? Une gifle n'apporte rien, une gifle est une insulte, pas une menace. Il faut qu'il fasse... plus. Il faut qu'il *commence.*

Je devrais accompagner Wayne, se dit-il, sortir, faire un tour dans sa voiture neuve, réfléchir... J'aurai moins de mal à réfléchir si je m'éloigne pendant un moment de cet écran.

Lui poser la question. En voiture. Dire : « Wayne, simple problème théorique, comment la violence débute-t-elle, dans ce cas ? Comment ça pourrait commencer ? »

Il se leva, gagna le couloir, laissa la porte du bureau ouverte. Il traversa le couloir afin d'aller dans sa chambre et de regarder, par la fenêtre, si la Land Cruiser était toujours garée à sa place habituelle, mais elle n'y était plus. Wayne était parti.

Il regagna le couloir. Il entendait le sèche-cheveux. C'était jeudi, le jour de congé de Mme Hildebrand, qui était à Danbury, chez des amis.

Bryce suivit le couloir, ouvrit la porte de la chambre d'amis. Susan, assise devant la coiffeuse, vêtue d'un peignoir gris, vit le battant pivoter, dans le miroir, et se retourna au moment où Bryce entrait. Elle éteignit le sèche-cheveux et dit :

– Bryce ? Qu'est-ce qu'il y a ?

– Tu vois, Lucie, dit-il, le problème c'est qu'il faut que je *sache*.

Elle se leva.

– Je m'appelle Susan.

– Plus maintenant.